나의 차가운 일상

나의 차가운 일상
와카타케 나나미 소설 | 권영주 옮김

등장 인물 소개

와카타케 나나미	4년 다닌 회사를 그만두고 아르바이트 중
이치노세 다에코	자살 기도로 식물인간 상태
이치노세 하쓰코	다에코의 언니
이시하라 사와코	총무부 선임직원
나카가와 유미코	총무부 직원
구마시로 구니카	총무부 직원
세누마 도루	자료실 직원
나쓰하라 오사무	수송부 직원
도미카와 하지메	사망한 도미카와 부장의 아들
리키야	와카타케 나나미의 친구, 술집 블랙컴에서 아르바이트 중
이나기쿠 도시히코	다에코의 지인, 자동차 영업사원
사사 노보루	주오 상사 직원
이가라시 료지	주오 상사 직원
다카하타 시로	잡지사 기자
우사 하루미	와카타케의 고등학교 동창, 별명은 '래비'

차례

1부

내 안의 어떻게도 할 수 없게 차가운 어떤 것 6

2부

푸른 어둠 168

12월 20일 170

12월 21일 200

12월 22일 244

12월 23일 290

12월 24일 340

지은이의 말 380

옮긴이의 말 384

1부

내 안의 차가운

어떻게도 할수 없게

어떤 강

★

이치노세 다에코를 알게 된 것은 겨우 몇 달 전이었다. 그 몇 달이 지났을 때 그녀는 숨쉬지 않는 물체가 되고 말았다. 내가 그녀의 이야기를 진지하게 듣기만 했다면 어쩌면 그녀는 그런 일을 당하지 않았을지 모른다. 나도 딱히 보고 싶은 것도 아닌 인간의 어두운 면을 엿보는 신세를 면할 수 있었다. 후회는 인간의 가장 형편없는 정신 활동이라고 생각하지만, 누가 무슨 말로 위로해주든 내가 후회하지 않고 살아가는 일은 불가능할 것이다.

물론 그녀가 그런 사태에 처한 게 내 책임이라 생각하는 것은 아니다. 그런 건 오만이다. 그녀와 실제로 보낸 시간은 달랑 하루. 하루 만에 어떤 인간에 대해 뭘 알 수 있다는 말인가.

여자들의 우정은 그림에 그린 떡 같은 것이다. 오랜 시간과 공유하는 공간만으로 이뤄져 있다. 그렇기에 남자들은 말한다. 여자에게 진짜 우정이란 있을 수 없다고. 나도 노여움과 일말의 쓸쓸함을 느끼며 그게 진리라고 생각한다. 다만 진짜 우정은 대부분의 남자도 누리지 못한다. 그건 1억 엔 복권에 당첨되는 수준으로 운 좋은 사람만이 가질 수 있는 것이다. 귀중한 꿈이다. 그렇기에 남자의 우정을 그린 책이 계속 나오고 계속 팔리는 것이다.

1991년 어느 날 나는 회사를 그만두었다. 악몽 같은 사건이 있어 회사에 있을 수 없게 됐다. 악몽? 자세한 이야기는 하지 않으련다. 소름 돋는 사건이었다. 가능하면 두 번 다시 떠올리고 싶지 않은 사건이었다. 4년 이상 근무했던 회사에 대해 나쁜 인상만 남은 채 그만둔 것 때문에 나는 조금 우울했다. 그럴 만도 하지 않나. 4년은 긴 시간이다. 나는 대체 뭘 하고 있었던 건가 고민하지 않을 수 없었다.

맥주 한 팩을 사와 다다미 바닥에 주저앉아 닥치는 대로 마셨다. 누구도 만나고 싶지 않았고 누구에게도 설명하고 싶지 않았다. 입을 열면 설명이 아니라 변명을 하게 될 것이 뻔했다. 변명은 할 때는 즐겁지만 하고 나서 방에 혼자 앉아 있을 때 반동이 온다. 이번에는 엔간한 반동으로 끝날 성싶지 않다는 것은 25년 넘게 살았으면 충분히 알 수 있다.

나는 숨 막히는 느낌을 맥주로 몸속 깊은 곳으로 계속 씻어 넘겼다. 속이 메슥거려 웩웩 토했다. 헤드폰을 쓰고 가장 하드하고 소란스러운 카세트테이프를 끄집어냈다. 반침에서 이불을 꺼내고 누워 천장을 올려다보며 귓속에 쿵쾅쿵쾅 울리는 음의 홍수에 몸을 내맡겼다.

날 밝기 전에 일어나 추위에 부르르 떨며 위 속에 남은 맥주를 모조리 토해내고 창을 열었다. 찬 공기가 조금 주저하며 방으로 흘러들었다. 우주는 어둠에서 푸른색으로 변하고 아직 몇몇 별이 낮은 곳에서 빛나고 있었다.

찌그러진 맥주 캔을 걷어차고 창틀에 걸터앉았다. 머리카락이 뿌리까지 차갑게 식었다. 강물처럼 구불거리는 고속도로를 따라 빨간 라이트가 흘러갔다. 그것을 배웅하다가 갑자기 여행을 떠나야겠다는 생각이 들었다. 강이 끝나는 곳에 있는 낯선 거리에 내려 흔들리는 수면을 멍하니 바라보고 싶어졌다. 나는 등줄기에 힘을 주어 꼿꼿이 펴며 일어섰다.

원래 나는 좀처럼 행동을 시작하지 못하는 인간이다. 일어날 일을 이것저것 생각하고 온갖 사태를 예상해 그때 내가 어떤 행동을 할 것인가, 무슨 생각을 할 것인가 시뮬레이션한 끝에 귀찮아서 움직이지 못하게 되는 부류의 인간. 그런데 그때는 그런 사고가 이미 오래전에 활동을 정지한 상태였다. 한 시간 뒤 나는 샤오마이 도시락과 캔커피를 챙겨 하코네 행 로맨스카에 올라탔다.

매점에서 산 좋아하는 작가의 신서판 소설 한 권. 로맨스카는 뜨거운 홍차를 주문할 수 있고 흔들리지도 않는다. 의자까지 편하다. 나는 캔커피를 따 한 모금 쭉 마신 뒤 책을 폈다.

"웃기지 마."

극락이 붕괴한 것은 열차가 출발한 지 30분도 채 안 돼서였을 것이다. 느닷없이 날카로운 여자 목소리가 차내에 울려 퍼졌다.

"대체 뭐 하자는 거야? 같이 가달라고 머리 조아리면서 부탁하기에 회사에 휴가까지 내고 따라와준 건데, 거짓말이라니 대체 뭐야?"

그에 답하는 남자 목소리가 웅얼웅얼 이어졌다.

"이유가 뭔데? 왜 그런 거짓말을 하는 거냐고. 어이가 없네. 나랑 여행하고 싶었던 것뿐이면 처음부터 분명하게 그렇게 말하면 되잖아. 내 말 틀려? 그런데 이제 와서 거짓말이라고? 그러지 좀 마."

남자 목소리는 조금 커지기는 했지만 여전히 뚜렷하게 들릴 정도는 아니었다.

"세상에, 자기가 되레 화를 내네? 뭐, 그러든지 말든지. 화내고 싶은 사람은 나거든. 사실대로 말했으면 거절했을 거라고? 그럼 당연히 거절했지. 난 거절할 권리도 없다는 거야?"

원래 짜랑짜랑 울리는 목소리라는 것을 빼도 그녀의 기세는 여간 등등한 게 아니었다. 평범한 남자는 감당하지 못할 것이다. 게다가 이야기의 내용으로 추측하건대 상대방 남자는 평범 이하인 듯하고.

나도 모르게 호기심에 사로잡혀 그런 생각을 하는데 앞쪽 좌석에서 한 여자가 벌떡 일어섰다. 붉은 기가 도는 머리는 길고 이목구비가 뚜렷했다. 와인레드 코트 속에 얇은 검정 스웨터를 입었다. 날 선 말과는 전혀 어울리지 않는 인상이었지만, 계속 고함친 탓인지 뺨이 홍조되고 눈꼬리가 올라가 있었다.

그녀는 모든 승객의 주목을 모으고 있다는 것도 전혀 아랑곳하지 않는 듯했다. 서슴없는 발걸음으로 통로를 걸어오더니 내 자리 바로 옆에 멈춰 섰다.

"여기 자리 비었나요?"

그녀는 말했다. 내 옆, 통로 쪽 좌석은 비어 있어 짐을 올려놨다.

나는 대답 대신 짐을 치웠다.

"고맙습니다."

그녀는 거칠어진 호흡을 진정시키려 하며 떨리는 손으로 가방을 뒤져서 담배를 꺼내고 불을 붙여 깊이 들이마셨다. 가녀린 몸에 비해 손만 커서는 손가락도 뭐든 쥘 수 있을 것처럼 길고 억셌다.

나는 책을 덮었다. 눈이 그저 글자 위를 미끄러질 뿐 도무지 집중이 되지 않았다.

"마실래요?"

나는 그녀에게 따지 않은 나머지 캔커피를 내밀었다. 그녀는 볼록하게 부푼 입술 끝으로 담배 연기를 뱉어내며 순간 놀란 듯 나를 보더니 고개를 끄덕였다.

"고마워요. 악썼더니 목이 마르네요."

"그렇게 힘줘서 말했는데 그럴 만도 하죠."

나는 대답했다. 그녀는 살짝 미소 비슷한 것을 짓고는 소리 내어 커피를 마셨다. 그리고 맥없이 한숨을 쉬었다.

"거지 같아."

"아까 그 남자?"

"응. 그걸 남자라고 불러도 되는지 모르겠지만."

"신랄하네."

"신랄해질 만도 해. 카메라맨이라면서 사진전에 출품할 작품의 모델이 되어달라고 하기에 유급 휴가 내서 같이 하코네에 가주기로 한 거거든. 물론 당일치기라 했고. 그래놓고 이제 와서 고라에 숙소를 잡아놨다느니, 어디를 보러 가자느니, 꼭 관광 온 것 같은 소리를 하는 거야. 열받아서 촬영은 어떻게 됐느냐고 따졌어."

말하는 사이에 담배를 끝까지 다 피운 그녀는 새 담배에 불을 붙였다.

"그랬더니 카메라맨이란 말도 거짓말. 일 때문에 간다는 것도 거짓말. 그냥 여자를 꼬드겨서 1박 여행을 가보고 싶었을 뿐이라지 뭐야. 이게 무슨 개소리냐 싶잖아. 그다음은 아까 들은 대로."

나도 모르게 웃었다. 그녀는 그런 나를 의외라는 듯 쳐다봤다.

"우스워?"

"그야 우습지. 완전히 얼간이가 따로 없네."

"내가 얼간이란 말이야?"

"당신 말고 상대방 남자. 그냥 사진 찍는 시늉이라도 하다가 늦었다느니 뭐니 적당하게 거짓말해서 여관으로 데려갈 수도 있었잖아. 그렇게 생각하면 의외로 순진한 사람일지도."

"농담이시겠지."

내뱉듯이 말했지만 그 생각이 마음에 들었는지 얼마 동안 담배와 커피를 번갈아 입에 가져가며 가끔씩 원래 있던 자리를 슬쩍 돌아봤다.

"당신은 하코네에 가는 거야?"

모토아쓰기를 지났을 때 그녀가 갑자기 말을 꺼냈다.

"응."

"왜? 여행?"

"응. 하코네에 당일치기로."

"혼자서?"

"응, 혼자서."

그녀는 몸을 돌려 값을 매기듯 나를 살펴봤다.

"왜?"

"갑자기 그래야겠다 싶었어. 여행 간 지 오래됐네 생각했더니 어디든 상관없으니까 여행 가고 싶어져서."

"무슨 일 있었어?"

그녀의 목소리가 하도 동정적이라 나는 드라마틱하고 로맨틱한 '이유'를 창작하고 싶어졌다. 잠시 생각해봤지만 아무것도 떠오르지 않았다.

"아무 일 없어. 회사를 그만뒀거든. 갑자기 한가해져서."

"그래?"

커피에 대한 답례인지 그녀는 담뱃갑을 내게 내밀었다. 나는 거절했다.

"그래서 혼자 여행 왔다고? 누구 같이 올 사람은 없었어?"

말을 에둘러 하지 않는 사람이다 싶어 쓴웃음을 지었지만 기분이 나쁘지는 않았다.

"없어."

"그래."

그녀는 은은하게 광택이 흐르는 스타킹에 싸인 미끈한 다리를 꼬며 곁눈으로 내가 가진 책을 보더니 "그거 재미없어"라고 말했다.

"이제 막 읽기 시작했는데."

"잘됐잖아. 다 읽기 전에 재미없다는 걸 알았으니까. 난 이치노세 다에코."

나는 쓴웃음을 지으며 와카타케 나나미라고 이름을 밝혔다.

"어? 나 아는 사람 중에도 같은 성을 가진 사람이 있는데.

천칭좌에 AB형에 형편없는 인간. 친구 애인을 빼앗아서 결혼까지 했지 뭐야. 지금쯤 불행한 인생을 살고 있을걸."

"왜?"

"몰라서 물어? 애인을 뺏긴 친구가 결혼 뒤에 도로 빼앗은 거야. 적은 임신 중이니까 그렇게 신속하게 대처할 수 없고. 여자의 복수는 무섭다고."

"저런."

나는 어깨를 으쓱했다. 그것을 어떻게 받아들였는지 그녀는 느닷없이 무서운 표정을 지었다.

"나라도 분명히 똑같이 할걸. 친구 남자를 가로채는 여자가 가장 겁내는 건 자기가 한 짓을 남한테 똑같이 당하는 거거든. 딴 여자한테 넘어가는 남자는 바꿔 말하면 그런 유혹에 약하다는 뜻이니까 금세 딴 여자한테 빼앗길 게 틀림없어. 빤히 알면서 남자를 독차지한 것 같은 얼굴로 거하게 식을 올리는 게 잘못이지."

이치노세 다에코는 하코네까지 줄곧 이런 식으로 이야기를 계속했다. 나와 죽이 맞아서 그런 것은 결코 아니다. 오히려 맞지 않았다고 하는 편이 옳을 것이다. 그녀가 늘어놓는 남자론, 여자론, 나아가 연애론의 대부분이 나로서는 이해 불능이었다. 하지만 그녀의 입에서 나오는 탐욕스럽기까지 한 자기중심적 사고방식은 정직한 데다 괜한 장식이 없는 만큼 매우 재미있었다. 나는 사귀는 사람이 없고, 없어서 딱히 불편을 느낀 적도 없었지만, 내 마음속에도 이 나이에 애인 하나 없는 것은 조금 창피한 일일지도 모른다는 감정이 분명히 존재했다. 그것을 별반 신경 쓰지 않는 척 포커페이스를 유지하는 나보다 노골적으로 자신의 욕망을 명확히 표현하는 그녀가 훨씬 솔직하다.

직장의 이중, 삼중으로 뒤엉킨 연애 관계 이야기를 듣는 사이에 로맨스카는 하코네유모토 역에 도착했다. 그녀의 동행인은 어디서 내렸는지 온데간데없었다. 그녀는 조금도 개의치 않는 듯 나와 같이 다니겠다고 해 둘이 함께 하코네를 돌았다. 세련되고 도회적인 그녀와 낡은 청바지와 스니커 차림의 내가 같이 걷는 모습은 꽤 이상했을 것이다. 우리는 지나가는 남자들을 품평하며 등산 철도를 타고 케이블카를 타고 로프웨이를 탔다. 호수에서 유람선을 탈 즈음에는 서로 상대방의 취향을 깎아내리고 있었다.

"저딴 게 좋단 말이야?" 그녀는 코웃음을 치며 말했다. "저런 인간은 지성이 없어. 근육뿐이지. 그야 당신이 대갓집 따님이고 밀정을 모집하는 거라면 저런 인간도 나쁘진 않겠지만 인생을 맡기기엔 좀 역부족이야."

"남자한테 인생을 맡길 생각은 없는데. 그냥 옛날부터 저런 느낌의 남자한테 약해서 말이야."

"쯧쯧."

다에코는 검지를 똑바로 세우고 나를 향해 흔들며 말했다.

호수 주위의 산들은 금색과 붉은색으로 물들고 흐린 하늘의 구름 사이로 빛이 똑바로 쏟아지는 게 보였다. 빛 속에 그녀의 머리도 투명하게 빛났다.

"그런 대가 센 발언은 좋지 않아. 센 척할수록 속은 귀여운 거라고 생각하는 모양인데 아무도 알아주지 않는다고. 어차피 남이랑 마음이 통하는 건 거의 불가능한걸. 나 같으면 저기 저 사람이 좋겠어."

그렇게 말하며 턱짓으로 가리킨 남자는 그녀와 마찬가지로 아시노 호湖에 어울리지 않는 차림새였다. 말끔한 정장과 깨끗한 구두. 안경을 끼고 키가 큰 미남이었다.

"어째 공금횡령이라도 하고 처자식은 세상 사람들한테 비난받게 버려둔 채 저 혼자 도망칠 것 같은 사람인데."

내가 조금 전에 대한 보복으로 그렇게 말하자 다에코는 웃으며 나를 때리는 시늉을 했다.

"공금횡령 좋잖아. 역시 남자는 야심이 그쯤은 있어야지."

"자기 좋은 말만 하네. 저런 인간한테 인생을 맡길 수 있는 거면 역시 아까 그 사람처럼 몸은 우람하고 머리는 깡통인 게 무난한 선택일 것 같은데."

"무난한 정도로는 좋지 않아."

다에코는 자신이 아까 한 말을 깨끗이 잊어버린 표정으로 펌프스의 굽 높이만큼 커진 키를 한층 더 늘렸다.

"무난한 건 좋지 않아. 이 정도로 타협하자 하면 지는 거라고."

"뭐한테 진다는 거야?"

"인생한테 지는 거지. 벗이여, 인생은 승부로다." 그녀는 깔깔 웃었다. "결국 여자한테 승부의 핵심은 얼마만큼 친구보다 좋은 남자를 잡느냐 하는 거야. 남자가 가정적인지, 같은 취미를 갖고 있는지는 중요하지 않아. 사회적 지위가 높은지, 자유롭게 살게 해주는지에서 승패가 갈리는 거라고. 왜 웃어?"

"그냥. 가치관의 차이에 잠깐 기절초풍하느라. 그보다 그럼 저 사람은?"

나는 마침 그때 갑판으로 올라온 남자를 눈짓으로 가리켰다. 아직 학생으로 보일 만큼 젊은데 같이 온 여자의 허리에 팔을 두르고 있었다. 보기만 해도 두 사람의 체온이 느껴질 만큼 따스한 광경이었다.

다에코는 내 시선을 따라 몸을 돌렸다. 순간 구름이 또다시 태양을 가리면서 호수 위는 흐릿한 회색으로 돌아갔다. 다에코의 웃음이 사라진 것도 그때였다. 그녀는 거의 잡아먹을 듯한 눈빛으로 그들을 쳐다봤다. 내 위치에서 다에코의 귀 뒤가 보였다. 근육이 수축된 것을 알 수 있었다.

"……저건 그냥 환상 같은 거야."

얼마 지나 다에코는 굳은 웃음을 지으며 호수를 내려다봤다.

"난 저런 거 싫더라. 딱 달라붙어 가지곤 순 독점욕과 자기만족뿐이지. 뭐, 이제 한 석 달이면 저러고 있는 것도 끝이려

나. 곧 피차 다른 숙주를 찾고 싶어질 거야. 그러면서 어느 한 쪽이 먼저 상대를 발견하면 난리가 난단 말이지. 앞날이 뻔해."

"지금이 좋으면 좋은 거겠지, 분명히."

"어머, 세상에. 저런 게 이상이란 말이야?"

그렇게 말한 다에코의 표정에는 이미 부자연스러운 기색이 없었다. 아까 느낀 것은 착각이었나. 다에코는 저런 미성숙한 연애 형태를 부러워하다니 수행이 부족하다며 신나서 다시 훈계를 늘어놓기 시작했다. 원한다면 다음에 저보다는 좀 더 나은 남자를 소개해주겠다고 즐겁게 말했다.

하코네에서 돌아온 뒤로 얼마 동안 평범하고 그런대로 바쁜 나날이 이어졌다. 친구가 일하는 회사에서 임시 아르바이트를 하고, 일에 쫓기느라 읽을 수 없었던 책을 읽고 만날 수 없었던 친구와의 교류를 재개했다. 일자리를 잃었다는 말을 듣자 친구들은 하나같이 부러워하는 표정을 짓고는 얼버무리듯 그것참 힘들겠네, 하고 동정했다. 모두가 일해야 하는 자기 신세를 불행하게 생각한다는 것을 안 것만으로도 퇴사하기를 잘했다고 태평하게 생각했다.

12월에 접어들었을 무렵의 어느 날 밤이었다. 나는 친구와 심야의 전화 통화를 즐기고 있었다. 그는 원래 대학 2년 선배였는데 어느새 같은 학년이 되더니 후배가 된 인물이었다. 나보다 1년 늦게 졸업한 뒤 일정한 직업을 갖지 않고 소위 프리터 인생을 살고 있었다. 리키야力也라는 강해 보이는 이름과 어지간한 주정뱅이는 쪽을 못 쓰는 거구와 가끔 넌더리가 날 만큼 쉽게 상처받는 순진한 성격의 소유자였다. 취미는 우락부락한 손가락으로 섬세하기 그지없는 연애소설을 워드프로세서(컴퓨터 프로그램이 아닌 문서 편집기기를 뜻함-옮긴이)로 쓰는 것이었다. 그는 현재 쓰는 소설에 관해 장황하게 늘어놓았다. 새벽 2시가 넘어 겨우 전화를 끊고 나서 나는 잠이 달아나버린 머리를 저으며 요시다 아키오의 만화를 들고 자리에 누웠다.

그때 전화벨이 울렸다.

"이치노세야."

훨씬 가느다란 목소리였지만 바로 하코네 여행 중에 만난 그녀가 떠올랐다.

"잤어?"

"아니. 방금 전까지 친구랑 통화하고 있었어."

"그래."

수화기 저편에서 이치노세 다에코는 전에 그랬던 것처럼 맥없이 한숨을 쉬었다.

"전화해야지 했는데 못 했어. 있지." 그녀는 크게 숨을 쉬었다. "이번 달 24일에 바빠?"

나는 반쯤 잠에 취한 머리로 멍하니 24일, 24일 하고 되풀이했다. 그러다가 놀라 일어나 앉았다. 이번 달 24일이라면 크리스마스이브 아닌가.

"크리스마스이브?"

"응……."

전화선 너머에서 다른 사람 같아진 그녀는 머뭇머뭇 대답했다.

"난 일 년 365일 한가하지만……."

당신은 한가할 리 없잖아, 라고 하려던 말을 삼켰다. 크리스마스이브는 그녀의 표현을 빌리자면 여자들의 승패가 갈리는 중대한 날 아닌가. 지난번 그녀가 한 말의 문맥으로 따지자면 그녀는 그날 당연히 한껏 차려입고 점찍은 남자와 예약된 호텔에서 지내야 하는데.

"나도 한가해." 그녀는 힘주어 말했다. "물론 크리스마스 파티에도 초대받았고 만나자고 하는 남자도 있었지만 영 기분이 나지 않아서 전부 거절했거든. 그래서 한가해."

나도 모르게 쓴웃음을 지었다. 다에코와 이야기를 나누다 보면 쓴웃음만 난다.

"우리 집에 와서 같이 케이크라도 먹으면서 이야기 안 할래?"

나는 잠시 할 말을 찾았다. 그렇게 긴 시간이었던 것도 아닌데 그녀는 허둥지둥 "싫으면 할 수 없고. 내가 멋대로 꺼낸 말이니까"라고 말을 잇고는 연속으로 딸꾹질을 했다.

"싫은 건 아니야. 혹시 술 마셨어?"

"잔뜩. 진짜 괜찮아. 아까 한 말은 잊어줘."

"지금 어디 있어? 집 아니지?"

"신주쿠. 택시가 안 잡히네."

"혼자야?"

"혼자 아니야. 세계가 나와 함께 있어."

그녀의 웃음은 듣는 사람까지 가슴이 아파질 정도로 쓸쓸하게 들렸다. 나도 모르게 말했다.

"그래, 좋아. 크리스마스이브엔 어차피 한가하니까. 다만 친구가 그날 작게 술자리를 마련할 건데 안 오겠느냐고 했거든. 당신만 괜찮으면 같이 안 갈래? 그 뒤에 당신 집에 가도 되고."

그녀는 잠깐 침묵했다. 요란한 딸꾹질 소리가 얼마 동안 전화 특유의 물이 얼음이 되는 소리 같은 잡음 속에서 몇 번 들려왔다.

"술자리엔 안 갈래. 그렇지만 그 뒤에 당신이 올 거면 샤블리를 차게 식혀놓을게. 그리고 고급 치즈도."

"그럼 많이 안 마실게. 그런데 괜찮겠어? 이런 늦은 밤에 혼자서?"

"혼자 아니라니까. 택시만 잡히면 돼."

"얼른 잡히면 좋겠네."

"있지." 다에코는 처음으로 들뜬 목소리로 말했다. "나 당신한테서 전화 오지 않을까 내내 기다렸었어. 진짜야. 오늘 전화했을 때도 날 잊어버린 게 아닐까 내내 걱정했었어. 이상하지? 평범하게, 꾸미지 않고 이야기할 수 있었던 상대는 당신이 처음이야."

나는 상대방에게 들리지 않게 손으로 수화기를 가리며 하품했다.

"……잊을 리 없잖아. 당신처럼 엉뚱한 사람은 처음 보는 걸."

"너무하네. 저기, 이거 기억해줄래?"

다에코는 불분명한, 추위가 느껴지는 목소리로 돌아갔다.

"회사에 관찰자가 있어."

"……뭐가 있다고?"

"관찰자. 관찰자, 실행자, 지배자. 아하하."

"갑자기 웬 농담이야. 술주정 그만 부리고 얼른 택시나 잡아."

"안 믿는구나. 술 취해서 하는 허튼소리가 아닌데."

"그래, 그래, 알았어."

나는 머리가 아파서 그녀의 말을 중간에 가로막았다.

"진짜 안 거야? 엄청난 일이라고. 하지만 좀처럼 할 수 없는 일이지."

나는 고개를 갸웃했다. 직장의 연애 전선에 이상이라도 발생했나.

"아무튼 알았으니까 얼른 택시 잡아."

"진짜 안 거지? 그럼 됐어. 잊지 마. 관찰자, 실행자, 지배자."

전화가 끊어졌다. 만화를 읽을 기력은 이미 오래전에 사라지고 없었다. 나는 불을 끄고 싸늘해진 발끝을 맞비비며 잠이 들었다.

12월은 스승이 아니라도 달리듯이 보내야 하는 달이다(일본어로 섣달은 師走-옮긴이). 나는 워드프로세서로 청서淸書를 하는 아르바이트를 했다. 틈틈이 지난 4년간 못 보고 놓쳤던 영화 비디오를 빌려다 보고 다 합해서 네 번의 송년회에 참석했다. 일주일에 몇 번은 리키야가 현재 일하는 이케부쿠로의 작은 바에서 일을 거들었다. 지하에 위치한 가게는 그림책에서 본 호빗의 집처럼 포근하게 어둑어둑하고 벽은 낙서투성이, 테이블은 기울고 의자는 앉으면 삐걱거리는 곳이었다. 이곳 '블랙 컴'을 찾는 손님은 대개 단골로, 차분히 앉아 오래 마시는 사람들뿐이었지만 그래도 나름대로 바빴다. 소설가 로버트 웨스톨의 팬인 주인장은 늘 카운터를 버려두고 단골과 함께 마시다가 손님보다 먼저 취하는 사람이었다. 이틀째부터 하는 수 없이 내가 요리를 담당하는 무시무시한 사태가 벌어지고 말았다.

여기 지하에 틀어박혀 있으면 세상이 얼마나 바쁘게 돌아가고 있는지, 다른 사람들이 '하면 안 되는 일'과 '하고 싶은 일' 사이에서 얼마나 갈등하는지 잊게 된다. 말하자면 일종의 타임캡슐 같은 가게다. 나는 천진난만한 털보 주인장이 아무래도 상관없는 일을 힘주어 이야기하는 모습과 커다란 덩치를 움츠리고 주문을 받으러 다니는 리키야의 모습이 좋아졌다. 일을 마치고 대개 곤드레만드레 취한 주인장을 리키야와 함께 2층 방으로 데려가 밤이고 낮이고 깔려 있는 이부자리에 눕힌 다음, 문을 잠그고 동 트기 전의 싸늘한 공기 속에 첫차를 타러 가는 것도 마음에 들었다. 얼어붙은 세계 한구석에서 소소하게 살고 있는 나를 얽어매는 여러 관계와 거짓이 바람에 씻기는 듯한 느낌이 즐거웠다.

지금도 잊을 수 없다. 12월 19일, 나는 청서된 원고를 전달한 뒤 '블랙컴'으로 갔다. 가게는 손님이 없이 한산했다. 카운터 안에서 리키야가 경쾌하게 워드프로세서로 글을 쓰고 있었다. 내가 다가가자 그는 눈을 들고 "오늘은 한가하네"라고 말했다.

"사장님은?"

"감기. 위에서 자. 사장님이 오늘은 안 나올 거라는 걸 단골들도 대충 짐작할 거야. 오늘은 아마 종일 이런 식일 테니까 가도 돼."

나는 어깨를 으쓱하며 그럼 그럴게, 하고 대답했다. 리키야는 문서를 저장하는 키를 누르고 작은 화살표가 종말을 향해 천천히 이동하는 동안 잔을 두 개 꺼내 주인장이 웨스톨의 사인본 다음으로 소중하게 여기는 브랜디를 따랐다.

"잘돼가나 보네, 소설."

나는 몸속을 따듯하게 덥히기 시작한 브랜디의 힘을 느끼며 물었다.

"응, 뭐. 그렇지만 이상하단 말이지. 처음에 생각했던 것하고 전혀 다른 인물이 대활약하기 시작했지 뭐야. 주인공의 심정보다 이 캐릭터가 이야기 전체를 끌어나가기 시작했어."

리키야는 즐겁게 말했다. 그러더니 손을 바지에 문지르며 이어서 말했다.

"크리스마스이브에 여기서 파티 하잖아?"

"응. 사장님이 오라고 해서 알아."

"올 거야?"

"응."

"그래."

리키야는 큰 눈을 잠깐 깜박였다. 나는 그의 얼굴을 올려다보다가 갑자기 다에코와 한 약속이 생각났다. 집에 가겠다고 했으면서 나는 그녀의 전화번호밖에 몰랐다.

수첩에 다에코가 준 명함을 끼워놓았다. 명함 뒤에 그녀의 집 전화번호가 깔끔한 글씨로 쓰여 있었다. 가게 공중전화로 그녀에게 전화를 걸었다. 좁은 카운터 위로 아무렇게나 붙인 금색 띠 장식이 늘어져 있었다. 그저께 왔을 때는 분명히 없었던 작은 크리스마스트리가 가게 구석에서 아무도 없는 텅 빈

실내에 전구 불빛을 비추었다.

"네."

신호음이 열두 번 울린 뒤 누가 전화를 받았다.

"이치노세 씨 댁인가요?"

"네."

"다에코 씨 계시나요?"

나는 의아하게 여기며 입을 열었다. 다에코는 혼자 산다고 했는데. 수화기 저편에서 들려온 것은 어둡고 또렷하지 않은 여자 목소리였다. '네'라는 한마디에서 경계심과 연령이 느껴졌다.

"다에코 친구이신가요?"

"……그런데요."

"다에코는 없어요."

"아직 퇴근 안 했나요?"

"병원."

나는 얼굴에 억지웃음을 지은 채 숨을 멈추었다. 다시 리키야의 워드프로세서 소리가 들리기 시작했다. 본인에게는 미안하지만 나는 거구의 리키야가 빠른 속도로 능숙하게 워드프로세서의 키를 치는 모습을 볼 때마다 발레리나 복장을 한 하마가 춤추는 애니메이션이 연상된다.

"……입원한 건가요?"

"네."

나는 얼마 동안 수화기를 쥔 채 전화선 너머의 침묵을 들었다. 그러고는 무뚝뚝한 상대방에게 머뭇머뭇 물었다.

"어디 아픈 건가요? 아니면 사고나 그런 건가요?"

"자살, 미수."

"자살 미수라고요?"

상대방이 이를 가는 소리가 수화기 구멍에서 등골이 오싹해질 만큼 강하게 들려왔다. 나는 빨리 전화를 끊어야겠다고 생각했다. 아무것도 묻지 말고 전부, 다에코에 대해 잊자고 생각했다. 어서 의례적인 말을 하자. 뭐라도 좋다. 그리고 전화를 끊자.

갑자기 이 가는 소리가 그쳤다.

"당신은 누구죠?"

나는 다에코의 친구일까. 한 번 만났을 뿐, 한 번 통화했을 뿐이다. 하지만 핑계는 대고 싶지 않았다.

"다에코 씨 친구예요. 저, 어째서 자살하려고 한 건가요?"

"몰라요."

어째서 크리스마스를 앞두고 이런 이야기를 해야 하는 걸까. 나는 카운터 위에 있던 리키야의 담뱃갑에서 한 개비 빼서 불을 붙였다. 연기를 깊이 들이마셨다가 뱉었다. 그리고 바로 비벼 껐다.

"자살은 어떻게……?"

"중독이에요."

"무슨 중독이죠?"

"많이 취해서 같은 아파트에 사는 아는 분이 집까지 데려다 줬대요. 그런데 그 뒤 그분이 다에코의 집에 가봤더니 그땐 이미 인사불성이었다는군요."

이야기가 어긋났다.

"그렇군요. 저……."

전에 책에서 읽은 예문들이 머릿속을 맴돌았다. 어떻게 위로를 드려야 할지. 얼마나 상심이 크십니까. 그런 말을 하느니 목을 갈가리 찢어버리는 편이 낫겠다. 그렇다고 무슨 말을 해야 좋을지도 알 수 없었다.

"어느 병원인가요?"

"면회 사절이에요."

사무적인 이야기가 되자 상대방의 어조는 다시 무뚝뚝해졌다.

"중태인가요?"

"면회 사절인데요."

배 속이 묵직해지는 느낌이 들었다.

"다에코는 자고 있어요. 깊이. 그때부터 계속. 계속."

"잔다고요?"

"네."

"그럼 심각한 건 아니군요."

"인공호흡기를 달고 있는 한은."

나는 말문이 막혔다.

"다에코는 당신 친구인가요?"

"……네."

"정말로?"

"정말이에요. 다에코 씨는 어째서 자살을 하려고 한 거죠?"

"거짓말."

수화기에서 의미심장한 웃음소리가 들려왔다.

"네?"

"다에코는 친구가 없어요."

"무슨 말씀이죠?"

"걔한테 친구가 있을 리 없어."

전화가 끊어졌다. 나는 얼마 동안 수화기 구멍을 멍하니 쳐다보다가 무슨 일이냐는 듯한 표정의 리키야에게 고개를 흔들었다.

집으로 돌아오니 우편함에 크고 두꺼운 봉투가 들어 있었다. 보낸 사람은 내 '친구' 이치노세 다에코였다.

봉투 안에 든 것은 워드프로세서로 쓴 원고 뭉치. 맨 위에 연필로 크게 '수기'라고 휘갈겨 쓰여 있었다.

누나, 아까는 미안했어.

누나가 날 걱정해준다는 걸 나도 잘 알 수 있었어.

하지만 전에도 말했잖아. 이제 나한테 신경 쓰지 마.

이미 늦었어.

누나, 누나가 그랬지. 세상에 뭐든 너무 늦은 건 없다고. 아직 어떻게든 할 수 있다고.

하지만 이젠 틀렸어. 너무 늦었어. 진짜로, 신께 맹세컨대, 너무 늦었어.

누나, 누나는 몰라. 누나는 늘 긍정적이지. 아버지, 어머니조차 나에 대해 낱낱이 알면서 모르는 척하는데, 누나만은 아무것도 모르면서 생긋 웃으며 나를 맞아주지.

나도 알아. 이제 와서 뭘 어떻게 하든 틀렸어.

누나는 그랬지. 세상에 도움되는 착한 일을 하면 나도 구원받을 수 있다고. 사회에 참여하라고.

반전 운동이라도 하라는 거야? 아니면 환경 운동?

안 돼. 누나도 알잖아. 내가 가령 자리보전하고 누운 노인한테 살아갈 희망을 줄 수 있겠어?

나 자신조차 이미 오래전에 살아갈 희망을 잃었는데.

애초에 살아갈 희망이란 게 뭔데?

누나는 늘 나한테 그러지. 살아갈 희망을 버리면 안 된다고.

하지만 누나. 난 그런 거 없이도 지금까지 살았는데?

살기 싫어도 살았는데?

오케이, 누나. 말해주지. 내가 지금까지 뭘 했는지.

동요하지 말라고. 누나의 꿈을 깨부숴주겠어. 누나는 늘 내가 아픈 사람이라 뭘 했는지 전혀 모른다고 생각했지. 그렇게 생각하고 싶어했어.

하지만 누나, 그건 희망적 관측이란 거야.

난 알아. 내가 뭘 해왔는지. 뭘 했는지 모조리 기억해.

미안해, 누나. 정말 미안.

처음 살았던 집 기억나?

잔디가 아름다운 단지였지.

잔디밭 주변에 철쭉이 심어져 있었어. 지금도 생각나. 5월에 철쭉꽃이 피면 누나랑 나랑 꽃을 따서 거꾸로 들고 꿀을 빨아먹었어. 아주 살짝 달콤한 향기가 입 안에서 순간 녹았어. 한순간. 그 뒤 더 세게 빨면 풋내가 혀에 들러붙어 언제까지고 사라지지 않았어. 커다란 진분홍 철쭉. 나랑 누나는 철쭉 덤불 밑 잔디에 누워 종종 하늘을 올려다봤어. 풀 냄새가 숨 막히게 진동하는 5월. 난 지금도 잊히지가 않아.

개가 있었잖아? 갈색에 잡종인 커다란 개. 얌전해서 내가 조심조심 등을 쓸어도 꿈쩍도 하지 않았어. 귀찮다는 듯 가끔씩 눈을 들어 나를 보곤 했어.

나는 그 개가 좋았어. 털이 짧아서 반대 방향으로 쓸면 버석버석 소리가 나던 털가죽. 뾰죽하게 튀어나온 코를 이따금 허공에 쳐들고 킁킁 냄새를 맡았지.

어느 날 내가 그렇게 개를 쓰다듬는데 어머니가 다가와서 말했어.

“그 개를 만지면 안 돼.”

나는 왜냐고 물었어.

“떠돌이 개잖니. 지저분하고 위험해. 이리 오렴.”

개는 내가 가도 아랑곳하지도 않았어. 그저 지친 것처럼 턱을 앞발 위에 얹고 내게는 보이지 않는 어떤 것을 꼼짝 않고 바라보고 있었어.

개를 만지는 걸 포기하고 커다란 달팽이 모양 장식 속에서 노는데 어머니가 웬 아줌마와 이야기하는 소리가 들렸어.

"저런 곳에 떠돌이 개가 있다니 위험하네요. 관리사무소에 이야기해서 어떻게 해달라고 해야겠어요."

나는 달팽이 옆구리에서 얼굴을 내밀고 어머니한테 어떻게 한다는 게 뭐냐고 물었어.

"어린애는 어른들 이야기에 참견하는 게 아니야. 그런 곳에 언제까지 들어가 있을 거니? 지저분하니까 나와."

난 하는 수 없이 달팽이에서 기어나왔어.

얼마 지나니까 어디에서도 개를 찾아볼 수 없게 됐어. 그때 내가 누나한테 물었지. 개가 어디 갔느냐고.

누나는 어른스러운 표정으로 하늘을 가리켰어.

바보 같은 소리 마, 개가 하늘을 어떻게 날아? 내가 어리다고 거짓말하는 거지?

"무슨 소리야? 너 바보구나. 하늘을 날았다는 게 아냐."

누나는 불쾌한 웃음을 지으면서 말했지.

"하늘로 올라갔다는 거야."

나는 입을 다물었어. 개가 하늘로 올라간다고? 그런 건 본 적이 없는데.

"엄마가 그랬단 말이야." 누나는 얼마 있다가 실토했어. "그 개는 하늘에 갔다고. 그러니까 이제 잊어버리라고. 엄마가 그랬어."

그런다고 개의 몸뚱이가 둥실둥실 날아 올라간다는데 잊어버릴 수 없잖아?

난 그 뒤로 날이면 날마다 잔디밭에 누워 하늘을 올려다봤어. 누군가가, 뭔가가, 하늘로 올라가지 않나 지켜보고 있었던 거야.

따끔거리는 마른 풀이 등과 다리 밑에서 가끔씩 버석버석 소리를 냈어. 벌레의 날갯짓 소리, 바람이 하늘 높이 날아올라 울려 퍼지는 낮게 잠긴 소리를 들으며 줄곧 기다리고 있었어.

"너 대체 뭘 보는 거니?"

어느 날 누나가 나한테 그렇게 물었지.

"개가 하늘로 올라가는 걸 보려고."

나는 그렇게 대답했어. 누나는 자기 키보다 더 큰 책가방을 추키면서 내 얼굴 옆에 앉았어.

"개 몸뚱이가 하늘로 올라가는 게 아냐."

"누나가 그렇게 말했잖아."

"몸이 아니라 마음이 올라가는 거야."

"마음?"

"영혼 말이야. 너 진짜 바보구나."

"영혼이라니?"

"너한테도 있잖아."

"어디에?"

"네 안에. 달리 어디에 있다는 거니."

"그거 눈에 보여?"

"보이지 않을까? 유치원 선생님이 그랬거든. 꼬박꼬박 먹어라, 먹어야 몸과 영혼이 크게 자란다고. 크게 자라니까 눈에 보이겠지."

누나는 내 옆에서 얼마 동안 하늘을 바라보다가 숙제해야지, 라며 치마에 묻은 흙을 털고 뛰어갔어.

나는 석연치 않았어. 집에 가니까 어머니가 언짢은 얼굴로 말했어.

"매일 참 용케 그렇게 더럽게 하고 오는구나. 손은 비누로 깨끗하게 씻고 소독해야 해. 소독하면 깨끗해진단다."

나는 비누로 손을 씻고 언제나 세면실 구석에 있던 소독약이 든 법랑 대야에 손을 담갔어. 난 그 소독약 냄새가 너무너무 싫었어. 흙과 풀, 바람 냄새가 더 좋았어. 밖에 나갔다 와서 방 안에서 손 냄새를 맡으면 손 안에서 흐릿하게 풀 냄새가 되살아나거든. 그걸 음미하는 게 좋았어. 하지만 어머니한테 혼나기 싫어서, 어머니를 기쁘게 해드리고 싶어서, 난 그 소름끼치는 액체에 손을 담갔어.

싫은 건 또 있었어. 피망. 그걸 간장과 설탕으로 조린 징그러운 회색 음식. 억지로 입에 넣으면 그전까지 먹고 있던 햄버그스테이크나 스파게티의 즐거운 맛이 어디론가 가버리고 목덜미가 근질근질해졌어. 애써 삼키면 배 속이 더러워진 것 같은 기분이었어.

"엄마, 영혼은 정말 배 속에 있어?"

나는 억지로 피망을 입에 쑤셔넣으면서 말했어.

"지저분하게 그게 뭐니. 먹으면서 말하지 말렴."

어머니는 말했어. 나는 먹는 것을 멈추고 다시 물었어.

"지금은 먹는 시간이지 떠드는 시간이 아니야."

어머니는 짜증스레 그렇게 대답했어. 난 하는 수 없이 기분 나쁜 피망을 계속 먹었어.

그다음 날, 유치원에 갔다가 오는 길에 나는 길가를 엉금엉금 기어가는 개구리를 발견했어. 개구리는 귀찮은 듯 천천히 피부를 실룩거리고 있었어.

난 얼마 동안 그걸 지켜봤어. 날지 않으려나? 하늘로 올라가지 않으려나?

개구리는 그저 느릿느릿 기어가고 있을 뿐이었어.

난 개구리를 집어 내던졌어.

개구리는 아치를 그리며 땅바닥에 쿵 떨어졌어. 난 실망했어. 개구리는 거꾸로 뒤집혀서 꿈틀꿈틀했어. 다시 한번 집어 던져도 개구리는 전혀 하늘로 올라가지 않았어. 올라가기는 커녕 점점 지저분하고 물컹한 덩어리가 됐어.

내가 실망해서 그걸 바라보는데, 어머니가 와서 내가 손에 들고 있는 걸 보고는 안색을 바꾸었어.

"뭘 들고 있는 거니, 더럽게. 얼른 버리렴."

"올라갈 생각을 안 해."

난 어머니를 올려다보며 호소했어.

"올라가다니 뭐가? 좌우지간 얼른 버려. 더러워라, 이렇게 뭉크러져선."

난 내가 개구리를 몇 번이고 던졌다고 이야기했어. 어머니는 내 얼굴을 때렸어. 난 울음을 터뜨렸어.

"그게 무슨 짓이니? 너 나쁜 애구나. 그런 짓을 하는 애는 마음까지 더러운 애야."

어머니는 악을 썼어. 나는 엉엉 울면서 어머니에게 잡아끌려 집으로 돌아갔어.

"얼른 손을 씻으렴. 언제까지 울고 있을 거야? 깨끗하게 소독하고."

"손 씻으면 깨끗해져?"

난 울면서 어머니한테 물었어. 어머니는 무슨 뜻인지 이해를 못 했나 봐.

"늘 말하잖니. 소독하면 깨끗해져. 자, 얼른 손 씻어."

난 손을 씻었어. 비누로 씻고 또 씻었어. 그러고 나서 소독약에 손을 담갔어. 강한 냄새에 눈이 시렸어. 뻣뻣하게 굳은 손가락을 펴면서 난 정말 겁이 났어. 더럽다고, 누나, 더럽다고 어머니가 야단쳐서, 너무너무 무섭게 야단쳐서.

난 양치질할 때 쓰는 컵에 소독약을 떠서 마셨어.

"여기가 당신 책상이야. 내 옆자리. 내 업무를 돕게 될 텐데 별로 어려운 일은 아니니까 편하게 하고. 전에 이 책상을 썼던 사람이 갑자기 못 나오게 되는 바람에 일할 사람이 부족했거든. 난감하던 차에 고마워. 나중에 다른 사람들한테도 소개할 건데, 당신은 날 도와서 워드프로세서 작업을 한다든지……. 요컨대 서류랑 데이터 정리를 부탁하려고 해. 컴퓨터는 써본 적 있고?"

"사실은 없어요."

나는 얌전히 대답했다.

"저런, 그래? 하지만 워드프로세서만 쓸 수 있으면 금세 배울 수 있을 거야. 조작도 간단하니까. 맞다, 차 심부름도 부탁하고 싶은데, 그냥 아침에 한 번, 그리고 누가 부탁하면 그때, 그리고 3시 휴식 시간에 사무실에 있는 사람 전원한테 차를 주면 돼. 맞다, 난 이시하라 사와코야. 잘 부탁해."

빠른 말투로 거침없이 설명한 뒤 그녀는 생긋 웃으며 손을 내밀었다. 나는 한껏 붙임성 있게 그녀의 손을 잡았다.

"저야말로 잘 부탁……."

"그럼 다른 사람들을 소개할게."

내 말이 채 끝나기도 전에 그녀는 손을 슥 빼고 빠른 속도로 걷기 시작했다.

"부장님은 10시 지나야 출근하시는 데다 여기엔 잘 오지도 않으시거든. 과장님, 오늘부터 와준 아르바이트예요. 이분은 시바타 과장님. 차에 좀 까다로우니까 주의하고."

"잘 부탁드……."

"다음은 이쪽."

과장의 얼굴을 볼 겨를도 없이 이시하라 여사는 내 팔을 붙들었다. 전에 있던 회사의 한 층 전부를 합친 것보다도 세 배는 넓은 총무부에서 차례대로 책상을 돌며 소개했다. 잘 부탁드립니다, 라고 끝까지 말할 틈은 결국 한 번도 없었다.

"여기 이 사람들이 총무부의 숨은 주력 멤버. 다카하시 히로미 씨, 기쿠치 마리 씨, 모리타 에쓰코 씨, 나카가와 유미코 씨, 그리고 구마시로 구니카 씨."

어, 어, 어 하는 사이에 소개는 그것으로 충분하다고 생각했는지 이시하라 여사는 나를 책상으로 데리고 갔다. 그녀가 너무 이름을 빨리 말해서 그런지 이름을 불린 여자들이 일제히 머리를 숙여 인사했다. 누가 누군지 알 수 있을 턱이 없었다.

"신경 안 써도 돼. 신인 아이돌도 아닌데 꼭 정중하게 인사할 거 뭐 있어."

이시하라 여사는 자리에 앉자마자 놓여 있던 안경을 쓰고 내게 서류를 쓱 내밀었다.

"먼저 이걸 정서해줘. A4 용지에 45자 40행이 우리 기본 포맷이야. 아, 그리고 시작하기 전에 차 준비해주고. 나카가와 씨, 차 끓이는 법 가르쳐줘."

나는 터무니없는 계획을 실행에 옮기려 하고 있었다. 아니, 이미 실행 중이었다.

나는 병원에 갔다. 그리고 인공호흡기를 달고 있는 '친구'를 봤다.

보고 말았다.

본 이상 뭔가를 해야 했다.

내 앞으로 배달된 수기의 임자를 발견하는 것. 그녀를 그렇게 만든 범인을 찾아내는 것.

찾아내서 어떻게 하겠다는 생각은 조금도 없었다. 그저 그녀가 내게 수기를 보낸 심정을 생각하면 그냥 모른 척 버려둘 수 없었다.

집에 보관해두었던 명함 케이스에서 그녀의 명함을 꺼내

회사 이름을 확인했다. 혹시나 싶어 대학시절 친구에게 전화하니 친구 아버지가 상무로 있는 회사였다.

필연이라 할 정도의 우연.

누군가가 내게 어떻게든 하라고 이르는 것이다.

그걸 해야 한다.

신변 정리에 다소 시간이 걸렸다. 이런저런 관계를 청산해야 했지만 그것도 모두 끝났다. 그녀의 회사에 있는 '관찰자, 지배자, 실행자' 그리고 아마도 이 수기를 썼을 남자를 찾아내야 한다.

그 때문에 나는 이곳에 있는 것이다.

그녀는 내 '친구'니까.

총무부는 본관 3층에 있었다. 60년도 더 전에 지어져 몇 차례 개보수를 한 건물은 낡은 건물 특유의 뭐라 표현할 수 없는 공기로 가득 차 있었다. 무의미하게 장식적인 계단의 조각이며 스테인드글라스풍 장식창, 휑뎅그렁하게 높은 천장. 황갈색 난간이 뭐라 말할 수 없는 위압감을 주었다. 나는 걸음이 빠른 나카가와 유미코를 따라가려고 애써 보폭을 넓혔다. 보이시하게 머리를 짧게 치고 긴 다리에 바지를 입은 운동선수 타입의 그녀는 내가 따라오고 있는지 확인하는 눈치도 전혀 없이 느닷없이 "쓰바키 상무님 소개라며?"라고 말했다.

"네. 잘 부탁드려요."

그녀는 후후 웃었다.

"드디어 끝까지 말했네."

"네?"

"인사를 끝내기도 전에 이시하라 여사가 끌고 다녔잖아. 유능한 사람이야. 너무 유능해서 좀 과하게 밀어붙이는 부분도 있지만."

"아니에요, 저도 좀 빠릿빠릿하지 못한 부분이 있어서요."

나는 대답하며 예상 이상으로 무서운 회사일지도 모르겠다고 생각했다. 임시 아르바이트 따위 관심 두지 않고 일하는 줄 알았건만 확실하게 관찰하고 있었던 것이다. 이 정도로 '관찰자'라 할 수 있다면 이 회사에 '관찰자'가 차고 넘칠 것 같았다.

"이시하라 씨 옆자리 분은 결혼해서 그만두신 건가요?"

나는 넘어질 뻔하며 물었다. 유미코는 이상한 표정을 지었다.

"아니. 왜?"

"아뇨, 12월에 사직할 정도면 좋은 일이었나 싶어서요."

"전혀. 오히려 그 반대야." 그녀는 목소리를 낮추었다. "병이 나서 입원 중. 어쩌면 살지 못할지도 모른다고 소문이 파다해."

"저런."

나는 애써 놀란 척했다.

"올해는 어째 우리 회사 운수가 나쁜지 그 애 말고도 입원한 사람이 또 있지 뭐야. 글쎄, 수송부 부장님은 자율신경 기능 이상이 도져서 발광했대."

이번에는 가짜로 놀란 척한 게 아니었다.

"우리 회사는 역시 좀 이상하거든. 건물이 오래됐잖아? 대지진에도 공습에도 살아남았다는 유서 깊은 건물이다 보니까 나온다고. 종종. 이게."

유미코는 손목을 밑으로 하고 손을 들어 보였다.

"본 적 있으세요?"

내가 묻자 그녀는 흐흥 하고 코웃음을 쳤다.

"난 한 번도. 둔해서 말이야. 구마시로 구니카라고 머리에 헤어밴드 하고 보라색 투피스 입은 애 있었지? 그 애가 그런 거에 얼마나 예민한지 허구한 날 어깨가 무거워졌다느니, 검은 덩어리가 복도에 뒹굴고 있더라느니 하거든. 아무튼 그런 거에 예민하면 1층 여자화장실엔 안 가는 게 좋을 거야. 거울에 피투성이 여자 얼굴이 비쳤다느니, 거기서 머리를 빗었더니 갑자기 뭉텅 머리카락이 빠졌다느니, 흐느껴 우는 소리가 들린다느니 이것저것 많으니까. 옛날에 불륜하다가 지친 여자 직원이 거기서 손목을 그었다는 전설이 있거든. 그 유령이 아직까지 배회하는 중이라나."

"절대로 가까이 가지 않을게요."

나는 힘주어 말했다.

급탕실은 흰 타일벽의 좁은 방이었다. 흠집투성이 싱크대와 나무에 거칠거칠하게 거스러미가 인 유리 찬장, 크고 검은 찻잎 깡통이 여섯 개. 커피 깡통이 세 개. 그중 몇 개에 '임원용'이라는 라벨이 붙었다. 개성이 풍부한 색색의 머그컵과 찻잔 몇 개가 엎어져 있었다.

"찻잔에 이름이 쓰여 있으니까 쉽게 알 수 있을 거야. 여기 있는 주전자로 물을 끓여서 이 보온 포트에 담고……."

고개를 끄덕이며 꽃무늬 컵 하나를 집어봤다. 유성 매직으로 'T. I'라고 쓰여 있었다. 그녀 것이다.

"차는 아침이랑 점심, 그리고 3시 휴식시간 때만 준비하면 되니까 그렇게 걱정하지 않아도 돼. 저녁에 퇴근하기 전에 책상 위의 컵은 모두 씻어서 제자리에 돌려놓고. 그 외엔 누가 부탁하면 그 사람만 갖다주면 돼. 노인네들 말고는 복도 자판기를 이용할 때가 많으니까 찻잎이 얼마나 남았는지 그렇게 예민하게 신경 쓸 거 없어."

"네."

"우선 물을 끓여줘. 보온 포트는 여기 세 개를 쓰거든. 다 합해서 서른 명이나 있으니까 가끔 하루 종일 물을 끓여야 할 때도 있지만, 뭐, 그러는 동안 여기서 땡땡이쳐도 되니까."

유미코는 그렇게 말하더니 서툴게 윙크하고는 주머니에서 담배를 꺼냈다.

"입원했다는 분이 전에 차 당번이셨나요?"

그녀가 연기를 깊이 들이마시기를 기다려 나는 조심조심 물어봤다.

"응. 꽤 요령 좋은 애였거든. 차는 자기가 준비하겠다고 하곤 곧잘 여기서 땡땡이쳤나 봐."

"그렇군요."

급탕실 밖에서 무거운 것을 내던진 듯한 소리가 난 것은 그때였다. 유미코는 황급히 담배를 음식물 쓰레기에 쑤셔넣고 복도로 나갔다. 나도 뒤를 따랐다.

복도에 남자가 쓰러져 있었다. 주위에 서류가 흩어져 있었다. 우리는 허둥지둥 그를 일으켰다.

"괜찮으세요, 부장님?"

크고 윤기 없이 버석버석한 얼굴에 주름이 깊게 팬 쉰 살가량 된 남자는 유미코의 손에 의지해 일어나 앉았다. 숨을 내쉬며 "안경, 안경 어디 있어?"라고 말했다. 나는 꽤 먼 곳까지 날아간 안경을 발견하고 주우러 갔다.

"괜찮으세요? 어디 편찮으신 것 같은데요."

"아니, 괜찮아."

부장은 안경을 쓰자 자력으로 일어섰다.

"하여간 나이를 먹으면 이렇다니까. 갑자기 오른다리가 미끄러져서 말이야. 어라라 하는 사이에 화끈하게 넘어졌군."

나는 바닥에 흩어져 있던 종이를 모아 내밀었다.

"이런, 고마워. 소란을 피워 미안해."

부장을 배웅한 뒤 우리는 서로 마주봤다.

"나카가와 씨, 저분은 누구세요?"

"경리부 부장님. 괜찮으려나. 건강과 체력이 자랑이란 사람인데……."

말끝을 흐리며 돌아선 유미코가 비명을 질렀다.

"뭐야, 왜 유령이라도 본 것처럼 그래?"

찻주전자를 늘어뜨린 젊은 남자가 어리둥절하게 우리를 쳐다보고 있었다. 유미코는 크게 숨을 내쉬었다.

"제발 소리 없이 뒤에 서지 말아줘. 안 그래도 유령이 자꾸 나온다는 이야기를 한 다음인데."

"미안해. ……그쪽은 누구?"

"오늘부터 출근한 아르바이트야."

"그래. 반가워. 자료실 세누마 도루야."

그는 도기 주전자를 흔들어 보였다.

"뜨거운 물 좀 얻을 수 있을까? 우리는 여자가 없어서 아저씨 차를 내가 줘야 하거든."

"자료실에 전기 포트가 있잖아."

유미코는 누구나 알 수 있을 만큼 쌀쌀맞게 말했다.

"아저씨가 새로 끓인 물을 원하거든."

주전자에서 김이 세차게 오르고 있었다. 나는 그가 싱크대 옆에 내려놓은 찻주전자 뚜껑을 열고 "2인분인가요?"라고 물었다.

"적당히 넣어줘."

"찻잎도요?"

"아, 그건 됐어. 거기 무서운 누님이 째려보는데 총무부의 차를 축낼 용기는 없으니까."

"뭐라고?"

"앗, 실수."

나는 주전자를 불에서 내려 찻주전자에 끓는 물을 부었다. 손잡이를 잡고 내밀자 세누마는 손바닥으로 찻주전자 바닥을 잡아 받아 들었다.

"고마워요, 아가씨들."

살빛이 희고 눈꼬리가 올라간 얼굴로 히죽히죽 웃으며 그가 나가자, 유미코는 한껏 입을 일그러뜨리고는 "기분 나쁜 녀석"이라고 중얼거렸다.

"꽤 미남인데요, 왜."

내가 뜨거운 물을 보온 포트에 나눠 담으며 말하자 그녀는 눈을 둥그렇게 떴다.

"세상에, 저런 게 취향이란 말이야?"

"취향은 아닌데요."

취향은 고사하고 이야기를 꺼낼 방편에 불과하다.

"저 사람은 관심 꺼. 미리 말해두는데 우리 회사, 젊은 남자 중에 괜찮은 사람이 많다고. 저런 건 하바리야, 하바리."

"저런."

유미코는 또 담배를 꺼내 불을 붙였다.

"우선 수송부 나쓰하라 씨가 있고, 그리고 경리부 이시카와, 산업2과 야베 씨. 이 사람은 운동을 열심히 해서 근육이 제법 멋있게 붙었단 말이지. 이 사람들이 최상위권, 그다음이 영업부 오다랑 가노. 총무부 하야세. 하야세는 아까 봤지? 시바타 과장님 옆에서 인사한 사람."

"얼굴이 약간 흐리터분한 사람요?"

"어머, 너무하네. 그래 봬도 총무부 기대주인데."

틀렸다. 유미코는 어엿한 관찰자였다. 나는 남들이 꺼리는지 이런 여자들의 수다에 말려든 경험이 없어 잘 모르지만 그녀가 정보통이라는 것은 분명할 것이다.

이런 식으로 알아낼 수 있을까. 진짜 관찰자, 수기를 쓴 사람이 대체 누구인지.

그녀를 따라 사무실로 돌아가며 나는 눈치채지 못하게 몰래 한숨을 쉬었다.

익숙지 않은 직장 분위기에 긴장한 탓도 있었겠지만 눈 깜짝할 새에 퇴근 시간이 됐다. 5시 지나 나는 책상 위에 남아 있는 찻잔을 치웠다.

다른 이들이 퇴근 준비를 시작하거나 이미 오래전에 퇴근해 생기를 잃고 휑한 사무실에서 이시하라 여사만은 아직 일하고 있었다. 나는 급탕실에서 커피를 끓여 그녀에게 가져다주었다.

"고마워. 첫날이라 피곤하지? 그만 가도 돼."

"그렇게 피곤하지 않아요. 도와드릴까요?"

"진짜?"

김으로 흐려진 안경을 벗으며 이시하라 여사는 기쁜 표정을 지었다.

"별로 도움은 안 되겠지만요."

"솔직히 일보다는 같이 야근해주는 사람이 있다는 게 반가워. 여기 오래된 건물이잖아? 자주 나오거든."

나는 웃었다. 꽤나 많이 출몰하나 보다.

"나카가와 씨께 들었어요. 이시하라 씨도 본 적 있으세요?"

"본 적은 없는데. 저쪽 책상 쓰는 구마시로 구니카가 예민하거든. 입 다물고 있으면 모를 일을 번번이 말하지 뭐야. 어깨가 갑자기 무겁게 느껴지면 위험하다든지. 그런 말 들으면 신경 쓰이잖아. 몰랐으면 단순히 피곤해서 어깨가 결린 거라 생각하고 끝인데."

이시하라 여사는 목걸이 펜던트를 흔들어 보였다.

"하도 그러니까 저번에 부적으로 수정을 샀어. 총무부 여자는 다들 뭔가 몸에 지니고 있어. 누구누구 님의 뭐시기 부적에, 통판으로 산 라피스 펜던트에. 맞다, 그중에서도 제일 능력 있는 애는 애인한테 다이아몬드를 받아내서……."

여사가 갑자기 입을 다물었다. 이유는 알 것 같았다. 분명히 '그녀'다.

"전부터 이런 회사에서 일해보고 싶었는데, 큰 회사는 큰 회사 나름대로 문제가 있군요."

"응, 뭐."

안경을 벗으니 의외로 어려 보이는 여사는 립스틱이 지워져가는 입술을 머그잔에 댔다.

"스트레스도 쌓이는 모양이고요."

넌지시 말을 꺼내봤지만 대답하지 않았다. 대신 오른쪽으로 솟은 글씨로 쓴 기획서를 내밀었다.

"얼른 끝내고 가자."

나는 하는 수 없이 묵묵히 워드프로세서 작업을 시작했다. 얼마 지나자 총무부 사무실 절반의 불빛이 꺼지고 우리 둘만 남았다. 이것저것 겁을 준 탓도 있겠지만 갑자기 어깨가 무거워진 것도 같고 이마 한가운데가 간질거리는 것도 같았다. 사무실 어두운 쪽 구석에 뭔가가 웅크리고 있을 것 같고 뭔가가 떠다니고 있을 것 같은 생각마저 들었다. 건물이 오래된 탓에 (오래된 탓이다, 틀림없다) 가끔 천장에서 희미하게 삐걱거리는 소리가 들렸다.

그 때문에 꽤 긴 시간 움찔움찔하며 일을 계속하다가 급기야 유령 따위 무슨 상관인가 하는 생각이 들어 화장실에 뛰어갔다왔다. 되도록 빨리 볼일을 보고 형광등이 껌벅거리는 복도를 서둘러 돌아오자 이시하라 여사 옆에서 남자가 벌떡 일어섰다. 하마터면 비명을 지를 뻔했다.

"어이쿠, 이런. 놀라게 해서 미안해. 누구지? 새로 온 아르바이트?"

남자는 감색 양복을 다소 캐주얼하게 입었다. 가까이서 보니 보라색 바탕에 작은 꽃무늬 모양의, 자칫 잘못하면 악취미로 끝날 것도 같은 넥타이가 근사했다. 상당한 미남이었다.

"그럼 이시하라 씨, 그 이야기는 나중에 또."

"그래요. 잘 가요, 나쓰하라 씨."

두 사람은 어색하게 인사를 주고받았다. 나는 머리를 숙이며 어물어물 인사했다.

지나치는데 희미하게 향수 냄새가 났다. 세련된 미남에 향수까지 쓰는 남자는 원래라면 벼락부자나 유한마담을 상대하는 물장사 관계자라 생각하겠지만, 나쓰하라라는 남자는 그게 잘 어울렸다. 게다가 전혀 아니꼽지도 않았다.

자리에 앉아 곁눈으로 이시하라 여사를 보자, 그녀는 연분홍으로 물든 볼을 두 손으로 거칠게 비비고 헛기침을 에헴 하고는 짐짓 시계를 봤다.

"어머, 시간이 벌써 이렇게 됐어? 어째 배고프다 했네. 슬슬 끝내자. 맞다, 같이 저녁 먹을까? 내가 사줄게."

웃지 않으려고 애쓰는 게 고작이었다.

역 근처 지중해 레스토랑에서 오징어 먹물 스파게티를 얻어먹으며 나는 밑에서 올려다보듯 여사를 바라봤다.

"맛있네요. 자주 오세요?"

"응, 가끔. 시끄럽지 않고 조용한 데다 음식 맛에 비해 많이 붐비진 않거든."

"아까 그분, 나쓰하라 씨라고 했나요? 그분도 같이 오세요?"

와인을 마시던 여사가 콜록콜록 기침했다.

"어, 어머, 갑자기 무슨 소리야."

"나쓰하라 씨는 수송부죠?"

"응."

"인기 많으실 것 같은데 이시하라 씨랑 사귀는 거 다들 아세요?"

"나카가와 씨구나. 하여간 왜 그렇게 남 말하길 좋아하는지."

여사는 안경을 벗고 촛불 불빛을 물끄러미 쳐다봤다. 회사에서 볼 때보다 얼굴 전체의 분위기가 부드러워졌다. 가슴이 살짝 아팠지만 여기서 물러설 수는 없었다.

"회사에선 아무도 몰라. 그 사람 친구 중엔 알고 있는 사람이 있을지도 모르지만 여자들은 아직."

"유혈이 낭자할 것 같죠."

여사는 잠깐 웃고는 접시에 남은 필라프를 힘없이 휘저었다.

"그야 그렇겠지. 난 뭐랄까, 그 애들한테 경계 대상이 아니니까."

"경계 대상이라고요?"

"남자 하나 못 잡은 주제에 커리어우먼인 척하는 여자. 선배처럼 되고 싶진 않네요, 하는 그거."

"예에……."

아닌 게 아니라 그렇게 보인다고 말할 수는 없으니 모호하게 대답했다.

"텔레비전 드라마에 종종 나오는 패턴이야. 완전히 안중에도 없던 여자가 회사에서 으뜸가는 남자를 잡는 거. 드라마라면 웃으면서 볼 수 있다고. 현실에선 절대로 있을 수 없는 일이니까. 하지만 실제로 그런 일이 일어나기도 하거든."

"이시하라 씨처럼 말이죠."

"그렇지."

묘하게 겸연쩍어한다 했더니 갑자기 딱 잘라 긍정했다. 나는 약간 울컥했다. 나도 여자다. 나 아닌 신데렐라는 역시 질투하게 된다.

"저기, 이 이야기는 비밀로 해줄래?" 여사는 갑자기 저자세로 말했다. "난 괜찮아. 어차피 지금도 별별 소리 다 들으니까. 하지만 회사에서 그이가 난처한 입장에 처하면 안 되거든."

"굉장한 애정인데요."

"모성애인가? 다섯 살 연하라서."

여사는 얼핏 먼 곳을 바라보는 듯한 시선이 되었다. 나는 한 입 남은 스파게티를 먹고 잔에 조금 남아 있던 와인을 다 마셨다.

"알았어요. 말 안 할게요."

"진짜로?"

"물론이죠. 타인의 비밀은 잘 간직해두는 편이 기분 좋잖아요."

"이거 난감한 상대한테 들켰네."

"하지만 언제까지고 감출 건 없지 않나요? 얼른 공개해버리면 될 텐데. 어엿한 연애잖아요."

"당신은 젊어서 몰라." 여사는 쓴웃음을 지었다. "나 같은 나이가 되면 그렇게 무슨 일이든 쉽지 않은 거야. 지금은 괜찮아. 하지만 앞으로 어떻게 될지 모르는 일이잖아. 그때 어떨지를 늘 생각하게 돼. 생각하기 싫은데도. 막차 시간을 신경 쓰면서도 몸을 못 가눌 만큼 술을 마셔. ……아휴 참. 왜 이런 이야기를 당신한테 하고 있는 건지."

나는 어깨를 으쓱했다. 여사도 딱히 내게서 대답을 원하는 것은 아니었다.

"……이시하라 씨. 디저트 드시고 싶지 않으세요?"

여사는 웃으며 나를 노려봤다.

"입막음의 대가가 참 비싸기도 하지."

"그럼요. 각오하세요."

점원이 가져다준 케이크 샘플 중에서 한층 큰 쇼트케이크를 골랐다. 둘이서 얼마 동안 각각 다른 생각에 잠긴 채 케이크를 먹었다. 나는 적당한 타이밍에 말을 꺼냈다.

"전에 계시던 분은 입원하셨다죠?"

"또 나카가와 씨한테 들었구나. 그 사람한테 당신을 맡긴 건 실수였네."

그렇게 말하면서도 이시하라 여사는 화제가 바뀐 것에 안도했는지 입이 가벼워졌다.

"입원한 건 맞는데 흔히 말하는 식물인간. 살 수 있을지 없을지, 살아난다고 해도 정상적인 생활이 가능할지 아닐지 알 수 없어. 가슴 아픈 이야기야."

"사고 같은 거였나요?"

"무슨 일이 있었던 건지 잘 몰라. 좌우지간 쓰러졌다, 입원했다, 회사에 당분간 올 수 없다는 말밖에 못 들었거든."

여사가 아무것도 모르는 것은 사실인 듯했다.

"역시 회사에 무슨 액이라도 낀 건가요?"

"뭐? 왜?"

"병 걸린 사람이 많다고 해서요."

여사는 웃었다.

"어느 회사에나 아픈 사람은 많아. 요새 일본 같아선 안 아픈 사람 찾는 쪽이 더 어려울걸. 그 왜, 제2의 에이즈라고 언론에서 호들갑떠는 병 있잖아? 뭐더라, 피로병? 그거 예비군 정도라면 발에 차일 정도로 많다고. 그 정도까지는 아니라도 스트레스로 인한 신경성 위염이라든지, 어깨 결림, 편두통, 알레르기성 비염, 일일이 세기도 힘들어. 아, 그러고 보니까."

이시하라 여사는 눈살을 찡그리며 몸을 조금 내밀었다.

"이건 절대 어디 가서 말하면 안 돼. 있지, 전에 있던 애가 사귀던 남자."

"부적으로 다이아몬드를 사줬다는 사람요?"

"응. 그 사람이, 자세한 이야기는 해줄 수 없지만 우리 회사 높은 사람이었거든."

"유부남을 만났다는 거예요?"

나도 모르게 목소리가 커지자 여사가 의아하게 쳐다봤다. 나는 허둥지둥 얼굴을 움츠리고 애써 웃음을 지었다.

"제법인데요."

"무슨 소리야? 하여간 요새 젊은 애들은."

그러는 자기는, 이라고 맞받아치려다가 가까스로 그만두었다.

"그래서요?"

"높은 사람이었어, 과거 시제로."

예상이 빗나간 듯한 기분으로 여사를 쳐다보니 그녀는 태연하게 커피를 마시고 있었다.

"불륜이 들통나서 좌천된 거예요?"

"당치도 않아. 여기서의 과거 시제는 말 그대로 과거 시제야. 돌아가셨거든."

"죽었다고요?"

"돌아가셨다는 건 죽었다는 거지."

"왜요?"

"교통사고. 꽤 오래전부터 가끔 시야가 흐릿해지거나 머리가 멍할 때가 있었나 봐. 그 때문인지 아닌지는 알 수 없지만 밤길에 차에 치여서 즉사. 운전자 말로는 꼭 차가 오는 걸 못 알아차리는 것처럼 빨간불에 횡단보도 한복판에 멀거니 서 있었대. 바쁜 사람이었으니까 피로가 쌓였던 거겠지."

나는 여사의 시야 바깥에서 손을 꽉 부르쥐었다. 우연이 아니다. 이건 우연이 아니다.

"불륜에 심심풀이, 이것저것 뜯어내면서 만족감을 누리는 것뿐인 연애인 줄 알았거든. 실제로 본인도 그렇게 말하고 다닌다는 소문이 있었고. 하지만 나름대로 진심인 부분도 있었나 봐. 사고가 있고 그다음 날 아침에 멀쩡한 얼굴로 출근했기에 얘 대체 뭔가 싶었는데, 워드프로세서 정서는 오자투성이에 계산을 시켜도 실수투성이인 거야. 아닌 척해도 내심 충격이었겠지. 그런데 한 달도 안 돼서 본인까지 그렇게 되다니."

나는 잠깐 주저하다가 용기를 내어 물었다.

"그게 원인이었나요?"

"응?"

여사는 어안이 벙벙해서 나를 쳐다봤다. 나는 애써 말을 쥐어짜냈다.

"그 사람 말이에요. 애인의 사고사를 비관해서, 그래서."

"그런 소문도 있긴 해."

다행히 그 이상 말하기 전에 여사가 내 말뜻을 알아차려주었다.

“하지만 확실히는 알 수 없고 가족분들이 워낙 경계가 심해서 실제로 무슨 일이 있었는지 아무도 몰라. 아는 건 아무튼 그 사람이 입원했다는 사실뿐. 이 이상은 당신도 회사에서 입밖에 내면 안 돼. 그 높은 사람 아들도 회사에 있는데 무책임한 말은 할 수 없잖아. 안 그래?”

“아, 네.”

나는 그 높은 사람의 이름을 물으려다가 그만두었다. 오늘은 이쯤 해두자. 이 이상 무슨 이야기를 더 들었다간 몸이 못 버틸 것 같다.

나는 내내 쥐고 있던 두 주먹의 힘을 빼고 목이 마르다는 사실을 깨닫고는 커피를 끝까지 마셨다. 문득 보니 여사는 뭔가 생각에 잠긴 표정으로 내 옆얼굴을 바라보고 있었다.

11시 넘어 집에 들어왔다. 나는 침대에 벌렁 누워 눈을 질끈 감았다.

난방을 틀고 화장을 지웠다. 샤워하고 담뱃불을 붙였다.

그리고 다시 책꽂이에서 수기를 빼서 폈다.

누나, 난 가끔 이상했어.

어째서 주위 인간들은 그렇게 머리가 나쁠까 싶어서.

초등학교 때부터였어.

선생님은 엄청 대단한 일인 것처럼 덧셈을 가르쳐. 읽는 법을 가르쳐. 한자 쓰는 순서를 가르쳐. 그런 건 난 이미 오래전에 어머니한테 배워서 알고 있었어.

주위 인간들은 몰라. 선생님이 읽어주는 하잘것없는 이야기에 즐거워해.

바보.

머리 나쁜 것들.

선생님이 묻더라. "붕어에 붙어 있는 이 하늘하늘한 걸 뭐라고 하나요?"

녀석들은 입을 모아서 "지느러미요!" 하고 큰 소리로 말했어.

난 더 큰 소리로 말했지. "등지느러미랑 꼬리지느러미랑 가슴지느러미!"

선생님은 재미없다는 표정으로 나를 무시했어. 녀석들도.

쉬는 시간에 녀석들이 그러더군. 야, 넌 자기가 머리 좋은 줄 알지?

당연한 걸 왜 묻냐, 이 바보야.

녀석들은 재미없다는 표정으로 서로 마주 보고는 큰 소리로 말했어.

너보다 야마구치가 더 머리가 좋아. 선생님이 그랬어.

나는 야마구치를 돌아봤어. 얌전하고 조용해서 말도 잘 하지 않지만 선생님이 편애하는 애. 국어 시간에 교과서를 읽을 때면 선생님은 늘 야마구치한테 시켰어. 윤기가 흐르는 단발머리를 흔들면서 그 애는 개구리 시를 낭독했어. 개구리가 꾸역꾸역 모여들어서 합창을 시작한다는 시.

걔도 바보야. 개구리는 그냥 더러운 생물인데. 하늘로 올라가지도 못하는 불결한 생물.

녀석들은 나를 비웃으면서 네가 더 바보다, 선생님은 개구리가 유쾌하고 재미있는 생물이라고 했는데, 하고 우겼어.

그럼 선생님도 바보야, 하고 나는 말했어. 녀석들은 의기양양해선 선생님한테 일러야지, 하고 놀리더군. 말하고 싶으면 하든지. 선생님은 바보야. 엄마가 개구리는 지저분하다 그랬다고.

얼마 뒤 어머니가 날 불렀어. 어머니의 눈꼬리가 올라가 보였어.

“오늘 선생님께서 불러서 학교에 갔다 왔어.”

어머니의 목소리는 내가 싫어하는 톤이었어. 높고 꺽꺽거리는 목소리.

“너 선생님 흉을 봤다며?”

“그치만…….”

난 말하려고 했어. 어머니가 내 얼굴을 때렸어.

“입 다물어. 엄마가 선생님 앞에서 얼마나 창피했는 줄 알아? 선생님 흉을 보다니 그런 애는 엄마 애가 아니야.”

“그치만 엄마…….”

“‘그치만’ 같은 말은 쓰지 말라고 했지. 사내애가 그런 말 쓰면 안 돼. 쯧, 손은 또 왜 그렇게 더럽니. 집에 오면 꼬박꼬박 소독하라고 늘 말하잖니. 넌 왜 엄마 말을 안 들어?”

“소독했어.”

난 대꾸했어. 어머니가 또 내 얼굴을 때렸어.

“말대답하는 거 아냐. 부모가 하는 말은 들어야지. 넌 급식도 늘 남긴다며? 선생님이 곤란해하시더라. 어떻게 해도 깨끗이 먹지 않는다고. 남기지 말고 다 먹어야지.”

난 급식이 너무 싫었어. 맛없고 질척질척하고 차고. 빵은 입

안에서 덩어리져서 아무리 애를 써도 목구멍으로 넘어가지 않았고, 반찬은 냄새 나고 개구리 몸뚱이처럼 물컹거렸어. 우유를 마시면 추워졌어. 그런 걸 손을 소독하지도 않은 녀석들이 나눠준다고. 그런 걸 먹었다간 내가 더러워질 거 아냐.

"그치만 더러운걸."

난 말했어. 어머니가 세 번째로 내 얼굴을 때렸어.

"더럽다니 그게 무슨 소리야!"

어머니는 악을 쓰며 내 귀를 잡아당겼어.

"음식을 남기면 아깝잖아. 그런 짓을 해도 된다는 거니? 앞으로 급식은 남기지 말고 다 먹어. 안 먹으면 집에 못 들어올 줄 알아."

그런 말을 들은들 먹을 수 있을 리 없잖아, 그렇게 더러운 걸.

그렇지만 누나, 난 무서웠어.

나도 노력은 했다고.

급식 시간이 끝나고 내가 남은 음식을 치우려고 하는데 선생님이 나타났어.

"급식을 남기면 안 돼."

"하지만 선생님, 못 먹겠어요."

난 말했어. 선생님은 어쩐지 기뻐하는 표정으로 나를 노려보더군.

"남기면 안 돼. 음식을 함부로 하는 건 용서할 수 없어. 몇 시간 걸려도 되니까 끝까지 먹으렴."

난 기절할 것 같았어. 선생님은 내가 들고 있던 쟁반을 빼앗아서 내 자리로 가져갔어.

"수업은 안 들어도 되니까 먹어."

난, 누나, 녀석들이 키득키득 웃으면서 날 보는 걸 알고 온몸의 피가 거꾸로 솟구치는 기분이었어. 난 할 수 없이 끄트머리에 포크가 달린 스푼을 꽉 쥐었어. 쟁반도 스푼도 깨끗할 것 같지 않았어. 다른 쟁반 바닥하고 쟁반 표면이 닿잖아. 바닥이라고, 누나. 더러운 책상 위에 놓는 쟁반 바닥하고 표면이 닿는 거야. 더러움은 전염되는데. 그런 쟁반 위에 있는 스푼이 깨끗할 리 있겠어?

난 스푼이 입에 닿지 않게 조심하면서 조금씩 떠먹었어. 그때 배 속에서 뭐가 거꾸로 올라오려 하기 시작했어. 난 입을 틀어막았어. 누나, 내 영혼이 하늘로 올라갈 것 같았어. 난 너무 괴로워서 눈물이 나려는 걸 참으면서 그걸 애써 삼켰어.

"그거 보렴, 먹을 수 있잖니." 선생님은 나를 내려다보면서 그렇게 말했어. "끝까지 다 먹는 거야."

난 억지로 다른 음식물을 입에 넣었어. 배 속에서 내 영혼이 들어오는 오물과 죽을힘을 다해 싸우는 걸 알 수 있었어. 누나, 얼마나 괴로웠는지 몰라. 어째서 난 내 손으로 자기를 더럽혀야 하는 거지?

끝까지 다 먹었을 때는 이미 날이 저물기 시작한 뒤였어. 수업도 청소도 끝났고 나를 놀리던 녀석들도 싫증나서 집에 가고 없었어. 난 마지막으로 남은 우유를 마셨어.

그 순간 배가 움직였어. 기분 나쁘게 움직였어. 난 애써 입을 틀어막았어. 하지만 소용없었어. 목구멍에서 더러운 게 기어 올라오는 걸 알 수 있었어. 내 목 근육은 결국 버티지 못했어.

급식의 잔해가 폭포수처럼 쏟아져 나왔어. 끈적거리는 징그러운 액체가 내 목을 지나 식기에 왈칵 쏟아졌어.

개구리야, 누나. 그 개구리.

내 안에 그 개구리가 살고 있었던 거야.

난 휘청거리면서 철퍽 쓰러졌어. 액체에 이어서 뭔지 모를, 눈에 보이지 않는 게 웩 하는 소리와 함께 목을 타고 올라와서 입을 통해 나갔어.

그러고 났더니 몹시 편해졌어.

누나, 난 정말 편해졌어. 조금 위험해 보이기까지 하는 석양이 교실 창문을 시뻘겋게 비추고 있었어. 바람이 불어들었어. 그때 누나, 난 본 거야.

뭔가 좋지 않은 것, 희미한 것이 천천히 창밖으로 나가서 하늘로 두둥실 올라가는 광경을.

거짓말 아냐, 누나.

세이지가 태어나기 전 여름방학이었어.

난 할아버지 댁에 맡겨졌어. 기억나, 누나? 나랑 누나는 할아버지 댁 넓은 마당을 종종 뛰어다녔지. 커다란 벚나무 잎사귀를 미국흰불나방이 파먹었어. 우리가 땅에 떨어진 벌레를 나뭇가지로 집어 연못에 버리면 커다란 금붕어가 그걸 덥석 삼켰어. 잡아먹히지 않은 벌레는 물속에서 몸뚱이를 꿈틀거리면서 발버둥쳤어. 그걸 보면 누나, 난 종종 녀석들 생각이 났어.

그래, 내가 한 거야.

급식 당번을 맡은 어느 여름날, 난 몰래 급식용 음식에 소독약을 넣었어. 보건실은 마음대로 드나들 수 있었거든. 6학년 보건위원이 잠깐 자리를 비운 틈을 타서 비닐봉지를 열고 소독약을 적신 작은 약솜을 잔뜩 챙겼어.

나중에 급식용 음식을 담은 용기 뚜껑을 열고 약솜을 넣은 거야.

더 잘 섞어야 했는데.

처음에 그걸 떠먹은 녀석이 속이 이상하다고 수선을 피우기 시작했어. 귀찮은 녀석. 남이 기껏 깨끗하게 해주겠다는데. 손도 쓸 수 없을 만큼 더러운 녀석들 영혼을 깨끗하게 해주겠다는데.

그 녀석은 고통에 몸부림쳤어. 깨끗해지는 건데 조금 괴로운 정도는 참을 것이지.

하지만 누나, 꽤 재미있었어. 녀석이 데굴데굴 굴러다니고, 선생님은 놀라 소란을 떨고, 반 녀석들은 입을 딱 벌리고 그 광경을 쳐다봐. 그 꼴을 보니까 얼마나 유쾌하던지. 나중에 선생님이 여름엔 음식이 쉽게 상하니까 여러분도 집에서 조심합시다, 라고 했을 때는 정말이지 웃음을 참느라 힘들었다고.

바보 같은 인간. 역시 선생님도 바보야.

식중독과 소독약도 구별 못 하다니 정말 다들 바보라니까.

무슨 이야기를 하고 있었더라?

그래, 할아버지 이야기였지.

그것도 재미있었는데.

할아버지는 유난스레 날 만지고 싶어했어. 차고 버석거리는 손. 시큼한 냄새가 나는 입. 깡마른 몸뚱이. 매캐한 냄새가 풍기는 기모노. 난 할아버지가 날 만지는 게 싫었어.

어머니도 날 만지지 않는데.

더러워지면 안 되잖아.

그런데 어째서 이런 노인네가 만지는 걸 참아야 하느냐고.

할아버지는 담배를 많이 피웠어. 담배를 피우면서 "이리 와라. 이야기를 해주마"라고 했어.

대개 따분한 이야기였어. 하지만 전쟁 이야기는 재미있더라. 흰독말풀을 소한테 먹여 실성하게 해선 적군이 숨어 있는 부근으로 돌진하게 한 이야기. 겁먹은 적군이 난리를 치며 도망쳐 다니는 꼴을 할아버지는 웃으면서 담배를 물고 구경했다고 해.

담배.

할아버지한테 물어본 적이 있어. 왜 담배를 피우느냐고. 연기 냄새 때문에 누나가 할아버지 근처에 가기 싫어했던 거 기억나?

"이건 약이야." 할아버지는 씩 웃으며 담배를 피우면서 말했지. "머리를 맑게 해주는 약이란다."

아아, 이 인간도 바보구나, 라고 난 생각했어. 어머니가 그랬는걸. 담배는 독이라고. 그래서 아버지가 담배를 끊게 했는걸. 아버지는 담배를 끊고 나서 나한테 가르쳐준 적이 있는걸. 담배 잎사귀를 먹으면 죽을 수도 있다고.

죽는다는 건 영혼이 하늘로 올라간다는 뜻이잖아?

난 당장 시험해봤어. 할아버지만 마시는 차가 있었어. 독한 향이 나는 이상한 차. 나중에 이름이 뭐라나 하는 한약이라고 들었어. 할아버지는 심장이 약했나 보지.

난 할아버지, 할머니가 없을 때를 노려서 감색 깡통에서 담배 한 개비를 훔쳤어. 하얀 종이를 벗기고 속에 든 걸 '차' 깡통에 넣었어.

이번엔 잘 섞었어. 난 바보가 아니니까. 같은 실수를 두 번 반복하지 않는 게 머리 좋은 사람이라고 어머니가 그랬거든.

재미있더라.

할아버지는 점점 살이 더 빠졌어. 이상한 검버섯이 낀 뺨을 베개에 갖다 대고 드러눕는 일이 잦아졌어. 어느 날 밤 나랑 누나가 욕실에서 나오니까 아버지가 와 있었어. 누나는 기뻐하며 아버지한테 매달렸어.

"둘 다 착하게 지냈냐."

아버지는 말했어. 난 대답하지 않았어. 어차피 아버지는 대답을 기대한 게 아니니까.

"할아버지가 편찮으셔." 아버지는 말했어. "조용히 지내라."

그날 밤 유난스레 사람들이 드나들었어. 우리는 좀처럼 잠이 들지 못했어. 겨우 잠이 들었나 했더니 밤중에 깨워서 우리를 할아버지 머리맡으로 데려갔어. 소독약 냄새가 나는 흰 덧옷을 입은 의사가 뭐라 말했어.

"둘 다 할아버지께 인사드려라."

아버지가 말했어. 난 할아버지한테 안녕하세요? 라고 말했어. 아버지는 가볍게 내 머리를 때렸어. 할머니랑 야요이 고모가 우는 게 보였어.

그 뒤로 어째 시끌시끌해졌어. 나랑 누나는 어디 딴 데 가서 놀고 있으라고 마당으로 쫓겨났어. 처음 보는 아줌마가 우리한테 할아버지가 돌아가셔서 슬프지? 라고 했어. 누나는 네, 라고 대답했어. 난 이 인간도 바보군, 무슨 이상한 소리를 하는 거지, 라고 생각했어.

"누나." 난 누나한테 말했어. "할아버지 몸을 밖에 내다놓지 않아도 되나?"

"어째서?"

내가 여느 때처럼 벌레를 연못에 던졌더니 누나는 하지 말라고 말하면서 나뭇가지를 빼앗았지.

그러고는 평소 버릇대로 고개를 갸웃하며 물었어.

"왜 할아버지 몸을 밖에 내놔야 하는데?"

"밖에 놔야 하늘로 올라가잖아."

누나는 웃음을 터뜨렸어.

"너 진짜 바보구나."

"바보 아냐."

바보가 아니니까 할아버지를 죽게 할 수 있었는걸.

"무슨 소리니? 할아버지는 심장발작으로 돌아가신 거라고 다들 그랬어. 네가 한 게 아니잖아."

내가 한 거 맞거든. 바보. 다들 바보라서 모르는 거야.

누나는 얼굴이 굳어 날 쳐다봤지만 무시하기로 한 모양인지 날 두고 검은 옷 입은 사람들 틈으로 사라져버렸어.

칫. 재미없어라.

기껏 영리하게 해냈는데. 이렇게 주위 인간들이 죄 바보뿐이니 무슨 소용이야.

뭣보다 의사부터가 바보라니까. 병하고 니코틴 중독도 구별 못 하냐.

하여간 세상 인간들은 죄다 바보야.

그다음 날도, 또 그다음 날도 수확이 없는 채로 지나갔다.

나는 방침을 정하지 못하고 있었다. 애초에 그저 회사에 잠입하면 뭔가 알아낼 수 있을지도 모른다는 엉성한 사고방식으로 행동에 나섰으니 방침이 있을 리 없었다. 나카가와 유미코를 비롯한 총무부 여자 직원들은 친절하게 나를 점심에 초대해주었지만, 그냥 그런 소문 이야기로 귀중한 점심시간이 끝났다. 이시하라 여사가 뭔가 말해둔 것 같았다. 내가 핵심에 근접할 듯한 질문을 하면 그들은 모호하게 말을 얼버무리거나 다른 이야기를 시작했다. 그렇다고 여사에게 항의할 수도 없는 노릇이니 나는 초조한 마음에 워드프로세서 키보드를 거칠게 두들겼다.

초조함의 원인은 또 하나 있었다. 책상이다.

내가 쓰는 책상은 전에 그녀가 썼던 것이다. 연필을 찾는 척하며 몰래 확인하니 서랍 안은 그런대로 어질러져 있었다. 아마 그녀가 썼을 때 그대로 남아 있을 것이다. 그렇다면 서랍을 조사하면 뭔가 실마리를 찾아낼 가능성이 있다. 나는 책상의 '가택 수색'을 해보고 싶었다.

그러나 이시하라 여사는 하루 종일 옆 책상에 눌러앉아 꿈쩍도 하지 않았다. 가끔 화장실에 가는 것 말고는 내내 일했다. 일부러 찻잔을 늦게 치우거나 하며 이시하라 여사가 퇴근하기를 기다려봐도 거의 날마다 야근을 했다. 아무리 12월이라 업무가 많다지만 다른 직원은 모두 퇴근했는데. 이 사람은 대체 얼마나 일해야 직성이 풀리는 걸까. 아무리 그래도 쫓아낼 수는 없다 보니 점점 화가 났다. 급탕실에서 거칠게 찻잔을 씻으며 "얼른 꺼져버려"라고 중얼거릴 정도였다.

"뭐?"

갑자기 뒤에서 남자 목소리가 들리는 바람에 놀라 찻잔을 떨어뜨렸다. 어깨 너머로 돌아보니 세누마 도루가 갈색 도기 주전자를 늘어뜨리고 서 있었다. 나는 거품투성이 손을 얼른 물에 헹구고 손의 물기를 닦으며 돌아섰다.

"꼭 고양이 같네요. 저번에도 그렇고 오늘도 그렇고."

"발소리를 죽이고 몰래 접근한 건 아닌데."

그는 히죽거리며 대답했다. 아무래도 상관없는 일이지만

곧잘 웃는 사람이다.

"또 뜨거운 물이 필요한 건가요?"

나는 퉁명스럽게 물었다. 유미코를 따라하는 것은 아니지만, 불편한 질문을 받은 여자가 무뚝뚝해지는 것은 이를테면 자연의 섭리다. 하느님이 여자를 그런 식으로 만들었다. 내 잘못이 아니다.

"응. 한가해 죽을 것 같은 자료실도 12월엔 다소 야근을 해야 하거든. 아저씨가 뜨거운 호지차를 원하셔서 말이지."

두꺼운 낯짝은 꿈쩍도 하지 않았다.

"세누마 씨는 자료실 소속인가요?"

나는 주전자를 불에 얹고 다시 찻잔을 헹구며 물었다.

"응, 저번에도 말했잖아. 자료실에서 일해."

"자료실에선 무슨 일을 하는데요?"

"데이터 수집과 분석. 직접 발로 뛰어서 얻은 데이터가 아니라 신문이나 잡지, 그 외 언론에 실린 자료를 모아놓는, 말하자면 기업의 사설 도서관 같은 거지."

쉽게 말해 한직이라는 뜻이다. 유미코가 조금도 관심을 보이지 않은 이유를 잘 알 수 있었다.

"그런 곳에서 무슨 야근을 하는데요?"

말해놓고 실수했다 싶었다. 그래봤자 별것 아닌 업무일 텐데, 그런 일을 하면서 무슨 야근, 이라는 속마음이 노골적으로 드러나는 말이었다. 하지만 세누마는 신경 쓰는 기색도 없이 차 깡통을 열고 냄새를 맡으며 대답했다.

"응, 뭐, 일 년에 한 번 있을까 말까 한 야근인데. 축적된 데이터를 올해 안으로 정리하고 싶은 아저씨의 명령으로 말이야. 노인네는 이래서 곤란하다니까. 해를 넘겨서 안 될 이유도 없는데. 종무終務는 진짜로 종무여야 개운하다나. 그 때문에 나까지 덤터기 쓴 거지."

"힘들겠네요."

"뭐, 아까도 말했지만 일 년에 한 번 있는 일이니까."

"있죠, 세누마 씨."

나는 그의 얼굴이 보이지 않도록 행주로 찻잔을 닦아 찬장에 엎어놓으며 물었다.

"이 회사에 최근에 돌아가신 임원이 계신다고 들었는데요."

"도미카와 부장님 말이야? 누구한테 들었어?"

"아뇨, 그게, 제 자리에 전에 계셨던 분이랑 사귀었다고 얼핏 들어서요."

나는 모호하게 얼버무렸다. 세누마는 어깨를 으쓱하며 차 깡통을 제자리에 돌려놓았다.

"하여간 이 회사는 소문이 빠르다니까. 당신도 온 지 이제 나흘째 아냐? 용케 그런 터부를 알았네. 놀라운걸."

"터부라뇨?"

"알면서."

세누마는 아무렇지도 않게 말했다. 나는 얼굴이 붉어지는 것을 막을 수 없었다.

"부장님 아들이 회사에 있다는 거 들었을 텐데. 이상한 사람이군, 당신."

"이상해서 미안하네요."

"아니, 뭐 미안할 건 없는데. 그렇게 재미있어, 남이 죽은 이야기가?"

할 말을 잃었을 때 마침 주전자가 세차게 김을 내뿜기 시작했다. 나는 황급히 불을 끄고 동요한 표정을 들키지 않도록 얼굴을 숙이고 도기 주전자에 뜨거운 물을 가득 부었다. 세누마는 갸름한 얼굴에 어울리지 않게 큰 입을 일그러뜨리듯 웃으며 주전자를 들고 이렇게 말했다.

"타인의 불행은 원래 재미있는 법이니까 괜찮지만. 인간은 대외적인 이미지란 게 있잖아. 너무 즐기는 걸 들키면 곤란하지 않아?"

총무부로 돌아오자 이시하라 여사가 자리에 없었다. 나는 책상으로 다가갔다. 핸드백이 남아 있었다.

주위를 둘러보니 먼 위치에서 컴퓨터 모니터와 눈싸움 중인 직원 두세 명밖에 없었다. 그렇게 기다리던 행운이 찾아든 것이다.

슬며시 서랍을 열었다가 놀랐다. 서랍은 철제 책상답지 않게 가벼웠다. 나지막이 앗 하고 소리쳤다.

서랍은 텅 비어 있었다.

오른쪽에 있는 서랍 세 개도, 납작한 가운데 서랍도.

어제 확인했을 때는 모두 꽉 차 있었는데.

증거 인멸이라는 말이 떠올랐다. 이시하라 여사가? 무슨 이유로?

분한 마음과 무력감에 온몸에서 힘이 빠졌다. 대체 뭐냐고? 어째서 아직 직원일 그녀의 책상에서 그래도 약간은 남아 있을 개인적 물건을 치워야 하는데?

느릿느릿 서랍을 닫는데 어째 묘한 감촉이 느껴졌다. 나는 서랍 뒤에 손을 넣었다. 종이가 걸려 있었다. 종이를 꽉 잡고 억지로 빼냈다.

구깃구깃해진 두꺼운 종이였다. 하얀 바탕에 검은색과 붉은색 잉크로 인쇄됐다. 인쇄는 꽤 깔끔했지만 워드프로세서 글자체가 틀림없었다. 주름을 펴 장식 괘선을 두른 문장을 읽고 실망했다.

행운을 가져다주고 수호해주는 돌을 몸에 지니자!

요새 유행하는 부적 광고였다. 나는 종이를 휴지통에 버렸다가 다시 주워 가방에 넣었다. 일이 그렇게 순순히 풀릴 리 없다. 낸시 드루(탐정. 미국 추리소설 시리즈 주인공-옮긴이)도 아닌데 귀중한 단서가 그것만 실수로 남아 있다가 탐정 눈에 띄는 비

현실적 행운이 일어날 리도 없다. 나는 한숨을 쉬고 어젯밤 몰래 숨어들어 책상의 '가택 수색'을 해야 했다고 후회했다. 하지만 후회한들 소용없다. 고의인지 우연인지 그녀의 책상에 들어 있던 물건은 이미 재가 되고 말았다. 게다가 십중팔구 어젯밤 중으로 책상 속을 치웠을 테니 내가 밤중에 숨어들었어도 결과는 다르지 않았을 것이다.

젠장. 젠장, 젠장, 젠장.

하지만 적어도 그녀의 애인 이름은 알았다. 도미카와. 아들이 이 회사 어디에 있든 이름만은 알아낸 것이다. 그것만 해도 성과다.

그 남자가 수기의 '필자'여도 전혀 이상할 것 없다. 그 정도는 충분히 할 수 있는 사람이다. 그 필자, 그녀가 말하는 '관찰자', '실행자', '지배자'라면 친부모 정도는 죽이고도 남는다.

그렇다면 나는 꼬리를 잡은 것이다. 녀석의 꼬리, 그녀에게 그런 짓을 한 남자의 정체를.

사무실에서 나오다가 여사와 마주쳤다. 나는 아무렇지도 않은 척 그녀에게 먼저 가겠다고 인사했다. 여사는 잘 가, 라고 말하려다가 내게 몸을 돌렸다.

"당신 쓰는 책상, 정리해놨으니까 편하게 써도 돼."

"그래요? 고맙습니다."

나는 그녀의 눈을 똑바로 보며 대답했다. 여사는 잠시 주춤한 것 같았지만 이내 생긋 웃었다.

"계속 남의 책상을 쓰려면 일하기 불편하잖아. 일 잘 해주고 있으니까 답례 삼아."

그러면서 친근하게 어깨를 쳤다. 등골이 오싹했다. 안경을 쓴 여사의 눈은 기분 탓인지 어두운 만족감에 차 있는 듯 보였다.

틀림없이 기분 탓이겠지만.

크리스마스가 다가오면 거리는 늘 판에 박은 것처럼 장식 조명과 붉은색, 녹색의 홍수가 된다.

어렸을 때는 정월 초하루가 그랬다. 정월 초하루 때가 되면 당시 아직 세상을 떠나기 전이었던 어머니를 따라 정월 음식에 쓸 장을 보러 시장에 가곤 했다. 찬 공기. 군중이 뱉는 하얀 입김. 털실 모자를 귀까지 눌러쓴 아저씨들이 추위에 발을 들었다 놨다 하며 연신 호객을 하는 모습.

나는 콩자반과 귤 젤리와 2색 달걀찜을 많이 만들어달라고 어머니를 졸랐다. 집에 오면 언니가 아버지를 도와 청소하고 온 집 안에 장식 금줄을 둘렀다. 어찌나 바쁜지 어린 나까지 괜히 뛰어다니는 사이에 섣달그믐날이 끝나, 아버지의 수제 국수를 먹고는 온 가족이 고타쓰(이불을 덮어 사용하는 일본식 탁상난로-옮긴이)에 몸을 묻고 텔레비전을 보며 시간을 보냈다.

정월 초하루는 특별했다. 아주 특별한 의식. 그냥 하루가 지나는 것뿐인데 어째선지 아주 엄숙한 기분으로 아침을 맞았다.

지금은 어떨까. 가족을 만난 지 벌써 몇 년 됐다. 게다가 전통을 경시하고 가족 대신 친구나 애인과 함께 보내는 시간을 절대시하는 풍조에 나 자신도 완전히 물들고 말았다. 정월 초하루보다 크리스마스. 히나마쓰리(3월 3일에 딸아이의 건강한 성장을 기리는 행사-옮긴이)보다 골든위크. 의식 대신 단순한 놀이에.

언젠가 크리스마스가 인기를 잃는 날도 올까. 정월 음식이 가정에서 모습을 감추고 주부가 조리된 음식을 당당하게 사면서 그것을 당연하게 느끼는 날이 온 것처럼. 장식 금줄이 줄어들고 떡 장식은 팩에 든 것을 사오고 새우와 풀고사리 장식까지 종이나 플라스틱제가 된 것처럼. 아니, 크리스마스는 사라지지 않는다. 일본에 뿌리내린 크리스마스는 처음부터 간편함의 축제, 대중매체가 원하는 대로 얼마든지 탈바꿈할 수 있는 물건이었으니까. 케이크도 치킨도 샴페인도 선물도. 자본주의라는 정의에 봉사하기 위해 처음부터 기성품이라는 낙인이 찍힌 물건이니까. 그리고 매년 거리를 가득 메우는 기성품 커플들.

그게 어리석다고 한다면, 크리스마스를 위해 일부러 남자를 마련하고 여자를 예약해두는 게 하잘것없다고 한다면, 자본주의를 그만둬야 할 것이다. 일본의 크리스마스는 자본주의의 축제다. 돈을 쓰는 쪽도, 돈을 받는 쪽도 즐기고 있으니까.

시끌시끌한 징글벨을 듣는 사이에 우울해졌다. 이런 때는 마음껏 돈을 쓰는 게 제일이다. 쇼핑만 한 스트레스 해소법을 나는 모른다. 돌아다니면 운동도 되고, 기분은 개운해지고, 좋아하는 것을 손에 넣으면 정말 기쁘다. 그래봤자 내가 살 수 있는 것이라곤 세일하는 투피스 정도지만. 물건으로 기뻐할 수 있는 여자는 정말 행복하다.

어디 가볼까, 하고 발을 내디디려 한 순간 뒤에서 누가 불렀다. 돌아보니 나카가와 유미코가 손을 흔들고 있었다. 그녀는 나쓰하라 오사무와 구마시로 구니카, 그리고 처음 보는 남자 둘과 같이 있었다.

"저기서 우연히 만나서 한잔하러 갈 건데 같이 갈래?"

나는 피곤했다. 거절하고 싶었다. 혼자 있고 싶었다. 하지만 '친구' 생각을 하면 혼자만 스트레스를 발산할 수도 없었다. 이건 기회다. 조금 이른 크리스마스 선물이다.

"제가 껴도 되나요?"

"그럼그럼. 안 되면 같이 가자고 하겠어? 자, 가자."

퇴근해서 본바탕이 드러났는지 회사에 있을 때보다도 더 말투가 거칠어진 유미코가 잡아끌어 그들과 합류했다. 얌전하게 인사하며 처음 보는 두 사람을 관찰했다. 유미코가 기분 좋을 만도 했다. 소리를 낼 수 있다면 휘파람이라도 불었을 것이다.

"잠깐만. 미리 말해두는데 왼쪽은 안 돼. 시노다 씨는 구니카 애인이니까. 괜히 작업 걸고 그러면 구니카가 저주해서 죽일 거야. 저래 봬도 주술에 꽤 빠삭하다는 소문이거든."

가게를 향해 걸음을 뗀 일행 맨 뒤에서 유미코는 내 귀를 잡고 거칠게 속삭였다.

"어머나, 무서워라. 조심할게요."

"그리고 제일 키 큰 사람은 나쓰하라 씨인데 그건 내 담당이야."

"네에."

"저기 혼자만 표정이 어두운 사람 있잖아? 당신은 저 사람을 맡아."

접대부들끼리 담당이라도 조정하는 줄 아나. 나는 되도록 넌더리 내는 표정이 드러나지 않게 온화하게 대답했다.

"네, 선배님."

어차피 나쓰하라도 이미 임자 있는 몸이다. 흥, 꼴좋다. 나서기 좋아하는 할망구 같으니.

"저 사람, 석 달쯤 전에 아버지가 돌아가셔서 말이야. 그래서 맨날 얼마나 어두운지. 회사에서도 폭탄 다루듯 하는 바람에 술자리에도 안 부른다고 전에 나쓰하라 씨한테 불평하더래. 하는 수 없이 불러준 거라거든. 그러니까 잘 부탁해."

웃기지 말라고 고함치려다가 숨을 삼켰다. 산타가 어떻다느니 여자친구가 안 온다느니 순록이 어떻다느니 하는 크리스마스 노래들이 내 귀 주위에서 몇 겹으로 교차했다.

"이름……."

"뭐?"

아까부터 울려 퍼지는 음악에 귀를 빼앗긴 유미코는 내 목소리가 들리지 않았던 듯 큰 목소리로 되물었다. 나는 그녀가 입은 코트의 모피 칼라를 잡아당기며 귀에 대고 소리쳤다.

"저 사람 이름이 뭐죠?"

"아, 이름? 도미카와야. 도미카와 하지메."

"닭튀김이랑 버터 감자. 오징어 튀김, 베이컨 버섯 볶음, 토마토 냉채, 모둠 치즈랑 해산물 샐러드. 이 로스트비프 샌드위치 맛있어요? 그래요? 그럼 그것도. 전부 두 개씩요. 그리고 맥주 세 병. 일단 그 정도면 되겠네요."

'일단'이라기에는 상당히 많은 안주를 주문하고 나서 유미코는 옆에 앉은 나쓰하라에게 물수건 포장을 뜯어주었다. 나는 가게 안을 둘러봤다. 어느 테이블이나 비슷한 나이에 비슷한 스타일의 사람들로 가득했다. 뭐가 재미있는지 저마다의 이야기에 저마다 소리 내어 웃고 있었다.

도미카와 하지메는 쓰고 난 물수건을 정확하게 잘 접어 긴 손가락으로 테이블에 놓았다. 구마시로 구니카와 시노다 요시카즈는 얼굴을 맞대고 뭔가 열심히 이야기하고, 유미코는 맥주도 나오기 전부터 나쓰하라를 유혹하려 들기 시작했다. 스키 좋아하세요? 저번에 하쿠바에 갔거든요. 그런데 거기도 사람이 많더라고요. 어디 좀 한가한 스키장 없을까요?

나는 긴장을 풀려고 심호흡했다. 나는 아무것도 모른다. 옆에 앉은 이 남자에 대해 아무것도 모른다는 사실을 잊지 마라.

"회사 어때요?"

도미카와가 갑자기 말했다. 순간 다른 네 명까지 이야기를 멈추고 귀 기울이는 것을 알 수 있었다. 나는 헛기침을 했다.

"아직 온 지 나흘밖에 안 됐으니까 잘 모르겠어요. 하지만 일은 어렵지 않네요."

"왜 우리 회사에서 아르바이트를 하게 됐죠?"

대답할 말이 궁했다. 때마침 맥주가 나와 위기를 면했다.

맥주를 따르느라 한바탕 난리법석을 치고 대충 건배한 뒤, 그는 맥주잔 테두리를 손가락으로 닦고는 단숨에 잔을 비웠다.

"그래서 왜 우리 회사에서 일할 마음이 든 거죠?"

"대학 때 친구가 소개해줬거든요."

"불편하지 않아요?"

도미카와는 아무 말도 못 들은 것처럼 말했다. 나는 입을 헤벌리고 그의 얼굴을 올려다봤다. 유미코가 나와 눈이 마주치지 않으려 하며 나쓰하라에게 스키장 이야기를 다시 꺼냈다. 도미카와는 무표정하게 "불편하죠?"라고 다시 물었다.

등골이 오싹해졌다.

"도미카와 씨는 불편해요?"

"나요? 그야 편할 리 없죠."

"왜요?"

"왜라뇨? 몰라서 물어요?"

"뭘요?"

"모르나."

몹시 유감이라는 듯 말했다.

"우리 아버지는 회사 임원이었거든요. 그런데 총무부 여자 직원하고 바람을 피운 겁니다. 그러다가 교통사고로 죽고 여자는 뒤를 따라 자살했어요. 이건 스캔들이라고요."

"그렇군요."

달리 대답할 말이 없었다.

"아버지 교통사고도 일설에 따르면 젊은 여자랑 성생활을 너무 즐긴 탓에 피로가 쌓인 탓이라고 하더군요."

"네에."

성생활이라는 말이 일상적인 대화에서 쓰이는 것을 나는 태어나서 처음으로 들었다.

"죽고 나서 아버지 차를 봤다가 얼마나 웃었는지. 차에 카세트테이프가 엄청 많은데 모조리 유밍(싱어송라이터 마쓰토야 유미의 애칭-옮긴이)이더라고요. 휴일이면 접대 골프를 한다며 나갔거든요. 그래놓고 애인하고 데이트했던 겁니다."

"그렇군요."

"부모는 어쨌거나 부모니까요. 태어났을 때부터 어른인 줄 알았고 부모가 아닌 다른 인격이 있을 거라곤 생각 못 했어요. 그런데 아버지는 딸 같은 여자에 맞춰서 유밍을 들으며 데이트했던 겁니다. 대단하지 않나요?"

"네에."

"게다가 회사 직원이라고요. 아들도 다니는 회사 직원한테 손을 댔어요. 그래서 건강이 나빠져서 죽기까지 한 겁니다."

도미카와는 맥주를 자기 잔에 따라 또 단숨에 마셨다.

"그 뒤로 난 회사에서 우회적으로 동정과 조소를 받는 신세가 됐어요. 자살을 시도한 여자 부모가 집에 쳐들어와서 위패 앞에서 아버지를 욕하더군요. 세상의 스캔들이란 게 원래 이렇게 극적인가요?"

안주 몇 가지가 나왔다. 겨울철 토마토는 차기만 하고 맛이 나지 않는다.

"그래서 말해줬죠. 아무도 자살하라고 부탁한 적 없다고. 오히려 아버지한테 맨날 얻어먹고 보석까지 받아내고 실컷 재미봤으니까 고맙다고 해야 하는 거 아니냐고. 그랬더니 날 때리고 향불 재를 영정에 뿌리는 거예요. 그래서 경찰에 신고했어요."

"네?"

"신고했다고요. 맞은 데를 바로 사진 찍어서 진단서랑 같이 경찰에 낸 겁니다. 상해죄, 기물 파손죄. 나머지는 잊어버렸군요."

치즈가 목에 걸렸다. 기침하는 나를 도미카와는 무관심하게 바라봤다. 입을 딱 벌리고 우리를 보는 유미코와 나쓰하라를 눈물 맺힌 눈으로 노려봤다.

"재미있는 이야기 아닌가요?"

"그러게요."

나는 애써 냉담하게 대답했다. 도미카와의 시니컬한 자세는 조금도 달라지지 않았다.

"애인 부모가 나중에 사과하러 왔더군요. 그때는 딸이 그렇게 돼서 흥분했었다나 뭐라나 하면서 말이죠. 합의를 원하는 것 같았지만 내쫓았어요. 그랬더니 문기둥을 붙들고 대성통곡을 하던데요. 동네 사람들한테 미안하긴 했어도 재미있었는데."

"소금이라도 뿌려주지 그랬냐."

나쓰하라가 갑자기 말했다.

"소금이 없었어. 폭력 행위가 있었던 날 어머니가 죄 뿌려버렸거든."

"상식이 없네요. 딸이 잘못한 걸 상대방 가족을 때려서 풀려고 하다니."

유미코가 나쓰하라에게 동조하듯 말했다.

"애인 부모란 사람이 정서 불안이더군요. 처음엔 동정을 사려고 들었어요. 딸 입원 비용이 계속 늘어나니까 재판은 피하고 싶다, 안 그래도 정신적으로 너무 힘들어서 가정도 뒤죽박죽이 됐다고. 그게 안 통할 것 같으니까 그다음엔 협박을 시작하는 겁니다. 아버지의 부도덕한 소행을 동네방네 떠들고 다니겠다, 그럼 너희도 곤란할 것 아니냐, 하고요. 그것도 안 된다는 걸 알고는 딸을 데려와서 이 집 앞에서 같이 목을 매주마, 그러던데요. 웬만한 서스펜스 드라마보다도 흥미진진하더군요."

"그러라고 하지, 왜. 자살 생중계 같은 거 쉽게 못 보는데."

"그래서 나도 그렇게 말했어. 미리 연락주면 비디오로 찍어주겠다고. 다행히 우리 집 캠코더는 손 떨림 보정 기능이 있으니까 깨끗하게 찍을 수 있거든."

나쓰하라와 유미코, 시노다가 모두 요란하게 웃었다. 얼굴을 돌리자 구니카와 눈이 마주쳤다. 얼굴에 웃음기가 없었다. 오히려 화내는 듯 보였다.

도미카와도 웃지 않았다. 내 얼굴을 빤히 보며 "재미없어요?"라고 물었다.

"전혀요. 웃어야 했나요?"

"뭘요. 당신한테도 생각대로 할 권리가 있죠. 아버지나 아버지 애인하고 마찬가지로. 하지만 그런 성격이면 역시 이 회사에 있기 어려울 것 같은데요."

"초등학생 때부터 통지표에 늘 협조성이 없다고 쓰여 있었죠. 하루이틀 된 게 아니라서요."

나는 자꾸 가시가 돋치려는 말을 샌드위치와 함께 애써 삼켰다.

그러다가 본래의 '임무'가 생각났다.

"도미카와 씨, 형제분은 계세요?"

"신원 조사인가요? 결혼한 누나와 남동생이 있는데요."

빙고!

수기를 쓴 남자와 똑같다.

수기는 누나에게 보내는 것이었다. 그리고 남자에게는 남동생이 있었다. 세이지라는 남동생이.

이 남자가 수기를 썼다면 그것을 그녀가 갖고 있었던 이유도 알 수 있다. 도미카와 부장이 애인인 그녀에게 준 것이다. 혹시 도미카와 부장은 자신의 아들에게 의혹과 공포심을 품고 있었던 게 아닐까. 누나에게 보낸 수기는, 그것을 읽고 혼란에 빠진 누나에게서 아버지에게로 넘어갔다. 아버지는 그것을 읽고 아들의 비정상적인 면을 확인해 경악한다. 그렇지만 그도 어쨌거나 부모다. 머리로는 아들의 비정상적인 면을 알아도 감정은 받아들이지 못했던 게 아닐까. 그는 회사에서 출세 가도를 달리는 사람이다. 그런 그의 아들이 정신이상자고 살인까지 저질렀다면 그의 입장은 위태로워진다. 게다가 어쩌면 아들이 지어낸 이야기에 불과할지 모른다는 부질없는 희망도 있었을 것이다.

하지만 만약 그랬다면 그냥 버려둘 수 있을 리 없다. 도미카와 부장은 고뇌했을 것이다. 그리고 유일한 자기 편, 내 '친구'에게 털어놨다. 그 뒤 그는 죽었다.

당연히 그녀는 애인의 죽음에 의문을 가졌다. 이 남자를 정탐했다. 그리고 십중팔구 역습을 당했다. 그 전에 신변의 위험을 느끼고 수기를 내게 보냈다. 앞뒤는 맞는다.

그렇긴 한데 정말 이 남자일까. 그 사위스러운 수기를 쓴 사람은. 이 남자가 회사의 관찰자요 실행자요 지배자인가.

"형제가 왜요?"

잠시인 줄 알았는데 꽤 오래 생각에 잠겨 있었나 보다. 귓가에서 속삭이는 소리에 고개를 들자 유미코와 나쓰하라가 없었다. 시선으로 가게 안을 둘러보니 노래방 미니 스테이지에서 마이크를 들고 있었다. 유미코는 내게 또 서툰 윙크를 던졌다.

"아뇨, 그냥 여쭤봤어요."

"누나는 아버지의 멋진 유산을 저한테 떠넘겼습니다. 알고 싶지 않다는군요. 저도 알고 싶지 않았는데요. 성가신 문제는 장남이 처리하란 뜻인가 보죠. 저도 여자로 태어났으면 좋았을 텐데."

"여자로 태어났으면 어쩌셨을까요?"

"글쎄요. 생김새도 그럴싸하고 출세할 것 같고 스캔들하고는 절대 연이 없을 것 같은 남자를 찾아내서 열심히 작업 걸고 있었을까요. 아니면 여자를 밝히는 상사를 유혹해서 보석 정도는 받아냈으려나. 그렇지 않을까요?"

웃을 수조차 없었다. 이 얼간이가. 바보천치 아들이.

"굳이 따지자면 당신을 노려보고 싶은 기분이네요."

"저런. 왜요?"

"아버지 사건으로 당신이 피해를 입은 건 잘 알겠어요. 그렇다고 죽은 사람하고 죽을지도 모르는 사람을 웃음거리로 삼으면 즐겁나요? 게다가 죽은 사람은 어쨌거나 부모인데요. 이런 데서 처음 만난 나한테 용케 그런 사적인 이야기를 줄줄이 늘어놓네요. 어이가 없어서."

도미카와는 눈썹 하나 까닥하지 않고 내 시선을 받아냈다. 어딘가 재미있어하는 눈빛이었다.

"훈계를 하는 겁니까. 누나하고 똑같군요. 자기는 귀찮은 일에서 발을 쏙 빼고 말참견만 하는 게 여자의 특성이죠. 귀찮은 일은 모른 척하고 좋은 부분만 차지합니다. 역시 여자로 태어났어야 하는데."

맞받아치려고 할 말을 찾았다. 그런데 갑자기 시야가 흐려지는 바람에 놀랐다.

"나 화장실 갈 건데 같이 가."

스스로가 어처구니없어 눈을 감았을 때 구니카가 말했다. 나는 고개를 끄덕이고 함께 일어섰다.

"그냥 내버려둬, 그런 남자. 자기만 불행하단 얼굴을 해가지곤 말이야. 자기 기분이 불쾌하다고 남까지 불쾌한 기분이 들게 하다니 정말 형편없다니까. ……아이고, 이런, 괜찮아?"

"네, 괜찮아요."

나는 수돗물로 세수하고 비치되어 있는 종이타월로 얼굴을 슥슥 닦았다. 언짢았다. 불쾌했다. 그런 사내에게 그런 말을 들었다고 이렇게까지 동요하다니.

"남자들은 왜 저런가 몰라. 저렇게 금세 서로 동조하고 말이야. 지금쯤 그 인간들, 여자들은 왜 꼭 화장실 갈 때 같이 가야 하는 거냐고 우리를 업신여기고 있을걸. 뭐, 술도 혼자 못 마시러 가는 부류의 남자들한테 무슨 말을 들어도 신경 쓸 거 없어."

나는 파운데이션을 고쳐 바르다 말고 거울 속 구니카의 눈을 뚫어지게 쳐다봤다.

"어머, 내 얼굴에 뭐 묻었어?"

"아뇨. 그게 좀, 의외라서."

"내가 시노다 씨한테 딱 달라붙어선 흉도 안 볼 만큼 그 사람한테 홀딱 반한 것처럼 보였어?"

머리가 좋다. 주술이나 점을 좋아하고 시노다를 독점하고 싶어한다는 유미코 시점의 정보를 일단 삭제할 필요가 있을 듯했다. 상황을 잘 아는 사람이다.

"도미카와 씨 아버지의 애인이라는 사람, 총무부 직원인데 지금 입원 중이거든. 나랑 꽤 친했어. 그런 내 앞에서 그렇게까지 무신경한 소리를 하다니 말이야."

어깨를 으쓱하고는 예쁜 보라색 아이섀도를 엷게 발랐다.

"이야기 들었어."

"식물인간이고 윗사람 애인이고 다이아몬드를 사달라고 졸랐다는 이야기지? 모두 사실이야. 하지만 그런 식으로 정보를 단어로 표현하는 건 좋아하지 않아. 내가 죽었다고 쳐봐. 여대 졸업, 대기업 총무부 근무. 부적 마니아. 사내 연애의 승자. 그건 분명히 내가 맞지만, 그렇지만 내가 아니야."

"그러게."

"그 애도 그래. 불륜이 아니었다든지 그 애가 부장님을 사랑했다든지, 그런 말을 하려는 건 아니야. 그저 그런 말만으로 그 애를 이해할 순 없다는 뜻. 하지만 아마 알고 있겠지."

"뭘?"

"도미카와 말이야. 그 사람도 분명히 알고 있을 거야. 아버지와 그 애를 단어로 표현하는 게 살아 있던 당시의 인격을 모욕하고 흠내는 행위라는 걸."

알고 하는 일이라는 거지? 나는 그렇게 말하려다가 입을 다물었다. 우리는 얼마 동안 나란히 서서 입을 벌리고 립스틱을 발랐다.

티슈로 입술을 눌렀다가 깨달았다.

"아까 그 사람이 부장님을 사랑했다는 말은 아니라고 했지?"

"응."

"그 사람은 그럼 부장님을 사랑하지 않았어?"

"아휴, 참 징그러운 말이네. 하지만 맞아. 물론 좋아한 것 같기는 하지만 딱히 내세를 약속할 정도의 관계는 아니었어."

"그럼 어째서 자살 미수를……."

"자살 미수라고 하는 건 부모님하고 회사 사람들이야. 한 인간의 내면을 제일 모르는 인간들이 입을 모아 그렇게 말한 것뿐."

"당신은? 당신은 알아?"

구니카가 문득 미소를 지었다. 립스틱을 새로 바른 입술이 묘하게 요염해 보였다.

"알 리 있어? 하지만 자살은 아니야. 틀림없어. 어쩌면 불렀을지도."

"부르다니 누가?"

"그야 당연히 부장님 영혼이지. 상주인 아들이 저 모양인데 부장님이라고 편히 눈 감을 수 있겠어? 혼자 이승을 떠돌기 싫으니까 불렀겠지. 제일 소중했던 사람을."

그런 사고방식도 존재하는구나. 나는 힘이 빠져 흰 대리석 벽에 몸을 기댔다.

피곤했다. 나는 어째서 내 힘으로는 감당할 수 없는 일에 끼어들었을까.

답은 하나다. 귀찮은 일에서 발을 쏙 빼고 말참견만 하는 짓을 두 번 다시 하고 싶지 않았기 때문이다.

그렇게 하는 나 자신을 보고 싶지 않았기 때문이다.

자신에 대한 죄책감을 이 이상 키우고 싶지 않았기 때문이다.

나쓰하라가 우연히 나와 같은 아파트에 산다는 사실은 택시에 타고 나서 알았다. 유미코의 무시무시한 시선을 받으며 우리는 택시에서 내렸다. 그는 2층, 나는 7층. 엘리베이터 안에서 지난번과는 미묘하게 다른 향이 났다. 나쓰하라는 멋부리며 미소를 짓고 귓가에 "잘 자"라고 속삭이더니 귓불을 입술로 스치고 엘리베이터에서 내렸다.

망할 바람둥이 같으니. 7층에서 내릴 때까지 재채기가 멎지 않았다.

자동응답기에 일곱 통의 메시지가 남아 있었다. 모두 크리스마스에 관한 것이었다. 나는 난방을 틀고 목욕하고 마사지를 한 다음 침대에 걸터앉았다.

그리고 수기를 꺼내 폈다.

더 듣고 싶어?

누나도 듣고 싶지 않겠지. 아무리 누나가 강한 사람이라도 결국엔 여자니까. 누나도.

화내지 마. 업신여긴 게 아니니까.

업신여기는 건 언제나 여자 쪽이야.

그러니까 들어줘야 해.

내가 얼마나 솜씨 있게 온갖 일을 해왔는지. 뭐든 교묘하게 처리해왔는지. 주위 바보들 모르게 하고 싶은 일을 해왔는지.

내가 이렇게 대단한 사람이라는 걸 아무도 몰라.

그래, 부당해. 내 능력을 아무도 인정해주지 않았어.

하지만 누나, 누나는 알지.

누나 동생은 정말로 대단한 인간이라는 걸. 바보로 우글거리는 이 세상에서 하나뿐인 천재라는 걸. 이렇게 아무도 이해해주지 않는 천재.

누나, 날 자랑스럽게 생각해도 돼. 주위 인간들한테 좀 더 지능과 이해력이 있었다면 난 지금보다 더 출세했을 인간이라고.

그렇게 되지 않은 건 내 잘못이 아니야.

질투. 시샘. 바보는 자기보다 더 재능 있는 사람을 짓밟으려고 들어.

그야 그렇겠지. 바보도 바보 나름대로 자기 지위를 지키고 싶어해. 내가 등장하면 자신의 무능함을 통감하게 될 뿐이니까. 바보는 바보라서 무리를 짓고 싶어해. 뛰어난 인간을 배제해서 자신들의 밥그릇을 지키기 위해.

완벽한 분석력 아냐? 대략 그렇게 된 이야기야.

일일이 다 셀 수도 없군.

나를 화나게 한 바보들.

나도 그렇게 맨날 화만 내는 건 아니야.

하지만 내가 아무리 온후해도 한도라는 게 있다고.

내가 중학교 때였어.

어느 날 갑자기. 정말로 느닷없이.

집에 와서 나는 손을 씻었어. 비누칠을 해서 깨끗이 씻었어.

그리고 평소대로 소독약에 손을 담갔어.

돌아보니 어머니가 서 있었어. 어머니는 꼭 더러운 걸 보는 듯한 눈빛으로 날 보며 너도 참, 이라고 말했어.

중학생씩이나 된 사내애가 뭐 하러 일일이 손을 소독하니. 어머니는 그렇게 말했어.

나는 놀라 어머니를 쳐다봤어. 그러면 안 된다는 걸 알고 있었는데. 그렇게 어머니를 쳐다보면 어머니는 금세 화를 내거든.

아니나 다를까 어머니가 발칵 화를 냈어.

다누마 씨 댁 유이치는 야구부 에이스야. 히시카와 씨 댁 신타로는 배구를 하고. 다들 그렇게 활발하게 동아리 활동을 하는데, 어째서 너만 그렇게 언제까지고 허연 얼굴을 해가지곤 그렇게 깨끗한 것만 따지니. 사내답지 못하게.

대체 뭐지.

나는 소리를 질러대는 어머니를 쳐다봤어.

전에도 비슷한 일이 있었지.

할머니 댁에 갔을 때야.

어머니는 늘 우리한테 다른 집 그릇은 더럽고 균이 묻어 있을지도 모르니까 쓰면 안 된다고 일렀어. 어머니는 우리가 쓴 그릇을 설거지하고 나서 소독했잖아?

할머니 댁에서 저녁을 먹으려다가 어머니는 우리 그릇을 잊어버리고 챙겨오지 않았다는 걸 깨달았어.

어머니는 아무렇지도 않았나 봐. 그야 그렇겠지. 어머니한테는 자기 집이니까. 하지만 나한테 그곳은 남의 집이었어.

나는 단호하게 그릇을 못 쓰겠다고 거부했어. 어머니는 결국 화가 나서 날 때렸어. 투덜거리지 말고 먹으라고. 억지로 밥을 먹은 난 그날 밤 복통에 시달렸어. 열도 났어. 거봐, 균이 옮은 거야.

어머니는 그런 사람이야.

자기가 말해놓고, 나한테 명령해놓고, 날 속박해놓고, 금세 잊어버려.

난 어머니가 맨날 소독하라고 해서 소독한 것뿐이야.

그런데 왜 이제 와서 혼이 나야 하는 거냐고.

이상한 거 아냐? 누나, 정말 이상한 거 아냐?

그때 문득 깨달았어.

혹시 이 인간도 바보가 아닐까.

바보 나름대로 내가 천재라는 걸 알아차리고 훼방 놓으려고 하는 녀석들과 한패가 아닐까.

장님이 눈뜨게 되는 게 그런 거 아닐까.

이 인간이 제일 바보구나.

나는 웃음이 나려고 했어. 지금까지 이런 바보한테 속박되어 있었다니. 너무너무 화가 났어.

이런 바보 같은 인간이. 빌어먹을. 이런 바보 같은 인간이 내 앞길을 막으려고 하다니.

그렇게 하게 둘 줄 알고? 내가 그렇게 쉽게 당할 줄 알고?

난 그 무렵엔 훨씬 똑똑해져 있었어. 교과서엔 다양한 지식이 들어 있거든. 녀석들은 몰랐지만 난 알고 있었어. 교과서의 지식은 정말 유용해. 선생님도 그렇고. 좌우지간 바보라도 지식만은 있단 말이지. 그걸 끌어내면 돼. 학교 수업이 재미없다고 불평하는 동급생들한테 동조하는 척하면서 웃음이 나 견딜 수 없었어.

생각해봐. 얼마나 재미있는데.

붕어 해부. 그림 그리기. 피투성이 묘사가 줄줄이 이어지는 이야기를 읽고 독서감상문을 쓰라고 했을 때도 있었지. 그리고 역사. 나 같은 기술을 가진 인간만이 후세에 이름을 남겼다는 증거잖아?

그중에서도 생물이 재미있었지.

선생님은 어느 절 중이라고 했어. 자기 지식에 자신을 갖고 있었어.

독 이야기를 많이 해줬어. 흰독말풀, 협죽도, 독미나리, 투구꽃.

마당에 협죽도가 있었어. 나폴레옹의 군대에서 협죽도 가지에 고기를 꿰어서 구웠다가 식중독에 걸렸다지. 예쁜 분홍색 꽃. 유연한 가지.

최고야.

난 장갑을 끼고 공원에 협죽도 가지를 꺾으러 갔어. 가지고 와서 가늘게 깎았어. 이쑤시개로 만든 거야.

어머니가 식사하고 이쑤시개 썼던 거 기억나지?

정말 효과 좋더라. 원통형 이쑤시개 통에 그걸 대여섯 개 꽂아놓은 것뿐인데. 일주일 뒤에 어머니가 그중 하나를 쓴 모양이지. 속이 메슥거린다고 밤중에 웩웩 토하더라고.

내가 토했을 땐 더럽다고 가까이 오지도 않았으면서.

그래, 누나. 우리 안엔 더러운 게 있는 거야. 누구나 있어. 어머니는 자기나 자기 애들한테는 그런 게 없다고 믿었던 것 같지만. 바보라니까. 하여간 바보야.

어머니는 결국 죽지 않았어. 밤중에 화장실로 달려가는 어머니 모습은 정말 우스웠어. 그러니까 뭐, 그쯤 하고 봐줬어.

어머니 영혼이 하늘로 날아가는 걸 봐도 괜찮겠다는 생각도 없지 않았지만.

그때를 위해 쥐약을 입수해놨어.

할아버지 댁 창고 구석에 굴러다니는 걸 알고 있었거든. 그거 알아, 누나? 쥐약엔 비소가 들었어.

비소를 조금씩 먹이면 사인도 드러나지 않게 누군가를 서서히 죽일 수 있어. 오래 먹다보면 암에 걸릴 수 있어. 그럼 더 좋지.

의사도 바보 같은 세상 사람들이 우러러보는 것 만큼 똑똑하지 않단 말이지. 기억나지? 할머니가 엉덩이뼈를 다쳤을 때. 배 쪽에서 엑스레이를 찍고 의사가 골절 아니라고 했잖아.

아무래도 이상하다고 다른 병원에 가서 엉덩이 쪽에서 찍었더니 금이 가 있었었지.

다 그래.

의사도 만능이 아니야. 정말로 선택받은 똑똑한 의사는 얼마 안 돼. 나머지는 그 의사의 발목을 잡으려는 바보들뿐. 어느 세계에서나 마찬가지야.

고등학교 때 식당에 있는 주스 기계에 살모넬라균을 배양해서 넣었을 때도 그랬어. 잠깐 조사만 하면 알 수 있는 걸. 주스에 살모넬라균이 괜히 왜 생기느냐고. 이것도 그냥 식중독으로 처리됐어.

맞다, 노지마란 녀석이 있었지.

이상한 녀석이었어. 수업을 땡땡이치고 옥상에서 담배나 피우는 얼간이.

하지만 바보는 아니었어. 날 꿰뚫어본 건 그 녀석뿐이었어.

난 바보 녀석들하고 잘 지내는 기술을 익혀놓은 덕에 반에선 어쨌거나 인망이 있었거든. 노지마란 녀석은 그런 잔재주를 부릴 수 있는 타입이 아니었어.

그래도 꽤 좋은 녀석이었어. 그 녀석만은 좋아했는데.

어느 날 옥상에서 녀석이 그러더라고. 꼭 한번 약을 해보고 싶다고.

주위에서 내가 약물에 관심이 있다는 걸 알아차린 인간은 아무도 없었어. 그 녀석뿐이야. 보기 좋게 간파한 건.

시골이잖아. 기차 타고 잠깐 나가서 사올 수도 없지. 단순한 녀석이라 뮤지션이 되려면 환각이란 걸 시험해봐야 한다고 생각한 모양이야. 연예인은 다들 약쟁이란 엉터리 소문을 믿은 거지.

어처구니가 없지. 뮤지션은 무슨. 그렇게 생각했지만 기왕 나온 이야기니까 가르쳐주기로 했어.

각성제 사는 법을 가르쳐주거나 한 건 아니야.

무리해서 법을 어기지 않아도 환각을 경험할 방법은 얼마든지 있다는 걸 가르쳐준 거야.

흰독말풀. 씨앗을 먹으면 취할 수 있다던데.

노지마는 순수하거든. 녀석은 당장 시험해봤어. 정말 괜찮은 녀석이었어.

효과가 대단했어. 너무 대단해서 온 집 안을 때려 부수면서 날뛰었나 봐. 평소 행실이 행실이다 보니 부모도 교사도 환각 때문이란 생각을 못 한 모양이지.

너 날 죽일 생각이냐. 노지마는 그렇게 말하면서 웃었어. 달랑 한 번 시험해본 것뿐인데 노지마는 이미 환각 체험이란 거에 푹 빠져 있었어. 나한테도 그건 잘된 일이었어. 실제 효과를 확인할 수 있으면 더없이 좋으니까.

하지만 실험도 금세 끝이 나고 말았어.

진통 효과가 있는 감기약을 다량으로 복용하면 기분이 좋아진다고 가르쳐줬더니, 노지마 녀석, 글쎄 옥상에서 그걸 먹은 거야.

새라도 된 기분이었겠지.

다음 날 아침, 녀석은 머리통이 박살 난 채 화단에서 주무시고 계셨어.

녀석이 감기약을 과다 복용했다는 것까진 밝혀진 모양이야. 하지만 그 뒤에 내가 있다는 사실까지는 물론 아무도 알아차리지 못했어.

진짜 괜찮은 녀석이었어.

바보이긴 했지만.

대학 다닐 때였나. 캠퍼스 내 보건실에 간 적이 있었어. 내 앞에 있던 녀석이 익숙지 않은 자취를 하다가 손을 다쳤더라. 대충 약 사다가 바르고 방치했더니 곪았다고, 거즈를 붙인 손을 보여주면서 멋쩍게 웃었어.

그 녀석 바로 다음에 이름을 불려 진찰실에 들어갔을 때 녀석의 거즈가 폐기물 통에 버려져 있었어. 난 그걸 주워왔어. 나중에 같은 과 인간들하고 술 마시러 갔을 때 몰래 생선회에 그걸 문질렀어.

별로 대단한 결과는 못 얻었지만. 잘하면 포도상구균 같은 걸로 식중독을 일으킬 수 있지 않을까 기대했는데 말이지. 먹은 녀석이 일주일 동안 설사하고 앓아누운 걸로 끝났어. 살이 뒤룩뒤룩 찐 여자라 다이어트했다고 좋아하더라고.

학회 엠티 갔을 때 케이크를 구워 가져온 멍청한 여자가 있었어. 역겹잖아. 손톱은 새빨갛게 칠해가지곤 화장도 늘 진하게 떡칠을 하고. 세수하고 났더니 얼굴이 완전 호러더라 하는 여자. 한번은 그 여자가 나한테 그러는 거야. 학회 발표가 끝난 다음이었는데. 내 사고방식엔 생에 대한 문제의식이 결여되어 있다나. 발표 테마가 뭐였는지는 잊어버렸네. 하여간 바보 같은 인간이야. 덜렁덜렁 흔들리는 가슴을 일부러 과시하는 역겨운 여자.

생에 대한 문제의식 좋아하시네. 지방 덩어리한테 왜 그런 소리를 들어야 하느냐고.

이때는 즉석에서 아이디어를 냈어. 6월이라 합숙소 마당에 청매가 열려 있었거든. 그걸 몇 개 따다가 씨를 뺐어. 그리고 씨 속의 핵을 꺼내서 그 여자가 갖고 온 파운드케이크에 묻혔어. 결과가 얼마나 웃기던지. 케이크를 안 먹은 나하고 다이어트 중이던 딴 여자 하나를 빼곤 모두가 탈이 난 거야. 두통과 호흡 곤란. 양이 많지 않았으니 금세 나았지만.

그 여자, 그 뒤로 학회에 안 나오게 됐어. 다들 그 여자가 케이크에 독을 넣은 게 아니냐고 수군거렸지.

그 여자한테 그럴 머리가 없다는 건 바로 알 법도 한데 말이야.

즉석에서 그런 수를 쓸 수 있는 사람이 나 말고 또 있겠어?

그거 말고 또 있던가?

그렇군, 걸작이 남아 있었네.

세이지 말이야.

난 딱히 녀석이 싫은 건 아니었어.

어쨌거나 동생이니까.

어머니가 녀석만 싸고돌고 난 괴물 취급했던 것도 녀석 잘못이 아니지. 녀석이 어머니 말이라면 뭐든 잘 듣는 착한 애였던 것도 녀석 잘못이 아니잖아.

하지만 녀석의 맨들맨들한 얼굴하고 목욕한 다음의 허벅지를 보다 보니까 못 참겠는 거야.

누나, 오해하지 말라고. 난 변태가 아니야.

녀석이 방글방글 웃으면서 형, 하고 날 부르는 그 말투를 들을 때마다 가슴이 두근거렸어.

녀석이 그 큰 눈에 눈물을 그렁거리면서 괴로워하면 어떻게 될지 너무너무 보고 싶은 거야.

어머니가 종종 먹던 녹색 신경 안정제. 그걸 가루로 빻아서 세이지한테 먹여봤어.

밤중에 녀석이 날 흔들어 깨우더군.

형, 어째 이상해, 머리가 멍해, 그러면서.

기분 탓이니까 그냥 자. 난 하품하면서 그렇게 말했어.

목말라. 녀석은 그렇게 말했어. 그렇게 말하면서 비틀비틀 계단을 내려갔어.

도중에 굴러 떨어졌어. 다리가 부러졌어.

괴로워했던가.

불쌍했어. 매일 병원에 병문안을 갔지.

불쌍했어. 불쌍했지만 진짜 두근거렸어.

두근거렸다고. 더 이것저것 해보고 싶어서 견딜 수 없었어.

강변에서 자생 양귀비를 발견한 게 마침 그 무렵이었어. 유액을 짜서 우유에 섞어서 녀석한테 먹였어.

그거 효과 굉장하더라.

세이지는 웩웩 토했어. 호흡 곤란도 일으켰어. 부엌 싱크대에 머리를 박은 채로 괴로워하더라. 내가 열심히 등을 쓸어줬지.

축 늘어진 세이지를 어깨에 지고 침대로 데려갔어. 세이지는 눈물을 흘리면서 형, 거기 있어줘, 라고 했어.

귀여운 녀석. 진짜 귀여운 녀석이라니까.

그래서 그렇게 해줬어. 잠든 세이지의 얼굴을 바라봤어.

어머니가 와서 날 내쫓을 때까지 계속 녀석 곁에 있었어.

계속.

피로가 쌓인 모양이었다.

누군가를 죽이려고 쫓아다니는 꿈을 꾸고 말았다.

다음 날은 토요일이라 출근하지 않으니 조금쯤 늦게 일어나는 사치를 자신에게 허락한 것은 실수였던 모양이다. 잠에서 깨니 이미 11시가 지났다.

이십대 중반을 지나면 몸은 정직하게 게으름 부리기 시작한다. 나는 누운 채로 손을 뻗어 가스히터를 켜고 기합을 넣은 다음 침대에서 기어나왔다. 세수하고 신문을 읽으면서 이를 닦았다. 남아 있던 반찬과 냉동해둔 하이라이스 소스를 전자레인지에 넣었다. 식사를 마친 뒤 빨래와 청소를 시작했다. 청소기를 돌리는 것은 싫지만 방이 어질러진 것은 더 싫다.

바닥에 수기 복사본이 흩어져 있었다. 읽다 말고 잠든 모양이다. 기분 나쁜 꿈을 꿀 만도 하다고 생각하며 다소 거칠게 수기를 주워 모았다.

빨래를 널고 나니 2시가 거의 다 되어 있었다. 나는 샤워하고 외출 준비를 한 다음 집을 나섰다.

그녀의 병원은 교외에 있었다. 도쿄라는, 과거 에도시대부터 확장의 숙명을 짊어진 도시의 교외. 부도심까지 한 시간 이상 두 시간 이내면 어디든 교외다.

오다큐 선을 타고 한 시간 조금 더, 버스로 20분. 주변에 볼게 아무것도 없는 그런 먼지투성이 주택가 한복판에 병원이 있었다. 요새라고 해도 될 듯한 큰 병원이었다. 로비에는 꽃집이 둘, 찻집, 양과자 가게, 일본과자 가게, 우리 동네 서점이 너끈히 세 개는 들어갈 만큼 큰 서점이 있었다. 장기 투숙객 전문 호텔 같은 구조다.

꽃도 책도 그녀에게는 의미가 없다고 생각해 엘리베이터를 찾았다.

엘리베이터는 병문안 온 사람들로 만원이었다. 세 대를 그냥 보낸 다음 7층으로 올라갔다. 큰 병원답게 상당히 넓었다. 꽃다발을 안은 가죽점퍼 차림의 청년, 쇼핑 카트를 끌고 가는 할머니. 그 이상은 무리가 아닐까 싶을 만큼 목도리를 여럿 두른 중년 아주머니가 엘리베이터에서 내려 각각 흩어졌다. 나는 주눅이 들어 명패를 확인하며 다녔다.

그녀의 병실은 맨 안쪽에 있었다. '면회 사절'이라는 패가 붙어 있었다. 나는 복도 벽에 기대서서 기다렸다.

5분쯤 가만히 기다렸을까.

문이 열리고 한 남자가 나왔다. 오른손에 선인장 화분을 들고 있었다. 눈 주위가 그녀를 많이 닮았다. 그는 의아한 듯 나를 쳐다봤다. 나는 찾아온 목적을 밝히고 그의 주름지고 부은 팔에서 선인장을 받아들었다.

"딸애 친구라고요. 그렇습니까, 일부러 여기까지……."

말이 명료하지 못한 사람이었다. 우리는 중앙에 자리한 유리벽 흡연실로 들어가 앉았다. 피곤에 안색이 어두운 그녀의 아버지는 자리에 앉자마자 힘없이 뒤로 기댔다. 나는 일어나 종이컵 커피를 두 잔 사왔다.

"지난주에 사건에 관해 들었습니다."

나는 할 말을 골라 조심스레 말했다. 아버지는 소리를 내며 뜨거운 커피를 마셨다.

"바로 달려왔는데 그때는 집중 치료실에 있어서요……. 그래서 한 번 더 병문안을 온 겁니다. 더 일찍 오고 싶었지만 일 때문에 늦어졌습니다."

"아닙니다……."

"따님은 대체……."

아버지는 한숨을 쉬었다. 이 얌전해 보이는, 어딘지 모르게 소가 생각나는 사람이 도미카와의 집 문기둥을 붙들고 울었다는 게 믿기지 않았다.

"약을 먹었나 봅니다."

"스스로요?"

"딸애는 그런 바보가 아닙니다. 경찰은 자살일 거라고 하는데 언제 어떻게 먹었는지 전혀 모르니까요."

경찰이 움직이고 있나. 그야 그럴 것이다. 어쨌거나 '자살미수'는 사건이다. 하지만 그렇다면 회사에도 연락이 갔을 텐데. 직속 상사인 총무부 시바타 과장이나 이시하라 여사도 경찰의 조사 정도는 받았을 것이다. 하지만 여사는 아무것도 모른다고 말했다. 나도 그녀는 아무것도 모른다고 생각했다.

내 주관 따위 믿을 게 못 된다.

"상사의 죽음에 충격을 받았다는 이야기를 회사 사람이 경찰에 해서 말입니다, 그게 동기가 돼서 자살을 시도했다는 식으로 된 모양입니다. 하지만……."

나는 말없이 아버지의 다음 말을 기다렸다. 말주변이 없는 듯한 그는 종이컵 속 어둠을 가만히 들여다보며 얼마 동안 입을 우물거리더니 이윽고 고개를 들었다. 검은자위에 막을 씌운 것처럼 흐릿한 눈이었다.

"난 이제 잘 모르겠습니다. 딸애가 내 또래 남자하고 사귀었다는 것도 금시초문이고, 그 사람이 죽었다는 것도 이렇게 되고 나서 처음 알았습니다. 그야 평소 별로 왕래가 없었으니까 딸애에 관해 모르는 게 많은 것도 사실입니다. 하지만 이상하거든요. 뭐가 이상한 건지 그건 잘 모르겠지만……."

흡연실에서 담배를 피우고 있던 안경 쓴 젊은이가 혀를 차며 담배를 재떨이에 눌러 끄고는 나가버렸다. 나는 커피를 테이블에 내려놓고 담배를 꺼내 그녀의 아버지에게 권했다.

연기를 뱉고 나서 담배를 든 손가락으로 그는 관자놀이를 연신 긁적였다.

"난 잘 모르겠습니다. 딸애를. 불륜 상대의 유족 집에 담판을 지으러 갔거든요. 스스로도 바보 같은 짓이라고 생각했지만, 딸애가 저렇게 되니까 어쩐지 머리가 복잡해서, 뭐든 상관없으니까 화를 낼 대상이 필요해서……."

"이해해요."

"그 집 큰아들이 그러더군요. 완전히 불장난이었다고. 뜯어낼 만큼 뜯어냈으니 무슨 말을 들을 이유가 없다고. 하지만 그럼 딸애는 왜 자살을 시도한 겁니까? 난 젊은 여자의 심리를 모릅니다. 하지만 그냥 그 정도의 관계라면 자살할 이유가 어디 있다는 겁니까?"

"없겠죠……."

그녀의 아버지는 내 말을 듣고 있지 않았다.

"설사, 설사 진심이었다고 해도 그렇습니다. 진심이었다고 해도 상대방은 죽지 않았습니까? 한 달도 더 전에 죽었다고요. 충격을 받아 발작적으로 자살을 시도했다고 하기엔 시간이 너무 지났습니다. 딸애가 그런 바보 같은 짓을 할 리 없습니다. 그 애는 뭐든 찬찬히 생각하는 애입니다. 날 닮아서 차분히 생각하고 행동하는 애입니다. 그런 딸애가 어째서? 어째서 자살 같은 걸 한다는 겁니까?"

경찰이 아버지의 의견을 진지하게 받아들이지 않은 이유는 잘 알 수 있었다. 찬찬히 생각하는 타입이기에 한 달 지나서 어떻게 할지를 결정할 수 있었는지도 모른다는 추론이 나오는 것도 당연하다.

"유서는요?"

"없습니다. 그것도 이상합니다. 부모한테 한마디쯤 남길 텐데요. 마음씨 착한 애니까요."

"어디서 발견됐나요?"

"자기 집에서입니다. 이렇게 추운 날씨에 창문을 활짝 열어놓고 하루 낮밤이 지나도록 닫지 않으니까 이웃분이 관리인한테 알려서, 그래서 발견됐습니다. 좀 더……."

좀 더 일찍, 이라 말하려고 한 모양이었다.

"그럼……." 나는 말을 쥐어짜냈다. "뭘로 자살했는지요?"

그녀의 아버지가 무시무시한 기세로 나를 보기에 허둥지둥 손을 들었다.

"죄송합니다. ……무슨 약을 먹었습니까?"

"비소입니다."

"비소라고요?" 나는 흥분을 감추지 못했다. "비소를 먹은 건가요?"

"스스로 먹은 건지는 알 수 없습니다."

"그럼 누군가가 먹였다는 말씀이시군요."

"회사 사람 이야기로는 꽤 오래전부터 몸이 좋지 않았던 모양입니다. 약을 복용했다는 이야기도 들었습니다. 그 약에 누가 비소를 넣은 겁니다."

"대체 누가요?"

"그야 당연히 도미카와의 큰아들이죠. 그 녀석 짓이 틀림없습니다."

나는 두 손을 부르쥐었다.

"차가운 사람이더군요. 물론 딸애가 칭찬받을 짓을 한 건 아닙니다. 그쪽 가족분들 입장에선 아무리 미워해도 모자라겠죠. 하지만 해도 되는 말과 아닌 말이 있잖습니까. 그 인간은 나한테 얼른 목을 매서 사과하라고, 미수 같이 쩨쩨한 짓하지 말고 확실하게 죽어야 했다고 하더군요. 바보 같은 딸애일지는 몰라도, 죽어야 했다 같은 말을 보통 합니까? 그 인간입니다. 그 인간이 한 짓이 틀림없어요."

아버지의 이마에서 땀이 솟았다. 담뱃불이 그의 손가락을 지지기 시작했다. 그는 손을 흔들어 재를 바닥에 떨었다.

"경찰에 그 이야기는 하셨는지요."

"했죠. 몇 번이고. 하지만 상대해주지 않더군요. 딸이 복용하던 약이라는 것도 찾지 못했고 증거는 아무것도 없어요. 그런데다 딸애 방에서 사용한 흔적이 있는 쥐약까지 나왔으니

더더욱 그렇습니다. 딸애는 아파트에 살고 있었으니까 쥐약이 필요 없었다. 쥐약에는 비소가 들어 있다. 그걸 먹은 게 아니냐. 경찰의 이야기는 그랬습니다. 하지만 그럼 도미카와가 사서 딸애 집에 갖다놓았을지도 모르잖습니까? 그런데 거기까지 조사해주지 않았습니다."

그렇게 생각하는 것도 가능하다. 하지만 분명 그게 아닐 것이다.

십중팔구 그녀는 수기에 등장하는 비소 부분을 읽고 시험해보려 한 것이다. 그렇게 손쉽게 독약을 입수할 수 있는지를.

"여쭤볼 게 있습니다만." 아버지의 흥분이 가라앉기를 기다려 물었다. "따님 집에 식물 사전이 없었는지요?"

숨을 거칠게 몰아쉬던 아버지가 멍하니 쳐다봤다.

"……있었습니다. 그 애는 식물을 좋아하거든요. 이 선인장은 작년에 내가 크리스마스 선물로 보내준 겁니다. 좋아하더군요. 마침 집에 식물을 두고 싶었다고 말이죠. 선인장은 길러주는 사람의 마음을 이해해주는, 마음이 쉽게 통하는 식물이란 말도 했습니다. 그 애가 기뻐하면서 아버지, 잘 기를게요, 라고……."

가슴이 아팠다. 내가 좀 더 일찍 행동했다면 이렇게 되지 않았을 텐데. 이 사람도 분명히 똑같은 생각을 할 것이다. 인간은 어째서 후회하도록 만들어졌을까. 자신의 행동을, 말을, 벌어진 일을. 지나간 일이 모두 우리의 무력함을 깨닫게 하기 위해 존재하는 게 아닌가. 그런 생각이 들 때가 가끔 있었다.

지금이 그때인 듯했다.

그녀의 아버지가 권해 병실에 들어갔다.

인공호흡기를 단 '친구'를 봤다.

미안해. 정말 미안해.

언젠가 의식을 되찾은 그녀에게 그렇게 말할 날이 올까.

그녀는 달라져 있었다. 머리는 짧아졌고 뺨은 여위었다. 가볍게 감은 눈 주변이 건조해 보였다.

아버지에게 수기 이야기를 할지 말지, 그녀의 얼굴을 보며 잠시 망설였다. 말하지 않기로 했다. 확실하게 밝혀내는 게 먼저다. 도미카와 하지메가 범인이라는 것에는 이미 의심할 여지가 없었지만, 지금 여기서 수기를 꺼낸다고 그의 범죄가 입증될 것 같지 않았다. 경찰에 제출한들 사태가 진전될 리도 없다.

도미카와 하지메. 만약 그 사람이 자기 아버지를 죽이고 이런 짓을 한 거라면 절대로 용서하지 않을 거야.

나한테 좀 더 시간을 주겠어? 나한테 수기를 남긴 마음을 헛되이 하진 않을게.

오래 보고 있을 수는 없었다. 지끈거리는 머리를 누르고 눈을 비비며 엘리베이터 버튼을 눌렀다. 젠장. 젠장. 젠장. 왜 눈물이 나는 건데.

엘리베이터에서 그녀를 많이 닮은 여자가 내렸다. 더 나이가 든 여자. 언니 아니면 고모일 것이다. 상대방은 잠깐 의심스레 나를 보더니 모피 옷자락을 내 무릎에 스치며 지나갔다.

나는 말은 걸지 않고 엘리베이터에 올라탔다.

생각하는 게 있다.

모든 게 도미카와를 가리키는 것처럼 보이는 것은 사실이다.

수기를 쓴 남자가 악마나 다름없다는 것도.

악마?

악마일까.

나는 26년 살았다. 사람을 죽인 적은 없다. 남을 부추겨 마약을 하게 한 적도 없다.

하지만 남을 괴롭힌 적이라면 있다. 그렇게 행동하면 다른 사람에게 상처를 주게 된다는 것을 알면서 행동한 적도 있고, 그 말을 입 밖에 내면 상대방이 슬퍼하리라는 것을 알면서 말한 적도 있다.

물론 차원이 다르다. 독약을 먹이는 것은 엄연한 범죄 행위다. 가족을 상대로 그런 짓을 하다니 부도덕도 그런 부도덕이 없다.

하지만 과연 내가 남 말할 처지일까.

타인에 대해 도덕 운운할 수 있는 인간이 세상에 존재할까.

그도 그걸 알고 있었을 것이다. 그렇기에 그는 멈추지 않았다.

나는?

나는 어떨까.

수기를 쓴 남자를 붙잡아 경찰에 넘긴다. 제가 잘못했습니다, 라면서 녀석이 내게 머리를 숙인다. 개심하고 죗값을 치르라고 나는 말한다.

아니다, 그건 아니다. 그건 그저 이상일 뿐이다. 그렇게 해서 다 매듭지어지면 얼마나 좋을까 하는 내 이상이다.

그 정도로 그가 멈출 리 없다.

타인에게 상처를 주고 싶은 욕구가 내 안에 숨어 있는 것을 나는 잘 안다. 그에게 있는 것과 조금은 다를지도 모른다. 조금 약해서 어느 정도는 제어 가능한 힘. 하지만 그런 행동을 해서 친구에게 상처를 주었을 때, 그런 말을 해서 언니를 슬프게 했을 때, 나는 자기혐오에 빠지면서도 기쁨과 만족감을 맛봤다는 것을 부정할 수 없었다. 마치 상대방의 존재 일부를 내가 쥔 것 같은 어두운 만족감.

그가 해온 일이 그것이다. 만족감을 얻는 작업.

모조리 그의 가정 환경 탓이라고 단정하기는 간단하다. 어머니의 병적인 예민함과 이상에 대한 기묘한 집착이 그를 그렇게 만들었다고 생각하는 것은 간단했다. 하지만 그게 다가 아니다. 그저 그뿐이었다면 누군가가 어느 시점에 그를 멈추었을 것이다. 더 이른 단계에. 더 많은 죄를 저지르기 전에.

주위 사람 모두가 그의 버릇을 몰랐다는 그의 주장은 거짓이라고 생각한다. 인간은 그 정도로 바보가 아니다. 둔감하고 자신에게만 관심이 있어 주위 사람이 무슨 생각을 하고 무엇을 느끼고 있는지 전혀 신경 쓰지 않는 사람도 물론 많다. 하지만 개중에는 타인에게 관심을 가지고 그 사람이 어떤 인간인지 알기를 원하는 사람도 있었을 것이다. 지금까지 그런 사람을 한 번도 만난 적이 없다는 것은 그의 오해다. 그가 지금까지 만나지 못한 것은 그의 본성을 알아차리는 사람이 아니라 그를 멈추는 사람이다.

왜 아무도 멈추지 않았나.

멈추고 싶지 않았다.

그게 답이다.

자기 안에 있는 욕구를 대신 만족시켜주는 그를 무의식중에 응원한 것이다.

물론 의식적으로 그러지는 않았을 것이다. 무의식중에였으리라고 생각한다.

의식적으로 그를 응원할 만큼 바보인 사람은 별로 없다. 나도 나 자신에 비추어 그의 행동을 다소 긍정할 마음은 있어도, 그렇다고 기뻐하며 계속 구경할 마음은 눈곱만큼도 없다. 살인은 살인이다.

먼저 무의식중에 알아챘다. 응원한다. 응원하는 자기 자신을 무의식중에 깨닫는다. 그의 범죄를 의식하면 자신의 응원도 의식하지 않을 수 없게 된다. 그렇기에 그의 행동은 의식에 포함되지 않는다.

도식으로는 완벽하다.

그가 피해자라고 말할 생각은 없다. 주위의 기대 탓에 원하지 않는 범죄를 저질렀다는 뜻도 아니다. 모든 것은 그에게서 시작됐으니까.

그렇지만. 피해자는 아니라도 그는 제물이다. 제물로 바쳐진 검은 양. 그게 그의 정체다.

누가 그를 멈춰주었으면.

어떻게든 멈춰주었으면.

이상하다. 수기를 쓴 남자에게 홀리기라도 한 것 같다. 어째서 그런 생각을 하는 걸까.

그렇다. 도미카와가 수기를 쓴 남자라고 단정하기를 망설이는 것은 그 때문이다. 내가 수기를 읽고 생각하는 남자와 도미카와가 일치하지 않는다.

인상. 육감. 무슨 말을 들어도 상관없다. 전혀 근거가 없는, 감정에 의한 것뿐인 불일치. 설명할 방도가 없는 그냥 생각.

나는 수기에 홀린 걸까.

집 근처 찻집에 들어가 레몬차를 마셨다. 담배를 피우다가 문득 가방 속에서 흰 종이를 발견했다. 펴보니 어제 텅 빈 책상에서 찾아낸 보석 광고지였다. 무심코 펴서 읽었다.

행운을 가져다주고 수호해주는 돌을 몸에 지니자!

우리 주변에는 위험이 무수히 많다. 그리고 불행도 무수히 많다.
해마다 증가하는 교통사고. 태어났을 때부터 오염된 식품을 먹어 걸리는 병. 온갖 전자파. 테크노스트레스. 이루 셀 수 없다.
물론 의지력으로 그것들을 격퇴하는 것은 가능하다. 대다수의 위험은 의지력으로 물리칠 수 있다. 하지만 때로는 의지력이라는 게 도움이 못 되는 것도 사실이다. 게다가 개인의 의지만으로는 어떻게 할 수 없는 일도 많이 있다.
어떻게 해야 불행에 빠지지 않을 수 있을까. 어떻게 해야 행운을 손에 넣을 수 있을까.
이것은 현대를 살아가는 사람이라면 누구나 생각해야 할, 피할 수 없는 중대한 명제다.
그것을 거들어줄 한 가지 수단으로 돌을 지니기를 권한다.
예로부터 돌에는 신비로운 힘이 깃든다고 믿었다. 돌은 그것을 지니는 사람을 위험에서 지켜주고 행운을 가져다준다고 숭상되어 왔다.
돌은 사악한 것을 물리치고 정화시켜주는 힘이 있다.
평소에 돌을 몸에 지니고 다니면 당신을 위험에서 구해주고 행운을 나눠줄 것이다.
또는 사랑을 가져다주고, 출세를 가져다줄 것이다. 당신이 바라는 꿈을, 어떻게 하고 싶다고 생각하는 힘을, 돌이 강화해 파워업해줄 것이다.

신흥종교의 포교용 팸플릿 같다. 왠지 모르게 저속하고 수상쩍다. 위협해놓고 달랜다. 이것만 있으면 행복해질 수 있다고.

회사에 유령이 자주 나온다는 사태가 없었어도 그들은 분명 이런 부적을 살 테지. 나는 자조를 담아 그렇게 생각했다.

우리는 행복이라는 단어에 약하다. 하느님, 부처님에게 감사를 올리기 전에 소원부터 빈다. 소원은 얼마든지 있다. 제발 그 학교에 들어갈 수 있게 해주세요. 그 사람과 결혼할 수 있게 해주세요. 좋은 사람을 만날 수 있게 해주세요. 병을 고쳐주세요. 돈이 필요해요. 남보다 뛰어나야 직성이 풀리면서 자기는 아무것도 하지 않고 그저 행운만을 기다린다. 행운만 있으면 분명 자신이 달라질 것 같다.

광고지 뒷면에는 자수정, 라피스라줄리, 문스톤, 수길라이트, 터키석, 캐츠아이, 타이거아이, 공작석, 수정, 다이아몬드에 에메랄드, 루비까지 가격과 함께 나열되어 있었다. 준보석 종류는 1만에서 3만 엔. 다이아몬드 등은 6만 엔 이상. 시세보다 조금 비쌌다. 다만 반년에 한 번 불제와 정화를 해준다는 사후 관리가 포함되어 있다. 그렇다고 싼 것 같지는 않았지만.

이건 관계없겠지. 나는 광고지를 다시 가방에 쑤셔넣다가 어라 싶었다. 판매자의 이름은 어디에도 없었지만 연락처로 전화번호가 있었다.

호기심이 생겼다.

나는 펭귄이 그려진 전화카드를 꺼내 일어나 찻집 구석에 있는 공중전화 수화기를 들었다.

"여보세요."

부드러운 여자 목소리였다.

"저, 부적 때문에……."

"돌 말씀이시죠? 어떤 종류를 원하시는지요?"

이런 전화에 익숙한 듯했다.

"어떤 게 있죠?"

"글쎄요, 당신의 잠재능력을 끌어내주는 것, 청정하게 해주는 것. 정열을 자극해주는 보석도 있답니다."

도중부터 묘한 느낌이 들었다. 상대방 여자의 목소리가 어쩐지 귀에 익었다.

누구지…….

"특별히 원하시는 게 없다면 수정은 어떠세요? 크리스털은 요새 미국에서도 유행이라 물병자리의 시대를 상징하는 돌로 아주 인기가 많답니다."

……구마시로 구니카!

나는 황급히 전화를 끊었다. 틀림없다. 그녀다. 그녀 목소리다.

대체 어떻게 된 건가.

집으로 돌아오니 전화벨이 울리고 있었다. 신발을 벗어 던지고 전화기로 달려갔다.

"여보세요."

조용했다.

"여보세요?"

아무 말도 하지 않은 채로 전화가 끊어졌다. 수화기를 내려놓았다.

현관으로 돌아가 신발을 가지런히 두고 가스불에 주전자를 얹었을 때 또 전화가 왔다.

"여보세요."

침묵.

"여보세요? 누구시죠?"

전화가 끊어졌다.

손의 유분으로 수화기가 번들거렸다. 나는 침대에 걸터앉았다. 등골 어딘가가 뜨겁게 쿵쿵 뛰는 것을 알 수 있었다. 위 속에 무지근한 덩어리가 생겼다.

전화벨이 울렸다. 벨이 열 번 울리기까지 참다가 수화기를 들었다.

"여보세요."

침묵. 아무 말도 없다.

"그만 좀 하지? 장난전화 같은 거 걸면 재미있어? 이 변태야."

상대방은 침묵했다. 나는 수화기를 냅다 팽개치듯 내려놓았다. 자동응답 모드로 바꾸고 무릎을 끌어안은 채 얼마 동안 기다렸다.

갑자기 날카로운 소리가 울려 퍼졌다. 놀라 바닥으로 미끄러져 떨어질 뻔했다. 물이 끓었다고 주전자가 친절하게 가르쳐준 것이다. 불을 끄고 떨리는 손으로 보온 포트에 물을 부었다.

전화, 전화, 전화!

누구냐, 이런 걸 발명한 사람은. 바보 같은 녀석.

"지금은 전화를 받을 수 없습니다. 삐 소리가 나면 메시지를 남겨주세요."

기계가 성실하게 전화를 받아주었다. 삐 소리가 났다.

"뭐야, 집에 없어? 한잔할까 했더니. 나야, 에토. 언제 시간 좀 내줄래?"

나는 전화기에 달려들었다.

"에토? 미안, 나야."

"뭐야, 있었어? 무슨 일이야?"

"미안해. 이상한 전화가 세 번이나 걸려 와서."

"이상한 전화? 그거 내 특기인데. 부인, 지금 뭐 해요? 남편은 집에 없어요? 혼자 있으면 외롭죠?"

나는 축축해진 숨을 뱉으며 어색하게 웃었다.

"웬일이야, 너답지 않게? 더 엄청난 소리라도 들은 거야? 하아하아, 부인, 지금 속옷은 어떤……."

"에토가 그 방면에 재능이 있다는 건 잘 알았어."

나는 간신히 떨림이 멎은 손으로 담배를 꺼내며 애써 말했다.

"하하, 뭘 쑥스럽게. 난 참 재능이 많단 말이지. 그나저나 아까 이야기 말인데 오늘 나와라. 보너스도 받았으니까 내가 살게."

"지금?"

시계를 올려다봤다. 입사를 축하한다고 친구가 사준 괘종

시계는 7시를 가리키고 있었다. 피에로 인형 둘이 달 모양을 한 추 위에 나란히 앉아 있었다.

"그래, 지금. 신주쿠 라에이트에서 기다릴게."

혼자 집에 꼼짝 않고 있기는 싫었다. 나는 바로 가겠다고 대답했다.

머리를 가다듬고 화장을 고치고 옷을 갈아입었다. 백을 고르는데 전화벨이 울렸다.

"여보세요."

침묵. 또 침묵이다.

"여보세요. 그만 좀 하라니까. 장난 좀 그만쳐."

"손 떼."

흠칫 놀라 수화기를 꽉 쥐었다.

"뭐?"

"손 떼."

낮은 목소리였다. 남자인지 여자인지 알 수 없는 낮은 목소리. 잡음이 들렸다. 바깥 공중전화에서 거는 전화다.

"당신과 서스펜스 드라마 놀이를 해줄 만큼 한가하지 않아. 무슨 뜻인지 확실하게 말해."

"손 떼."

같은 말만 계속 반복해도 아무 말도 하지 않는 것보다는 나았다. 나는 소리쳤다.

"당신이구나. 당신이 그 수기를 쓴 거지? 대체 누구야? 누구냐고, 이 변태 살인마."

상대방이 숨을 훅 들이마시는 것을 알 수 있었다. 전화가 뚝 끊어졌다.

뚜뚜 소리를 듣는데 갑자기 거센 공포감이 밀려왔다. 백을 홱 들고 밖으로 뛰쳐나왔다. 문을 열고 있던 옆집 학생인 듯한 젊은 여자가 놀라 쳐다보는 것을 깨닫고 정신이 들었다.

엘리베이터를 타도 몸이 계속 떨렸다. 그 정도 위협에 일일이 겁먹는 나 자신에게도 화가 났다. 그런 전화가 뭐라는 말인가. 어이없다.

엘리베이터가 내려가면서 평정심을 되찾았다. 그런 줄 알았다. 그러나 문이 열리고 눈앞에 남자가 가로막고 선 것을 알아챈 순간 나도 모르게 비명을 지르고 말았다.

"무슨 일이야? 치한이라도 만난 것 같은 목소리네."

나쓰하라였다. 나는 숨을 있는 힘껏 내뱉었다.

"아무것도 아니에요. 죄송합니다."

"아, 잠깐." 그는 묘하게 친근한 척 말했다. "지금부터 데이트?"

"당신하곤 상관없는 일이에요."

"쌀쌀맞네. 안색이 안 좋아서 걱정해주는 건데. ……장난전화라도 받았어?"

나는 멈춰 섰다.

"어떻게 아는 거죠?"

"뭘?"

"우리집에 장난전화가 온 걸 말이에요."

"장난전화가 왔어?"

좁은 엘리베이터 홀은 키가 큰 나쓰하라를 노려보기에 알맞은 장소가 아니었다. 그는 무슨 생각을 하는지 알 수 없는 성실해 보이는 얼굴을 가까이 들이대고 말했다.

"다음에 또 오면 날 불러. 대신 받아줄 테니까. 그럼 단박에 그칠걸."

"됐어요!"

내뱉듯 말하고 걸음을 뗀 순간 현관 매트에 뒷굽이 걸려 발을 삘 뻔했다. 뒤에서 나쓰하라가 유쾌하게 웃는 소리가 들려왔다.

수상쩍다. 이 사람이고 저 사람이고 다 수상쩍다.

그날은 밤늦게까지 마시고 다녔다.

"그야 난 지금까지 남은 관심 없고 자기 생각만 해온 여자야. 형편없는 여자라고. 그건 그렇지만 세상이 왜 이렇게 불투명한 거냐고. 기껏 그럼 남 생각도 해볼까 한 건데. 누가 뭘 했고 무슨 생각을 하는지 전혀 모르겠다는 게 그게 있을 수 있는 일이야? 남 생각 같은 거 괜히 했어. 난 말이야, 적어도 자신에 관해선 알고 있었거든. 확실하게, 똑똑히 알고 있었다고. 그런데 이게 뭐냐고. 남에 관해서, 남이 무슨 생각을 하고 있었는지 이해해보려고 했는데, 그런데 잘 이해가 안 되네, 이렇게 생각했더니 이게 뭐냐고, 이젠 나까지 잘 모르겠어. 이유가 뭐야? 대체 이게 어떻게 된 거야? 뭐가 어떻게 된 건지 하나도 모르겠어."

졸린 듯한 에토에게 그렇게 주정을 부린 것까지는 기억난다.

2시 전에 가게에서 흔들어 깨워 쫓아냈다. 에토는 보이지 않았다. 얼른 도망친 모양이다.

택시를 기다리는 줄을 곁눈으로 보는데 갑자기 누군가와 이야기하고 싶어졌다. 전화를 걸었다. 잠깐 통화하니 마음이 편해졌다.

크리스마스까지 이제 얼마 남지 않았다. 커다란 달을 보며 걸어서 집으로 돌아왔다.

누나.

드디어 여기서부터가 본편이야.

지금까지는 단순한 옛날이야기. 옛날옛날 한 옛날에 하는 이야기.

현재 이야기를 하자. 들으면 놀랄걸, 누나.

그렇다고 너무 기대하면 그것도 곤란하지만.

바보를 상대로 작정하고 한들 무슨 의미가 있겠어?

회사에 들어오고 바로 신입사원 연수란 게 있었어. 조금은 기대했다고. 어쨌거나 본인들이 일류 기업이라고 칭하는 회사의 연수니까.

잠만 오더라. 머리 숙여 인사하는 법, 전화받는 법, 상대방이 바보인 줄 뻔히 알면서 굽신거리는 게 일류가 하는 일이냐고.

악수하는 방법이라는 게 정말 최악이었어.

더럽잖아. 타인의 손을 만지다니.

싫다고 했어. 그것만은 못 하겠다고.

소름 끼치잖아. 남의 피부와 접촉하다니.

축축한 땀투성이 손. 버석버석 메마르고 차가운 손. 아아, 소름 끼쳐.

내가 거부했더니 녀석들이 어떻게 했을 것 같아?

나더러 이상하다는 거야.

다른 사람 손을 못 만지겠다니 이상하다나.

정말로 더럽다고, 녀석들 손은. 그렇잖아? 그러니까 남하고 접촉하면 내 피부가 빨개져. 내 몸이 타인의 더러움에 반응하는 거야.

가렵거나 그런 건 아니야. 하지만 기분 좋진 않다고. 몸이 싫다고 하는 거야. 나한테 접촉하려면 더러운 걸 깨끗이 씻어내고 오라고.

연수 도중에 과장이 날 부르더라.

소문을 들었는데.

과장은 추잡한 대머리를 보이면서 나한테 그렇게 말했어.

자네는 타인하고 접촉하지 못한다지?

그게 뭐 어쨌다는 건데 싶었어. 더럽지 않은 사람이면 접촉할 수 있어.

바보는 모를 테지. 독이랑 독 아닌 것도 구별하지 못하는데. 바보는 더러운 걸 만져도 전혀 몰라.

난 알 수 있거든. 누나, 독을 만지면 손이 빨개져.

독이랑 독 아닌 걸 구별하는 재능을 타고난 거야.

뭐, 그런 이야기를 해봤자 소용없으니까 과장한테는 그냥 모호하게만 대답했어.

과장은 그래, 라고만 하고 그 이상 뭐라 하지 않았어.

누나, 그 뒤 일어난 일을 난 잊지 못해.

환영회란 게 있었어. 재미도 없고 시시하기만 한 아무개 상무의 인사말이 있었지. 어째서 바보는 그렇게 바보 같은 소리만 하는 걸까.

난 구석에서 시시하다고 생각하면서 술을 마시고 있었어.

박수해야 해서 잔을 테이블에 놨거든.

그때 잔을 누가 바꿔치기한 거야.

난 모르고 그걸 마셨어.

금세 입술이 가렵다는 걸 깨달았어. 난 잔을 빛에 비춰봤어. 붉은 립스틱이 묻어 있었어.

난 너무 놀라 잔을 떨어뜨렸어. 토하고 싶었어. 그때 그랬던 것처럼 토할 것 같았어.

내가 휘청휘청 출구 쪽으로 다가갔더니 인사 중이던 뚱보가 내 이름을 부르면서 멈춰 세웠어. 뭐 하는 거지? 다른 사람이 이야기할 땐 끝까지 듣게.

지금 그럴 때가 아니라고. 도대체가 들어주길 원한다면 들을 가치가 있는 이야기를 하란 말이야.

죄송합니다, 속이 안 좋아서요.

난 그렇게 말했어. 뚱보는 벌써 취했는지 거드름 피우면서 마이크를 휘둘렀어.

안 들리는군. 더 똑똑히 말하게.

똑똑히 말할 수 없을 만큼 메슥거리니까 자리를 뜨려고 하는 거거든, 이 얼간이야.

난 입을 틀어막고 있던 손을 뗐어. 그 자리에 있던 인간들이 날 보고 어안이 벙벙한 표정을 지었어. 어떻게 된 건가, 입가가 시뻘건데.

뚱보가 마이크에 대고 큰 소리로 말했어.

주위 인간들은 요란하게 웃었어.

날 비웃은 거라고. 아무 가치도 없는, 고함밖에 칠 줄 모르는 뚱보하고, 그 녀석한테 알랑거리는 것밖에 할 줄 모르는 바보들이 나를. 비웃었어.

난 휘청거리며 방에서 나왔어. 화장실로 달려가서 세수했어. 거울을 보는데 누나, 눈물이 날 것 같았어. 초등학교 때 내 영혼이 날아가버린 날 이래로 한 번도 운 적이 없는데.

거센 노여움이 일었어.

바보한테 자기 처지를 알려줘야겠다. 상사라는 입장이 그렇게 기쁘냐, 그렇게 즐거워? 바보가 나를 밟고 올라서봤자 잘날 것 하나 없는데.

너희가 나처럼 재능 있는 인간을 짓밟을 처지가 아니라는 걸 똑똑히 알려주마.

간단하더라.

곳곳에 손을 써두기만 했거든.

의심을 받지 않도록 난 그때부터 이 사람 저 사람한테 환심을 사려고 행동했어.

물론 도움이 됐지. 바보를 속여넘기는 데에.

배달 음식을 받아서 친절하게 날라주는 척하면서 나무젓가락에 비소를 묻힌 적도 있어. 몇 번에 걸쳐 반복했더니 녀석의 지병인 위궤양이 악화돼서 위암이 생겨 그것 때문에 자살했어.

술에 파라티온을 섞어 먹인 녀석도 있었지.

양은 조절해줬어. 죽지는 않고 구급차를 부를 정도도 아니게, 다소 괴로워할 양으로.

그 뚱보, 상무의 경우엔 기왕 하는 거 실험대로 써보자 싶어서 말이야.

먼저 사무실에 숨어들어 카펫 밑에 수은을 흘려놨어.

상무실은 대체로 문이 닫혀 있거든. 수은은 소량이라도 증발해서 기체가 실내에 가득 차면 꽤 위험한 농도가 되지.

데이터가 없어서 일단 수은 체온계 두 개 분량을 썼어.

정말 웃기더라. 일주일 만에 쓰러져서 구급차에 실려갔지 뭐야.

구급대원도 얼마나 싫었겠어. 그런 뚱보를 들것에 실어 운반해야 하다니. 그런 인간, 살아 있어봤자 아무 가치도 없는데 그냥 바닥에 뒹굴게 내버려둘 것이지.

직장에 복귀했을 땐 환영했어. 병문안도 가줬더니 그 바보가 나더러 좋은 녀석이라나. 심장이 약하단 소리를 들어서 시험 삼아 굴거리나무 잎을 잘게 썰어서 녹차에 넣었어.

바로 발작을 일으키는 거야. 비서도 깜짝 놀랐을 테지. 자기가 준비한 차를 마시고 상무가 나자빠졌으니.

뭐, 아무도 차를 의심하지 못한 모양이지만.

마무리로 벤젠을 히터 위에 흘렸어.

방 안 가득 배기가스를 채운 거나 다름없으니까 말이야.

바보가 담뱃불을 붙였다가 나자빠지는 바람에 불났다고 난리가 났지만 어쨌거나 그걸로 끝.

뚱보는 저세상에 갔어. 삼도천을 건너는 배도 침몰하기 직전까지 가라앉아서 꽤나 위험했을 거야.

또 뭐가 있더라?

여기저기 손을 써뒀으니까 너무 많아서 잊어버렸네.

스코폴라민 성분 안약을 차에 타서 자율신경 기능 이상이 있다는 과장한테 준 적도 있었던가.

그땐 참, 웃음을 참느라 힘들었지.

근엄하고 착실한 돌대가리가 외설적인 말을 쏟아내면서 날뛰는 거야.

뭐, 금방 붙들려서 정신을 차렸지만. 유쾌했어. 그 뒤로 다들 과장 얼굴만 보면 자기도 모르게 눈을 피하게 됐거든.

가엾게 말이야.

뭐가 그렇게 번거로운지.

까놓고 말하면 될 거 아냐. 야 이 미친놈아, 밝히는 영감탱이야, 하고.

그럼 과장도 나름대로 태도를 정할 수 있을 텐데.

불쌍해서 한 번 더 해봤단 말이지.

이번엔 완전히 발광. 구급차에 실려가서 두 번 다시 돌아오지 않았어.

누나, 감상이 어때?

이해해줬으려나?

내가 얼마나 솜씨가 좋은지. 얼마나 재능이 많은지.

알겠지, 알겠지, 알겠지.

……알겠지?

우울한 월요일.

집에 있기 싫어서 어제는 하루 종일 밖을 돌아다녔다. 집으로 돌아온 것은 2시였다. 자동응답기에는 무언 전화가 열두 통 녹음되어 있었다.

더는 견딜 수 없었다. 수기를 쓴 남자가 도미카와 하지메인지 아닌지 확실히 밝혀내기로 했다. 그를 불러내 이야기한다. 수기 복사본을 들이민다. 그래도 안 되면, 그래도 안 되면, 최후의 수단을 쓰면 그만이다.

급탕실에서 물을 끓이는데 유미코가 들어왔다.

"왜 표정이 그렇게 무서워? 이시하라 여사가 섬뜩해하더라."

쓸데없는 참견 말라고 하려다가 입을 다물었다.

“저기, 그 뒤로 아무 일 없었지?”

그녀는 담배에 불을 붙여 길고 가는 연기를 뱉으며 말했다.

“그 뒤로라뇨?”

“시치미 떼지 마. 나쓰하라 씨랑 아무 일 없었느냐고.”

아아, 그래.

도미카와를 내게 떠넘긴 유미코에게 심술을 부리고 싶어졌다.

“아, 그거요. 네, 뭐.”

“어머, 그 모호한 대답은 뭐야? 신경 쓰이게.”

“아무 일 없었어요.”

“정말?”

“네, 뭐.”

유미코는 유난스레 담배를 빼끔거리며 나를 노려봤다. 더 말해줄까 했지만 너무나도 솔직한 반응에 웃음을 터뜨리고 말았다.

“뭐가 웃긴데?”

“죄송해요. 좀 놀린 것뿐이에요. 정말 아무 일 없었어요.”

“그래.”

안심한 듯, 기쁜 듯 웃었다. 그 모습을 바라보는 내 시선을 깨닫고 유미코는 손을 쳐들었다.

“에잇, 사랑에 빠진 소녀의 순정을 갖고 놀다니.”

꺄꺄거리며 얼마 동안 둘이 장난치고 놀았다. 지난 일주일, 괴로운 기분이 앙금처럼 마음속에 가라앉아 있던 일주일 중 처음 진심으로 웃을 수 있었다.

"유미코 씨 잘못이에요. 그때 그 술자리, 정말 지독했다고요."

"아, 응, 미안해. 전엔 그런 인간이 아니었는데. 우리 회사 독신 남자 중에서도 인기가 많은 괜찮은 사람이었다고. 성품은 꽤 착실하니까 금방 극복할 거야. 기왕 이렇게 된 거, 정신적인 지주가 돼줘서 당신 없이는 살 수 없다 하게 해보면 어때?"

"농담 마세요."

"그렇게 되면 더블데이트하자. 나랑 나쓰하라 씨, 당신이랑 도미카와 씨, 이렇게 넷이. 디즈니랜드가 좋겠네. 다 같이 스키를 타러 가도 좋고."

"저 스키 못 타서요."

"괜찮아. 뭐든 처음은 있는 거라고. 이 나카가와 유미코가 하나부터 열까지 친절하게 가르쳐줄게. 어때? 크리스마스 휴가에 가면. 뭐하면 구니카한테 부탁해서 잠재능력을 끌어내주는 부적이란 걸 주문해줄게."

"잠재능력?"

나는 유미코를 쳐다봤다.

"그런 게 있대. 뭐, 나만큼 스포츠 전반에 재능이 있으면 그런 건 필요 없지만. 구니카가 권해서 시바타 과장님이 그런 부적을 샀다거든. 그랬더니 부비(Booby, 골프에서 최하위 바로 윗 순위를 뜻함-옮긴이) 시바타란 말을 들을 만큼 운동치인 과장님이 글쎄 석 달 만에 일위가 됐지 뭐야. 아주 효과 있다니까."

"유미코 씨, 구니카 씨가 그 부적을 판매하는 건가요?"

"아니, 그런 건 아니고. 아무리 세컨드 잡이 유행이라지만 회사 내에서 그런 매매는 못 해. 그러다 들키면 잘릴걸. 그걸 파는 사람을 구니카가 알거든. 왜, 사게?"

"이야기만 들어봐도 되려나요?"

"괜찮을걸. 길거리 강매도 아니고 구니카가 중간에서 소개해주는 거면 괜찮을 거야. 나도 봐, 이런 거 샀어."

유미코는 목에서 가는 금 체인을 꺼내 보여주었다.

"나 전갈자리인데, 전갈자리 수호성은 화성이라서. 붉은 보석이 수호석이래."

아닌 게 아니라 체인 끝에 틀에 넣은 붉은 보석이 달려 있었다.

"이건 뭐예요?"

"잉카 로즈."

"잉카 로즈?"

"잉카 로즈가 뭐냐고 묻진 말아줘. 그런 이름의 보석이야. 정열을 북돋우는 보석이래. 약해진 기력을 깨워주고 과거의 아픈 기억에서 해방시켜줘. 자신감을 갖게 해주고 부와 명성과 사랑을 얻는 파워를 증대해준다는 영험한 보석."

지금보다 더 자신감에 차서 어쩌려는 것이냐고 생각하며 나는 보석을 바라봤다. 아름다운 붉은색.

"부와 명성을 갖게 되면 한턱내세요."

"무슨 소리야. 남한테 기대지 말고 자기가 갖도록 노력해야지. 남한테 업혀 가려고 하는 건 좋지 않아."

보석에 기대는 것도 어떤 의미에서 남에게 업혀 가는 것 아닌가.

"어쨌거나 사랑을 쟁취하려면 그걸 전문으로 하는 보석이 필요하단 말이지. 거기에 대해선 구니카하고 의논해봐. 하지만 내가 볼 땐 필요 없을 것 같은데? 도미카와는 당신이 꽤 마음에 든 것 같거든."

"마음에 들었다고요?"

"어머, 기억 안 나?"

유미코는 주위를 살피며 두 대째 담배에 불을 붙였다.

"많이 마셔서 중간부터 기억이 없구나. 나랑 듀엣한 건 기억나?"

나는 입을 딱 벌리고 유미코를 쳐다봤다.

"그랬어요?"

"아휴, 하여간 술 취한 인간은 꼭 이렇다니까. 내가 싫다는 걸 억지로 끌고 무대에 올라갔으면서."

유미코는 내 이마를 톡 쳤다.

"꼭 오차즈케를 먹어야겠다고 우긴 건 기억나?"

"그러고 보니까 어렴풋이……."

도미카와의 태도에 열받아 그 뒤 될 대로 되라고 술을 벌컥벌컥 들이켠 것은 확실하다. 하지만 그건 모두 유미코와 도미카와 탓이다.

"지금부터 옷을 벗겠어요, 하곤 스트립쇼를 시작한 건?"

"네?"

"거짓말이야. 아까 앙갚음."

이번에는 내가 유미코를 쫓아다닐 차례였다.

"그나저나 진짜로 술이 들어가면 기억이 없어지는구나."

유미코가 숨을 몰아쉬며 말했다. 나는 주전자를 불에서 내려 차 드실래요? 하고 유미코에게 물었다. 기왕 마시는 거 임원용 비싼 차를 마시자고 유미코가 말해 나는 핀이나 바늘처럼 가늘고 뾰족한 찻잎을 찻주전자에 넣었다.

"조금은 기억나요. 엄청나게 음치인 아저씨가 기분 좋게 〈내 사랑 엘리〉를 불렀죠? 하도 음치라서 첫머리를 들은 순간 토마토 냉채를 바닥에 떨어뜨리고 난리 친 것도……."

"너무한다. 그거 아저씨가 아니라 시노다 씨야."

유미코는 신나게 웃다가 연기가 목에 걸려 기침하기 시작했다. 무의식중에 등을 쓸어주는데 어라? 싶었다.

"제가 혹시 누구 등을 쓸어줬나요?"

"도미카와야. 그 사람도 꽤 취해서 화장실에 간 걸 당신이 도와줬잖아. 그러면서 그 사람, 당신이 마음에 든 것 같던데. 뭐, 남자화장실에서 둘이 지르박을 추면서 나왔을 땐 나도 눈이 튀어나오는 줄 알았다고. 나쓰하라 씨는 기뻐하면서 내 손을 잡고 춤을 추지 않나……."

배부른 고양이처럼 행복한 표정의 유미코를 보며 나는 이시하라 여사와 그의 관계를 가르쳐줄지 말지 잠시 생각했다. 상처는 가벼운 게 제일이다. 하지만 약속은 약속이다. 도미카와가 수기를 쓴 남자라는 게 분명해지고 사건의 진상이 확실해지면 나는 이 회사를 떠날 사람이다. 공연한 풍파를 일으키는 짓은 하지 말자. 나머지는 당사자들끼리 알아서 할 일이다.

그러다가 중대한 문제를 깨달았다.

"도미카와가 저하고 접촉했어요?"

유미코는 갓난아기 인형처럼 정확하게 눈을 깜박였다.

"어? 아, 응, 접촉했지. 같이 손잡고 춤췄으니까. 자리로 돌아온 다음에도 당신이 싫어하는데도 딱 붙어 있었는걸."

"정말요?"

"정말이야. 뭐야, 이제 와서 파랗게 질려봤자 소용없잖아. 뭐 어때, 술자리에서 있었던 일인데. 아까도 말했잖아. 도미카와가 당신한테 마음이 있다고. 저쪽도 잊어버렸을 가능성은 있지만 그럼 기억나게 해주면 되지. 어머, 왜 그래? 어디 안 좋아?"

괜찮아요, 하고 멍하니 대답했다. 찻잔에 차를 따르며 나는 온몸이 부들부들 떨리는 것을 멈출 수 없었다.

도미카와가 아니다. 수기를 쓴 남자는 역시 도미카와가 아닌 것이다.

그럼 누굴까. 내게 장난전화를 건 사람은 대체 누구지?

그러다가 더욱 무서운 사실을 깨달았다.

그 사람은 어떻게 우리 집 전화번호를 알아냈을까.

일하는 중 내내 무서운 표정이었나 보다. 유미코는 같이 점심 먹자고 하지 않았다. 이시하라 여사는 회의에 들어가고 없었다. 나는 부인이 싸준 도시락을 먹는 시바타 과장에게 차를 내준 뒤 도시락을 사러 나갔다.

식욕은 전혀 없었다. 속이 메슥거렸다.

종잇장처럼 얇고 마가린 냄새가 나는 샌드위치를 한 입 베어 물었다가 내려놓았다.

누굴까. 도미카와가 아니면 대체 누가 수기를 쓴 남자인가.

애초에 그녀는, 내 '친구'는 어떻게 수기를 손에 넣었나. 그래, 수기는 복사본이었다. 받는 사람은 그의 누나. 그녀는 누나에게서 수기를 입수했을 것이다.

도미카와 하지메가 수기를 쓴 남자라면 아무 문제 없었다. 누나에게서 아버지인 도미카와 부장에게, 그리고 애인인 그녀에게로 수기가 넘어갔다고 생각하면 모순이 전혀 없다.

하지만 도미카와 하지메가 아니었다. 그가 쓴 게 아니다. 그는 나와 접촉할 수 있었으니까. 그가 수기를 쓴 남자라면 그럴 수 있을 리 없다. 타인의 흔적과 닿은 것만으로도 남이 알아차릴 만큼 입 주위가 붉어지는 사람이 나와 접촉할 수 있을 리 없지 않나.

그렇다면 누가. 대체 누가.

내게 손을 떼라고 하는 걸까.

책상에 팔꿈치를 올리고 생각에 잠겨 있는데 유미코가 돌아왔다.

“빨리 오셨네요.”

“어째 몸이 안 좋아서. 감기라도 걸렸나.”

“차 드릴게요.”

나는 급탕실에 들어갔다. 썰렁하고 큰 건물. 누군가가 숨어들어 깃들어 있다는 큰 건물. 사람을 미치게 하고 억압하고 한기를 느끼게 하는, 그런 것을 내포하며 계속 서 있는 건물. 나는 빠른 걸음으로 나아갔다. 속이 울렁거렸다. 땀이 났다. 눈앞이 어두웠다.

“어이쿠, 무슨 일이야?”

정신이 들었다. 놀랐다.

나쓰하라가 내 얼굴을 가까이에서 들여다보고 있었다. 다리가 찼다. 밑을 내려다봤다. 어느새 바닥에 주저앉아 있었다.

나쓰하라의 팔을 빌려 치마를 털며 일어섰다.

“죄송해요. 어째 몸이 좋지 않아서요.”

“앞에 있기에 말을 걸어야지 하는데 갑자기 맥없이 주저앉아버리지 뭐야. 이게 무슨 일인가 했잖아.”

“저도 이게 무슨 일인가 싶었어요.”

나쓰하라는 웃었다.

“재미있는 사람이네. 저번에 즐거웠어.”

“저번이라니 엘리베이터홀에서요? 전 즐겁지 않았는데요.”

“이거 봐, 누가 엘리베이터홀 이야기라고 했어? 그때 그 술자리 말이야. 술이 들어가면 정말 재미있는 사람인데 맨정신일 땐 유난히 퉁명스럽단 말이지. 어때, 다음에 같이 한잔하러 가지 않겠어? 우리 둘이서만. 내가 좋은 데 알거든.”

한순간 메슥거리는 것도 잊을 만큼 열받았다.

“귀에 대고 입김 불지 마시겠어요?”

“큰 소리 내지 마. 치한으로 오해하면 어쩌려고.”

“오해인가요?”

“너무하네. ……그렇게 슬금슬금 뒤로 물러날 건 없잖아.”

“안 될 건 없잖아요.”

“뭐가 그렇게 거만해.”

“강한 냄새가 힘든 것뿐이에요.”

나쓰하라는 매우 자존심 상한 듯한 표정을 지었다.

“이 향이 싫어? 내가 직접 조향한 건데.”

“싫은 게 아니라 힘들어요. 몸이 안 좋다고 했잖아요. 그런 때 인공적인 냄새를 맡고 싶지 않은 것뿐이에요. ……그나저나 나쓰하라 씨, 향수 조합을 하세요?"

"난 뭐든 다 하시는 사람이거든. 향기 연구는 취미야. 다음에 우리 집에 놀러와. 더 옅고 좋은 향이 나는 향수를 만들어 줄게."

이 인간이 진짜.

"그만 좀 하시죠. 저 이시하라 씨에 대해서 안다고요. 이시하라 씨가 불쌍하지도 않나요?"

내뱉듯 말하고 급탕실로 향했다. 나쓰하라는 뻔뻔하게 따라왔다.

"안 그래도 오해하지 않을까 했는데. 전에 그 사람하고 비밀 이야기를 하는 장면을 들킨 적이 있었으니 말이야. 하지만 우리 그런 사이 아닌데. 난 프리야."

프리가 듣고 웃겠다.

"그나저나 당신이 그런 걸 신경 쓸 줄 몰랐는데."

"그런 거라니요?"

"애인이 있건 말건 신경 쓸 것 같지 않다고. 자기가 즐거우면 남이 괴로워하든 말든 상관없다, 그렇게 생각하지 않아? 아무렇지도 않게 친구 애인을 빼앗을 것 같다, 타인은 안중에 없고 자기 생각만 할 여자 같다는 뜻."

숨이 멎었다.

"그렇지 않아요."

"아니, 그래. 뭐 어때? 나쁜 뜻으로 하는 말 아니야. 다들 그렇잖아. 누구든 자기가 제일 소중해. 자기 감정에 정직하다고 비난할 수 있는 인간은 없을걸."

"전 그런 사람 아니에요."

"자기한테 정직하지 않다고? 거짓말 마. 당신은 그런 사람 맞아."

"아뇨, 아니라면 아니에요."

"맞는다면 맞아."

나는 나쓰하라의 뺨을 후려갈겼다.

손이 욱신거려 정신이 들었다. 아픔은 천천히 손바닥에서 온몸으로 퍼졌다. 두 손으로 입을 틀어막았다. 그러지 않으면 소리를 질러댈 것 같았다.

나쓰하라는 맞은 뺨에 손을 갖다 댔다. 그러고는 그 손을 쳐들었다. 나는 눈을 질끈 감았다.

미지근한 입김이 귀에 닿았다.

"그만 물러나도록 하죠, 아가씨."

나쓰하라의 눈이 겁나서 그 이상 그곳에 있을 수 없었다. 나는 휘청거리는 다리로 급탕실로 달려 들어갔다. 뒤에서 나쓰하라의 웃음소리가 들려왔다.

싱크대에 손을 얹고 숨을 들이쉬었다.

심호흡을 하고 차를 준비하기 시작했다. 보온 포트의 더운 물을 보충해두자고 주전자에 물을 받았다.

아니, 난 그런 사람이 아니다.

적어도 지금부터는 그런 사람이 아니다.

나 자신에게 타일렀다. 그래서 이렇게 여기 있는 것이다. 달라지기 위해.

찻잎 뚜껑을 천천히 열었다. 안에서 마음을 안정시켜주는 부드러운 찻잎 향기가 피어올랐다. 깡통에 코를 가져가 잠시 향을 맡았다.

흠칫했다.

차.

나도 유미코도 아까 이곳에서 임원용 차를 마셨다. 그 뒤 두 사람 다 몸이 안 좋아졌다.

내가 몸이 안 좋은 것은 도미카와가 범인이 아니라는 사실을 깨달은 탓인 줄 알았다. 하지만 그것만으로 갑자기 쓰러질 만큼 약하지는 않다. 게다가 유미코. 유미코도 몸이 좋지 않다고 했다.

임원용 차 깡통을 열었다. 손바닥에 찻잎을 덜어봤다.

냄새를 맡아봤다. 차 향기뿐이었다.

잠깐.

첫날 유미코가 뭐라 말했나.

내 전임자, 다시 말해 그녀 역시 차 당번이었다고 했다. 요령이 좋아 급탕실에서 땡땡이쳤다고.

그녀 아버지는 회사 사람 누군가에게 그녀가 전부터 몸이 좋지 않은 듯했다는 말을 들었다고 했다.

그녀는 여기서 근무 중 땡땡이를 치곤 했다. 그때 오늘 나와 유미코가 그런 것처럼 임원용 차를 마신 게 아닐까.

비소.

나는 찻잎을 다시 깡통에 넣었다. 땀 때문에 들러붙은 찻잎은 황급히 물로 씻어냈다.

비소는 무색무취였을 것이다. 냄새를 맡아도 모른다. 누군가에게 분석을 부탁하는 수밖에 없다.

나는 주머니에서 손수건을 꺼내 찻잎을 모조리 쌌다. 나중에 이시하라 여사에게 말해 임원용 차를 다시 사자.

그렇지만 누가?

누가 이런 일을 했는지는, 이 차에 정말 비소가 들어 있다면, 경찰이 조사할 것이다. 물적 증거가 있으면, 독살의 증거가 있으면, 경찰이 움직일 것이다. 게다가 수기도 있다. 수기와 차. 그 정도면 충분하다. 이 이상은 내가 감당할 수 없다. 무리다.

그렇게 생각하면서도 조금 슬펐다.

수기를 쓴 남자를 멈추는 것은 결국 경찰, 법의 힘이다. 물론 그런 사람을 멈추기 위해 경찰이 존재한다는 것을 머리로는 알고 있었다.

하지만 마음은. 마음은 경찰이 멈추는 것을 원하지 않았다. 누구 다른 이가 멈춰주기를 바랐다.

수기를 쓴 남자의 누나는 어째서 그를 멈추지 않았을까. 누나라면 가능했을지도 모르는데. 수기를 읽지 않은 걸까. 그냥 망상이라고 치부하고 넘어간 걸까. 아니면 무서웠을까. 활활 타는 불에 손을 넣고 싶은 사람은 아무도 없다. 당연히 위험한 일에 끼어들고 싶지 않다. 그보다는 그냥 망상이라고 넘기는 게 당연히 더 편하다. 나도 이렇게 손을 떼려고…….

아.

"혹시……."

나도 모르게 소리 내어 중얼거렸다.

빈 차 깡통이 바닥에 떨어져 큰 소리가 났다.

그럴지도 모른다. 어쩌면 그럴지도 모른다.

……알겠지?

이미 늦었다는 걸. 정말 이젠 너무 늦었다는 걸.

가끔씩, 정말 아주 가끔이긴 하지만 나도 그런 생각이 들어.

어쩌다가 이렇게 됐을까.

누나가 집에서 떠나고, 아버지, 어머니가 나랑 말을 하지 않게 되고, 세이지가, 그래, 세이지가 날 형이라고 부르지 않게 되고.

어쩌다가 이렇게 됐을까.

시작은 개. 그 갈색 개.

그리고 소독약.

학교 급식.

뭘까. 대체 뭘까.

내가 바보가 아니게 태어난 것. 주위에 온통 바보밖에 없었던 것.

아니, 그게 아니야. 사실은 나도 잘 알아. 그런 게 아니야.

아무도 나한테 말해주지 않았어. 그게 아니라고, 사실은 넌 그냥 바보라고.

영혼은 하늘에 올라가거나 하지 않는다고.

하지만 누나, 난 봤단 말이야. 내 안에서 희미하게 뭔지 알 수 없는 게 하늘로 올라가는 걸 봤어.

누나, 그때 하늘로 올라간 건 내 영혼이었을 거야.

내 영혼이 분명해.

그럼.

그럼 지금 여기 있는 나는 대체 뭐지? 대체 누구야?

어떻게 하면 알 수 있을까?

난 대체 누구지?

어디서 온 거지?

그리고 마지막에 어디로 가는 거지?

녀석들은 모두 확실히 하늘로 올라갔어.

그럼 난? 나는 어떻게 되지?

누나, 알겠지? 정말 이젠 너무 늦었어. 방법이 없는 거야.

저번에 책을 읽었어.

누나, 그레이엄 킹이라고 알아?

영국의 독살범이야.

붙잡혀서 종신형을 받았어.

그 사람의 말. 자기 누나한테 남긴 말.

킹은 이렇게 말했어. 난 고독하다고. 그리고 사회 참여를 권하는 누나한테 이렇게 대답했어.

"그런 걸로는 이미 안 돼. 내 안에 어떻게도 할 수 없게 차가운 게 있어."

그래.

그런 거야, 누나.

내 안에도 어떻게도 할 수 없게 차가운 게 있어.

이루 가늠할 수 없을 만큼 차가운 것.

멈추려고 해도 멈춰지지 않는, 얼음장처럼 차가운 것.

방법이 없어. 어떻게도 할 수 없게 차가운 거야.

누나, 미안해.

이게 있는 한 난 가망이 없어.

이 차가운 뭔가가, 어떻게도 할 수 없게 차가운 뭔가가 있는 한.

이제 알겠지, 누나.

너무 늦었어. 사회 공헌 같은 건 못 해. 그런 걸로는 멈출 수 없어.

미안해, 누나.

정말 미안해.

"이렇게 추운 날에 무슨 일이야?"

아닌 게 아니라 추웠다. 바람에 잎사귀를 모조리 빼앗긴 나무들이 서로를 위로하듯 가지를 맞비비고 있었다. 마른 흙먼지와 낙엽이 이따금 날아올랐다가 가라앉았다.

"확인할 게 있어서."

나는 대답했다.

"확인할 거?"

"그래. 꼭 확인해둬야 할 게 있어서."

나는 목덜미로 스며드는 냉기에 몸서리를 쳤다. 기대감에 떨리는 것이라 생각하기로 했다. 바직바직 소리를 내며 깜박이는 공원 가로등 불빛에 우리 둘의 입김이 희끄무레하게 빛나며 사라져갔다.

“이래도 안 되면 포기할 거야. 경찰에 가서 모조리 설명할 거야.”

“대체 무슨 이야기야?”

상대방은, 세누마 도루는, 여느 때처럼 히죽거리며 말했다.

“수기 말이야.”

“수기?”

“수기라기보다 편지. 쓴 사람은 알 수 없었어. 그걸 난, 그래, 내 친구한테서 받았어. 물론 복사본이었지만.”

나는 곱은 손으로 가방에서 복사본을 꺼내 세누마 앞에 들이밀었다. 그의 장기인 히죽거리는 표정이 아주 잠시, 깜박이는 가로등 불빛처럼 슥 사라졌다.

“당신이 쓴 거지?”

“내가?”

“그래, 당신이.”

“이걸?”

“그래.”

“당신은 이걸 읽었어?”

“읽었어. 몇 번이고 반복해서. 지긋지긋할 정도로. 이 수기를 쓴 사람의 감정에 휘둘리면서 몇 번이고 읽었어.”

세누마는 또다시 일그러진 얼굴로 웃으며 나무에 기대섰다.

“무슨 편지인데?”

"이 수기를 쓴 사람은 독살범이야."

"독살범? 그거 대단한데. 그럼 그 말은 내가 독살범이라는 뜻인데. 당신 이야기로는."

"그래."

"어째서?"

"당신이 찻주전자를 이상하게 받아 들었으니까."

"찻주전자?"

"이 독살범은 말이지, 다른 사람하고 접촉하지 못해. 인간 알레르기라고나 할까, 타인이랑 접촉하면 피부가 반응해서 두드러기가 나거든. 당신을 처음 만났을 때, 당신 부탁을 받고 찻주전자에 뜨거운 물을 따랐지. 막 끓어서 아주 뜨거운 물. 찻주전자 손잡이 부분의 뒤쪽을 잡고 당신한테 내밀었어. 보통 사람 같으면 비어 있는 손잡이 부분을 잡았을 거야. 그런데 당신은 바닥을 잡았어. 굉장히 뜨거운 찻주전자 바닥을 잡아 받아 들었어. 나랑 손이 닿는 게 싫었기 때문이야. 나랑 손이 닿느니 뜨거워도 참는 게 나았기 때문이야."

가로등이 한층 세차게 깜박이기 시작했다. 점점 간격이 줄어 빨라졌다. 플래시 같은 빛을 받아 세누마의 희고 갸름한 얼굴이 도시의 환하고 푸른 어둠 속에 나타났다 사라졌다 했다.

"또 있어. 급탕실. 이건 별 근거는 못 되지만, 독살범은 급탕실에 있던 임원용 차에 비소를 넣었거든. 아직 확실한 건 아니지만. 그걸 마신 내 친구, 이 수기를 보내준 친구가 중독 증상을 일으켜 중태에 빠졌어. 아직도 의식을 되찾지 못했어. 뭐, 그건 그렇다고 쳐. 내가 하고 싶은 말은 당신이 급탕실에 자주 드나드는 사람 중 하나였다는 거야. 수기를 읽어보니 독살범은 근무시간 중에 비교적 빈번히 그 '일'에 종사하고 있어. 하지만 그러려면 시간이 필요하거든. 회사에서 일하는 남자한테 보통 그렇게 시간이 있을 것 같지 않지. 다시 말해 이 인물은 비교적 시간을 자유롭게 쓸 수 있는, 한직에 있는 인물일 가능성이 높다는 뜻이야. 과장이 마시는 차에 안약을 넣을 정도거든. 그럼 그 인물이 차를 준비했다 또는 날랐다는 말이 돼. 남자이면서 차 준비를 할 만큼 시간이 남아도는 사람. 세누마 씨, 당신이 그렇지."

"너무하는데."

나무에 몸을 기대고 눈을 감은 채 내 이야기를 듣던 세누마는 머리를 긁적이며 말했다.

"그야 난 자료실에 근무하는 한가한 사람 맞아. 그걸 대놓고 말하다니 당신 꽤나 무례한데. 당신도 결국 한직에 있는 남자는 쓰레기나 다름없다고 생각하는 여자들 중 하나군. 조금은 다른가 했는데."

나는 수기 복사본을 던졌다. 워드프로세서로 입력한 글자의 나열을 북풍이 들추었다. 그는 놀라 나를 쳐다봤다.

"맞아, 굉장히 무례한 이야기야. 내가 엉뚱한 사람을 중상하고 있는 거라면. 하지만 엉뚱한 사람이 아니라면? 그야 나도 편견이 있어. 편견도 독단도 있는 평범한 여자야. 하지만, 하지만 말이야. 내 친구는 지금 이러고 있는 동안에도 의식도 되찾지 못한 채 폐인처럼 침대에 드러누워 있어. 친구 생각을 하면 무례한 말 정도는 얼마든지 할 수 있어. 더 터무니없는 일도 할 수 있어. 난 그런 사람 아니니까. 타인은 안중에 없고 자기 생각만 하는 여자가 아니니까. 앞으로는 그런 사람이 안 될 테니까."

세누마의 얼굴에서 표정이 싹 사라졌다.

"무슨 소리야?"

"확인하겠다는 거야. 당신이 그 남자인지 아닌지. 확인하겠다고 했잖아."

그렇게 말하며 나는 빠른 걸음으로 다가갔다. 세누마를 향해. 그가 경악에 얼굴을 일그러뜨리고 벌받게 되어 겁내는 어린애처럼 눈을 크게 떴다.

나는 세누마의 뺨을 두 손으로 잡고 그에게 입을 맞추었다.

너무나도 긴 시간처럼 느껴졌다. 영원이기도 하고 찰나이기도 하다는 우주의 시간 전부를 합친 것 같았다. 두 사람 다 입술이 너무 차서 마치 눈의 여왕의 입맞춤 같았다. 소년을 겨울의 세계로 데려가는 마법의 입맞춤.

실제로는 10초, 아니 5초 정도 되는 짤막한 입맞춤이었을 것이다. 계속 직직 소리를 내는 가로등이 한 번 깜박할 정도의 짧은 시간. 우리는 서로의 눈 속에 보이는 녹아내릴 듯한 어둠, 불빛에 반응해 수축과 확대를 반복하는, 유기적인 신체로 통하는 입구를 응시하며 잠시 그렇게 그곳에 서 있었다. 가지를 맞비비는 나무처럼.

세누마가 나를 떠다밀었다.

차가운 땅에 엉덩방아를 찧은 채 나는 그를 올려다봤다. 세누마는 두 손으로 얼굴을 가렸다. 순간 우는 줄 알았다. 그때 가로등이 힘이 다한 것처럼 점멸을 멈춰 주위가 어두워졌다. 어두워지는 것과 동시에 내가 왜 이곳에 왔고 왜 이런 일을 했는지 알 수 없게 됐다.

"……너무하잖아." 세누마는 손가락 사이로 그렇게 말했다. "왜 이런 짓을 하는 거야."

그 말에 정신이 들었다. 나는 손을 짚어 몸을 일으켰다. 공원 주변에서 비쳐드는 네온 불빛에 눈앞 땅바닥에 굵은 자국 두 줄이 난 게 보였다. 어째 웃음이 났다. 웃고 싶었다.

일어나 흙을 털었다.

"손 내려."

"싫어."

"손 내리고 얼굴을 보여봐."

"싫어."

"얼굴을 보이라니까."

고함쳤다. 세누마의 몸이 움찔했다. 손을 내렸다.

"……밝은 데로 와."

세누마는 움직이지 않았다. 나는 뒷걸음쳤다.

"건드리지 않을 테니까 이쪽으로 와서 얼굴을 보여봐."

그는 갓 태어난 프랑켄슈타인의 괴물처럼 느릿느릿 움직였다. 변덕스러운 가로등이 천천히 걸어오는 그의 얼굴을 갑자기 비추었다.

그의 얼굴은 시뻘겠다. 하얀 피부에 무수한 점이 퍼져 있었다.

"……아프지 않아?"

"아니."

"가렵지도 않고?"

"괜찮아. 그냥 두면 나아."

얼마 동안 잠자코 서 있었다. 땅에 떨어진 그의 수기 복사본이 소리를 내며 땅바닥에 흩어졌다.

벤치 두 개에 따로 앉았다.

"당신, 이름이 뭐라고 했지?"

잠시 뒤 세누마가 물었다.

"다에코. 이치노세 다에코야."

"이치노세 다에코란 말이지. 당신은 날 찾아내려고 이 회사에 아르바이트로 들어온 건가?"

"그래."

"내가 독을 먹인 친구 이름은."

"도모요. 이시이 도모요."

그녀의 이름을 말한 순간 이상하게도 울음이 나려 했다.

"도모요란 친구를 위해 일부러 회사까지 와서 탐정이 됐다고?"

"맞아."

"그래……."

그는 입을 다물었다. 나는 하늘을 올려다봤다. 구름이 빠른 속도로 흘러갔다.

"사실은 우리, 친구가 아니었어." 나는 구름을 시선으로 좇으며 말했다. "친구 같은 게 전혀 아니었어. 옛날엔, 진짜로 옛날엔 친구였지만."

"이해가 안 되는군." 그는 말했다. "친구도 아닌데 왜 그렇게까지 한 거지?"

"글쎄, 왜일까."

"친구였다 해도 이상하지만."

"내가 생각해도 이상해."

"친구라는 것 자체가 나한테는 수수께끼야."

"그러게."

나는 말했다. 잠시 구름 사이로 어중간한 크기의 달이 나타났다가 다시 사라졌다.

"이 편지를 읽었을 때 기분이 어땠어?"

"소름 끼쳤어. 소름 끼치고 이런 사람이 나랑 같은 시대, 같은 장소 어딘가에 살고 있다는 게 믿기지 않았어. 무서웠어. 주위 누군가가 이런 식으로 살고 있을지 모른다고 생각하는 것만으로도 정말 무서웠어."

나는 몸을 일으켜 그를 향해 돌아앉았다.

"하지만 똑같아. 나도 당신이랑 똑같아. 남한테 상처를 주고 남한테 고통을 주면서 살아왔으니까. 그런 식으로 미안한 줄도 모르고 살아왔으니까. 주위 사람을 이해하려고 해본 적도 없어. 하지만 이걸 읽고 처음으로 알았어. 이 수기를 쓴 사람을 만나보고 싶다, 어떤 사람인지 보고 싶다, 이해하고 싶다고 생각했어."

세누마는 구부정한 자세로 힘없이 벤치에 앉아 있었다. 꼼짝도 하지 않았다.

"세누마 씨. 난 이 이야기를 읽고 사실은 슬펐어. 굉장히 슬펐어. 어째서 아무도 멈추지 않았을까. 어째서 당신을 멈춰주는 사람이 나타나지 않았을까. 나도 그랬어. 남한테 상처를 주고 남한테 고통을 줘도 그걸 멈춰주는 사람이 아무도 없었어. 다들 자기 일만으로도 벅차니까. 나도 그렇긴 하지만 그래도 멈춰주길 바랐어. 멈춰주길 바라서, 그래서 더더욱 남한테 상처를 줬어. 그럼 분명히 그런 짓 하지 말라고, 그런 짓은 하면 안 된다고 누가 멈춰줄 줄 알았어."

세누마는 얼굴을 들었다. 머리를 흔들고 붉은 기가 조금 가신 얼굴로 씩 웃었다.

"……응석 부리는 거지. 빼도 박도 못하게 되고 나서 비로소 스스로 해야 한다는 걸, 아무도 멈춰주지 않는다는 걸 알았어. 수렁이라고 할지 악순환이라고 할지, 그런 걸 멈출 수 있는 사람은 결국 자신뿐이야."

"너무 늦었지." 그는 말했다. "하지만 당신은 늦지 않았어."

"아니, 늦었어. 도모요는, 내가 사과하고 죗값을 치러야 하는 도모요는 그렇게 됐는걸. 내가 더 일찍……."

말한들 소용없다. 생각해본들 소용없다.

예전에는 돌이킬 수 없는 일이라는 게 이렇게 가까이에 있을 줄 몰랐다. 줏대 있게 자신의 가치관과 의지를 관철하며 사는 편이 훨씬 행복해질 수 있다고 생각했다.

"그만 갈까."

세누마가 말했다. 나는 고개를 끄덕이며 일어섰다. 세누마는 복사본을 주워 모아 흙을 털고 내게 내밀었다.

"괜찮겠어?"

"괜찮아. 당신이 갖고 있어."

"……고마워."

세누마는 조금 앞서 걸어갔다. 나는 천천히 뒤를 따라갔다.

"달에서 태어났으면 좋았을 텐데."

공원에서 보도교를 건너 시내를 향해 걷기 시작했을 때 세누마가 말했다.

"달에서?"

"달은 차갑잖아. 세계가 전부 차갑지. 그런 곳에서 태어났으면 좋았을 텐데."

그를 멈추는 데 성공했는지도 모른다. 아주 잠깐 그렇게 생각했다. 그럴 수 있었던 나 자신이 자랑스러웠다. 하지만 그의 26년간이라는 시간을 멈추는 것은 십중팔구 하느님에게도 불가능하리라는 것도 잘 알고 있었다.

"다에코, 나……." 세누마가 등을 보인 채 천천히 말했다. "한 번 더……."

"한 번 더 뭐?"

"아무것도 아냐. ……잘 자."

빠른 걸음으로 멀어져가는 그의 뒷모습을 보며 나는 내내 들고 다니던 종이 한 장을 가방에서 꺼냈다. 건물 불빛 가운데에서 마지막으로 한 번 더 조금 동글동글한 글씨를 읽고는 종이를 찢어 육교 위에서, 흘러가는 자동차 불빛을 향해 뿌렸다.

다에코에게. 이 수기를 너한테 줄게. ―도모요

★

나는 '수기'를 덮었다.

2부

푸른 어둠

12월

20일

◦ 1

보이는 것이라곤 전깃줄과 분양 주택밖에 없는 동네의 비탈을 나는 천천히 올라갔다. 비탈 위에 아까부터 저게 아닐까 생각했던 큰 흰색 아파트가 서 있었다. 베란다에는 하늘색 철창살. 바람이 없고 공기가 건조한 화창한 겨울날이건만 어느 집이나 창문이 굳게 닫혀 있고 빨래 한 점 걸려 있지 않았다. 놀랍게도 화분 그림자 하나 없었다.

건물 입구에서 509라고 버튼을 눌러 이치노세 다에코의 언니를 호출했다. 안에서 열어준 현관문을 통해 들어갔다. 경찰관 비슷한 유니폼을 입은 경비원이 앉아 엘리베이터로 향하는 나를 노려볼 정도로 경비가 철저했다.

"와카타케 씨죠? 어젯밤에 전화상으로 실례 많았어요."

문을 열어준 이치노세 다에코의 언니는 하쓰코라고 이름을 밝히고는 매달리는 듯한 눈빛으로 나를 보며 팔을 끌어당기다시피 해서 안에 들였다. 입에서 어렴풋이 알코올 냄새가 났다.

잡지에 나올 듯한 깔끔한 원룸이었다. 커다란 옷장과 흑백 바둑판무늬 커버를 덮은 침대. 작은 냉장고, 오디오. 3면 거울. 열린 검정 쓰레기봉투 속에 유리잔과 홍차 찻잔, 책 몇 권이 들어 있는 게 보였다. 그것뿐. 평범한 사람이 생활하다 보면 자연히 늘어나는, 필요는 없지만 버릴 수 없는 물건이 아무것도 보이지 않았다.

우리 집은 좁은데도 물건으로 가득하다. 친구가 생일선물로 준 봉제인형, 싼 맛에 괜히 산 작은 액자. 여행 가서 찍은 사진 무더기, 호텔 팸플릿, 처음 프로레슬링을 보러 갔을 때의 티켓 조각. 하지만 그게 그 사람의 성격을 가장 단적으로 표현한다고 보는 것도 가능하다. 소중히 잘 간직해둔 물건보다, 갖고 있어봤자 의미도 없고 방해만 되니까 버리자 생각하면서도 어쩐지 버리지 못하는 물건 무더기가 훨씬 그 사람의 성격을 보여준다고 생각한다.

다에코에게는 그런 게 없었다. 아니, 그건 너무 지나친 말일지도 모른다. 나는 옷장을 열어본 것도 아니고 책 제목을 확인한 것도 아니다. 하지만 하코네에서 만난, 그리고 수기에서 내가 감지한 다에코의 다에코다운 일면이 이 집에서 전혀 느껴지지 않았다.

돌아보니 침대 옆 낮은 테이블 위에 마시다 만 위스키 잔이 놓여 있었다. 방 안을 둘러보는 나를 뒤에서 꼼짝 않고 쳐다보던 듯한 하쓰코는 내 시선을 알아차리고 얼굴을 붉혔다.

"어쩐지 진정이 안 돼서요."

하쓰코는 어깨를 으쓱하며 말했다. 그녀는 다에코와 별로 닮지 않았다. 다에코보다 살이 쪘고 윤기 없이 부스스한 머리가 이마를 가렸다. 얼굴은 붓고 눈 밑에 희미하게 다크서클이 보였다. 약간 촌스러워 보이는 꽃무늬 청색 치마 위에 분홍 모헤어 스웨터를 입었다. 복장도 다에코와는 완전히 동떨어진 느낌이었다.

"다에코는 이 방에서 자살을 기도했어요."

그녀는 내게 의자를 권하고 자신은 침대에 앉았다. 그리고 마치 결혼을 앞둔 여자가 가구 매장에서 매트리스의 스프링을 확인하는 것처럼 천진하게 몸을 움직였다.

"여기, 이 침대 위에서."

"네……."

"다에코한테 친구가 있을 줄 몰랐네요."

그녀는 몸을 흔들흔들하며 베란다 쪽으로 시선을 돌리고 말했다.

"어떤 사이예요?"

나는 하코네 여행에서 있었던 일을 이야기했다. 그리고 크리스마스에 같이 파티를 할 예정이었다고 했다. 명확한 이유는 전혀 없었지만, 그녀와 내가 이 집에서 같이 시시한 이야기를 주고받으며 크리스마스이브를 보내기로 되어 있었다는 것을 이야기하고 싶었다.

자기가 말을 꺼내놓고도 하쓰코는 내 말을 듣는 기색이 없었다. 그녀는 흐응, 흐응, 하고 콧소리로 맞장구를 치더니 내 말이 끝나기도 전에 "그럼 한 번 만난 것뿐이네요"라고 말했다. 늘어진 피부 밑에서 눈초리가 살짝 올라간 것 같아 나는 놀라 잠시 입을 다물었다. 다에코의 '수기'에 따르면 그녀는 언니를 고통스럽게 한 적이 있다. 하쓰코의 태도에서 묘하게 적의가 느껴지는 것은 아마 그 때문일 것이다. 하지만 그녀는 오늘 전화했을 때 자기를 만나러 오라며 집 위치와 오는 법을 자세히 알려주었다.

"다에코 씨는 어째서 자살을 기도했을까요."

"글쎄요, 왜였을까요. 이유가 있을 것 같진 않은데요."

"유서는 없었는지요?"

하쓰코는 갑자기 목을 돌려 소름 끼칠 만큼 진지하게 내 눈을 들여다보았다.

"그건 내가 묻고 싶네요. 당신, 다에코한테서 편지 받은 거 없어요?"

"편지요?"

'수기'를 받았다는 말은 아직 하쓰코에게 하지 않았다. 내용이 내용인 만큼 섣불리 다른 사람에게 알릴 수 없다고 생각해서다. 도대체가 나를 다에코가 입원한 병원이 아니라 집으로 부른 것도, 어젯밤 통화할 때 '다에코는 친구가 없다'라고 말한 태도 자체도 충분히 의심스럽다. 아무리 언니라고는 해도 이 사람에게 다에코가 겪은 그 끔찍한 이야기를 해줄 용기는 없었다.

"편지가 왜요?"

하쓰코는 흥 하고 코웃음을 쳤다. 순간 흠칫할 만큼 몸짓이 다에코와 똑같았다.

"안 받았군요."

위스키인 듯한 액체가 든 잔을 한 손에 든 그녀는 내게 완전히 관심을 잃은 것처럼 입을 벌리고 혀를 움직여 액체를 들이마셨다.

"다에코 씨는 어떤 식으로 자살 기도를?"

"가스 자살이에요. 고주망태로 취해서 남자가 집까지 바래다주고 침대에 눕혔어요. 남자들이 다른 집에서 계속 마시는 사이에 가스를 틀어서. 두 시간 뒤에 돌아온 남자가 가스 냄새를 맡고 문을 열어봤더니, 온 집 안에 가스가 꽉 차 있고 다에코는 지옥으로 가는 계단 맨 위에서 쿨쿨 자고 있었어요. 폭발을 일으키지 않은 게 불행 중 다행이죠. 그랬다면 정말 큰일 났을 거예요. 피해 보상을 해야 했을지도 모르고."

술잔을 노려다보며 말하던 그녀는 내가 불쾌해하는 것을 감지했는지 눈을 들고 당황해서 말했다.

"아무리 그래도 숯이 된 시체를 확인해야 했다면 괴로웠을 테니까요. 다에코는 잠자는 숲 속의 미녀처럼 깨끗했어요."

그러더니 크게 트림을 했다.

"……다른 가족분은 계시는지요?"

"안 계세요. 나랑 이 역병신 같은 다에코뿐. 흥."

나는 정말 울컥했다. 상당히 화가 났다고 해도 된다.

"그런 식으로 말할 건 없지 않나요?"

"어머, 뭐죠. 다에코를 겨우 한 번밖에 만난 적 없는 사람이. 난 말이에요, 이십 몇 년간 걔를 보고 살아야 했다고요. 걔가 얼마나 무신경하고 자기중심적이고 거짓말쟁이에 자기 주변에만 해가 비치는 것 같은 얼굴로 살아왔는지 하나도 모르는 사람이."

그에 관해서 전혀 모르는 것은 아니었다. 하코네에서 함께 보낸 짧은 시간으로도 그녀가 얼마나 자기중심적인 인간인지쯤은 잘 알 수 있었다. 하지만 그렇지 않은 사람이 세상에 과연 있을까.

"당신도 그렇게 보이는데요."

나는 맞받아쳤다.

"내가 어떻게 보인다고요?"

"당신도 자기중심적인 것 같다고요. 다에코는 자기 주위에만 태양이 비치는 것 같은 얼굴로 살았을지도 모르지만, 당신은 자기 주위에만 어둠이 춤춘다고 믿고 있어요. 다를 것 없지 않나요?"

하쓰코는 얼마 동안 망연한 표정으로 나를 쳐다보더니 볼살을 떨며 웃기 시작했다.

"당신 이상한 사람이네."

그녀는 몸을 비스듬히 기댄 채 몸을 바르르 떨며 웃었다.

"다에코는 당신이 마음에 들었겠어. 걔는 친구 같은 건 없었어. 당신은 걔 친구가 아니야. 걔는 마음에 들면 뭐든 애완동물로 삼거든. 남자든 뭐든. 뭐, 평범한 여자는 동성의 애완동물이 될 만큼 어리석지 않지만 남자는 다르니까. 자진해서 걔 애완동물이 되려고 들어. 그런데 그런 여자도 있을 줄 몰랐네."

"너무 무례하군요."

나는 울컥했다.

"남자는 맛있는 게 있는 곳에 일직선으로 달려가니까. 캔 따는 소리가 들리면 뛰쳐나가는 고양이보다 더 열심히 골골거리면서 말이야. 그런 점에선 걔는 꽤 맛있는 고양이 밥이었어. 당신한테 다에코는 뭐지? 걔는 당신한테 어떤 먹이를 준비해줬어?"

나는 그녀가 들고 있던 잔을 빼앗아 조금 남은 액체를 얼굴에 끼얹었다. 정확히는 끼얹으려 했다. 얼마 남아 있지 않았던 액체는 그녀의 얼굴까지 가지 못하고 꾀죄죄한 치마 무릎에 떨어졌다. 하쓰코는 스프링을 이용해 벌떡 일어나 내 얼굴을 때렸다. 나는 뒤에 있던 오디오를 세게 들이받았다. 작은 휴대용 자명종과 장난감 같은 선인장이 떨어져 화분이 깨졌다.

"뭐 하는 거야!"

나는 소리쳤다. 입 속과 얼굴이 아팠다. 하쓰코는 아무 말도 하지 않았다. 마치 다실에서 차라도 마시는 것처럼 새침한 얼굴로 돌아가 몸을 펴고 침대 가장자리에 도로 앉았다.

나는 얼굴에 손을 대고 넘어지면서 의자 모서리에 부딪친 허리를 문지르며 일어섰다. 가엾은 선인장이 바닥에 쏟아진 모래 속에 뒹굴고 있었다.

"어머, 먼저 폭력을 쓴 건 당신인데."

그녀는 엷은 웃음을 띠며 말했다.

"대단하시네." 나는 말했다. "분명히 다에코한테도 그런 수를 썼겠지. 먼저 당신이 상대방을 도발해. 도발해서, 반격하지 않을 수 없게 만들어서 상대방이 먼저 폭력을 쓰게 해. 아주 교묘한데. 다에코가 나처럼 그렇게 쉽게 역습을 당했을 것 같진 않지만, 결과가 어떻든 당신한테 피해는 없어. 당신은 먼저 폭력을 당한 불쌍한 여자니까. 자기 양심도 눈곱만큼도 다치지 않고 끝나. 당신은 영원히 불쌍한 여자로 있을 수 있어."

하쓰코의 엷은 웃음은 조금도 변하지 않았다.

"다에코는 정말 자살 맞아?"

하쓰코의 눈이 위스키 병과 잔 쪽으로 움직인 것을 보고 나는 잔을 집고 바닥에 쏟아진 모래를 집었다. 하쓰코의 목이 보일 듯 말 듯 오르내렸다. 나는 손가락 사이로 모래를 잔에 사라락 넣었다.

"언니라면 열쇠도 갖고 있었을 테니까 다에코가 깊이 잠들어 있는 사이에 가스 밸브를 여는 것도 가능하겠네."

끽끽 하고 뭔가 작은 게 우는 소리가 들렸다. 나는 바닥의 모래를 대부분 잔에 옮겨담고는 손가락을 가시에 찔려가며 선인장을 집어 다시 심었다. 가시 사이에 걸려 있던 흙을 후 불어 털고 다시 오디오 위에 올려놨다.

"유서가 없었던 것도 그럼 말이 돼. 발작적인 자살 기도였다고 해도 다에코가 쪽지 하나 남기지 않고 세상을 떠나려 했다는 건 믿기지 않아."

다에코는 사라지듯 죽겠다고 생각할 부류의 여자가 절대 아니라고 속으로 생각했다.

"어이없어서."

하쓰코가 목구멍에 걸린 가래를 뱉는 듯한 소리로 말했다.

"어머나, 어이가 없나요? 그럼 물어볼까요. 어째서 오늘 날 여기로 부른 거죠? 다에코를 싫어했잖아요. 그런데 어째서 다에코의 친구를 일부러 만나는 건가요? 불안해서 그런 거죠? 아닌가요? 다에코한테 처음 들어보는 친구가 있었다는 게. 그 친구가 뭘 알고 있는지 확인하려고 오늘 여기로 부른 거죠? 그런데 아무것도 모르는 그냥 친구란 걸 알고 용건이 없어지는 동시에 기분이 언짢아진 게 아닌가요? 다에코한테 친구가 있다는 게 기분 나빴던 거예요."

"말도 많은 여자네."

하쓰코는 도중부터 묘하게 침착함을 되찾았다. 섬뜩한 청색 치마 주머니에서 하이라이트를 꺼내 한 개비 빼서 불을 붙이더니 내 얼굴에 연기를 내뿜었다.

"난 너그러운 사람이니까 고소하거나 하지 않겠지만 앞으로는 좀 더 조심해서 입을 놀리는 게 좋을 거야. 이유도 없이 감정적으로 타인을 중상하면 처벌을 받는다고. 난 쭉 하마마쓰에 있었어. 뭐하면 증인을 줄줄이 데려와볼까? 난 다에코를 죽이지 않았어. 뭐, 없어져주면 속 시원하겠다곤 생각했지만. 이 집 열쇠도 없어. 걔가 이렇게 좋은 집에 사는 것도 몰랐어. 뭣보다도 만약 내가 했다면 실패하지 않아."

누가 너그러운 여자라는 건가. 나도 별반 하쓰코가 다에코를 죽이려 했다고 진심으로 생각했던 것은 아니다. 뭐든 좋으니 하쓰코를 동요하게 하고 싶었던 것뿐이다. 하쓰코는 입을 다문 나를 향해 다시 연기를 내뿜더니 일어나 선인장이 든 잔에 재를 떨었다.

"하지만 나도 다에코가 자살 기도를 했다고 믿진 않아. 걔가 자살한다면 그렇게 해서 이길 수 있을 때뿐이야."

"이긴다고요?"

"그래. 자기가 죽는 걸로 누군가를 이길 수 있다는 걸 알면 얼마든지 죽을걸. 걔는 그런 여자였어. 옛날부터. 그리고 동네

방네 떠들고 다녔을 거야. 자기는 이런 이유로 죽는다고. 늘 그러던 것처럼 미화하고 포장하고 거짓말을 덕지덕지 찍어 발라서. 그런데 그렇게 하지 않았다는 건 누가 걔를 죽이려고 한 걸지도 몰라."

"누가요?"

"그걸 알면 당신을 부르지도 않아. 범인을 불러내서 한잔 사주면 몰라도. 고급 스카치든, 하마마쓰까지 와준다면 전남편이 두고 간 레미마르탱이든, 뭐든."

하쓰코는 소리 내어 웃었다. 화가 치밀었다.

"당신, 남자 빼앗긴 적 있어?"

"없어요."

"하기야 빼앗길 남자가 없었겠지."

하쓰코는 또다시 담배 연기에 기침하며 큰 소리로 웃었다.

"다에코는 내 남편을 유혹했어. 다른 남자도 얼마든지 있는데. 남편은 정말 형편없는 인간이었어. 나하곤 달리 다에코는 도쿄에서 대학을 다니는 대학생이야. 게다가 미인이고 말씨도 단정한 데다 화장하는 법도 잘 알아. 마누라보다 몇 급 잘난 여자가 추파를 던진다고 꼬리 흔들면서 졸졸 따라갔지 뭐야. 그걸 알고 남편을 집에서 내쫓았어."

하쓰코는 선인장 잔에 담배가 꺾일 정도로 세게 쑤셔 박았다.

"난 다에코한테 말했어. 언니 남편을 유혹하다니 대체 무슨 생각이냐고. 그랬더니 태연하게 대답하는 거야. 어머, 언니, 나 형부하고 아무 일 없었어. 집에서 내쫓다니 불쌍하잖아. 그걸 듣고 참을 수 없어서 다에코를 후려갈기고 집에서 내쫓았어. 연을 끊었어. 알겠어? 걔는 그런 여자였어. 아무 일 없었다는 건 아마 거짓말이 아닐 거야. 아버지는 다에코만 예뻐해서 걔가 도쿄에 있는 대학에 가겠다고 했을 때도 바로 돈을 내줬어. 난 상고 나와서 졸업하자마자 취직해서 집에 돈을 대야 했는데. 걔가 대학에 갈 수 있었던 건 그러니까 내 덕분이야. 그런데도 걘 자기가 대학생이라고 나랑 내 남편을 바보 취급했어. 유혹한 건 그냥 장난이겠지. 지방 공고 출신 남자한테 몸을 맡길 생각은 처음부터 눈곱만큼도 없었던 거야."

하쓰코가 나를 내려다봤다.

"아닌 게 아니라 죽일 수만 있다면 죽이고 싶다고 그땐 생각했어. 당신도 같은 꼴을 당하면 그렇게 생각할걸. 한 번밖에 안 만나다니 당신, 운이 좋았어. 오래 사귀면 사귈수록 걔 본성을 알게 돼서 장례식도 가고 싶지 않았을 거야."

그렇지 않다고 잘라 말하려고 입을 열었다. 하지만 말할 수 없었다. 꼴사납게 입을 벌렸다가 다물었다가 하는 나를 아랑곳하지 않고 하쓰코는 다시 침대에 걸터앉았다.

"나도 악마는 아니야."

하쓰코는 테이블에서 위스키 병을 집어 입을 대고 몇 모금 마신 뒤 손등으로 입을 훔치고 말했다.

"다에코가 인공호흡기를 단 모습을 봤을 때는 정말 슬펐어. 5년씩이나 안 만난 동생이 그렇게 된 거라고. 여전히 열받을 만큼 예뻐가지곤, 하마마쓰 우리 집하고는 비교도 안 될 정도로 도회적인 이 집에서 드라마 주인공처럼 차원이 다른 생활을 하고 있었던 걸 알고 나름대로 기분은 나빴지만, 그래도 슬펐어. 난 다에코의 전화번호 수첩을 뒤져서 닥치는 대로 전화를 걸었어. 이치노세 다에코의 언니예요, 다에코가 자살 기도를 했어요, 이유를 아시는지요? 하고. 수첩엔 250개가 넘는 이름이 있었어. 결국 반쯤 걸다가 넌더리가 나서 그만뒀지만. 죄 남자 이름뿐인 거야. 다에코의 이름을 들어도 누군지 모른다는 녀석도 있었어. 그런데 다에코에 관해 정말 안다는 인간은 한 명도 없었어. 다들 다에코 씨랑 그렇게 가까운 관계가 아니라고 발뺌하는 거야. 중간에 전화가 끊긴 적도 여러 번 있었어. 병문안을 와준 것도 결국 다에코를 발견했던 남자들 달랑 둘뿐. 그러곤 다에코가 최근에 다녔던 회사 여자 직원이 전화한 게 다야."

달랑 둘뿐이란 말이지. 목구멍에서 덩어리가 팽창하는 게 느껴졌다. 달랑 둘뿐.

"난 그 여자 직원한테 말했어. 집에 와줄 수 없겠느냐고. 최근 다에코가 어땠는지 알고 싶고 그 애가 무슨 생각으로 자살을 하게 됐는지 생각해주면 좋겠다고. 상대방은 귀찮아하는 것 같았어. 닷새 같이 일한 것뿐이라 다에코에 대해서 잘 모른다, 집에 찾아가면 되레 폐가 될 거라고 했어. 난 그래도 상관없다고 부탁했어. 바쁘지 않으면 내일 밤까지 다에코 집에 있을 테니까 와달라고. 그 인간들, 안 오더라. 난 밤새 여기서 기다렸는데."

하쓰코는 비틀거리는 걸음걸이로 작은 싱크대로 다가갔다. 냉장고 문을 벌컥 열더니 "흥, 아무것도 없네"라 중얼거리고는 치즈 상자를 집어 문도 닫지 않고 비틀비틀 돌아왔다. 상자를 열어 비싸 보이는 브리치즈를 통째로 베어 물었다. 고요해진 방에 항의하듯 웅웅거리는 냉장고 소리와 그녀가 치즈를 씹는 짭짭 소리만 들렸다.

"알겠어? 나만 그런 게 아니야. 다들 다에코를 싫어했던 거야. 당신도 시간문제였어."

나는 일어섰다.

"그만 가보겠습니다. 안녕히 계세요."

서류 가방과 코트를 옆구리에 끼고는 마지막으로 한 번 방을 흘낏 봤다. 문득 이상하게 느껴졌다. 나는 하쓰코에게 물어보려다가 그만두었다.

"이봐, 잠깐."

가까스로 치즈를 삼킨 하쓰코가 허둥지둥 내게 말했다.

"기왕 온 김에 다에코를 기억하게 뭔가 가져가. 어차피 다 버릴 거니까. 옷 어때? 나나 당신하고 달리 다에코는 좋은 옷이 많거든. 아니면 액세서리는? 반지도 있고, 목걸이도, 걔는 절대 가짜는 안 사는 애니까 전부 진짜겠다, 뭐하면 다이아몬드 반지도, 확실한 보증서도 있고……."

"가볼게요."

나는 미끄러운 바닥에 애먹으며 애써 몸을 꼿꼿하게 펴고 현관으로 향했다.

"이거 봐, 잠깐만, 와카타케 씨."

하쓰코가 다가와 내 팔꿈치를 붙들었다.

"당신도 잊어버리는 거야? 다에코를. 다들 잊어버리는 거야? 그래서 나만 언제까지고 걔를 기억해야 하는 거야? 식물인간이 된 걔를 머리 한구석에 두고 살아야 하는 거야?"

하쓰코의 입가에 허연 치즈 조각이 묻어 있었다. 위스키와 브리치즈의 썩은 내가 그녀의 말 속에 섞여 있었다. 하쓰코의 손을 뿌리치려다가 냉장고 문에 시선이 갔다. 냉장고는 정말 비어 있었다. 문에 샤블리 한 병만 있었다.

"그럼 하나만 가져갈게요." 나는 손을 뻗어 냉장고 문 선반에서 샤블리 병을 뺐다. "이걸요."

나는 하쓰코의 손을 내 팔에서 떼어냈다. 그리고 얼른 신발을 신고 무거운 철문을 열었다.

"왜 하필 술이야?" 하쓰코는 냉장고 앞에 망연히 선 채 내게 고함쳤다. "다른 것도 얼마든지 있잖아. 왜 하필 술을 가져가는 건데?"

"실례하겠습니다."

나는 문을 닫았다. 두꺼운 문 너머에서 하쓰코가 뭐라 악쓰는 소리가 희미하게 들렸다.

◦ 2

털보 주인장의 감기는 오래 끌어봤자 손해라는 것을 잘 알고 있었던 모양이다. 이튿날 주인장은 가끔씩 사방에 침을 뿌리며 재채기하는 것 외에는 건강을 되찾아 가게는 평소대로 활기를 띠었다. 나와 리키야는 얼마 동안 잡담을 주고받을 겨를도 없을 만큼 바쁘게 일했다. 나는 카운터 밑에 주인장이 보물처럼 여기는 수제 레시피북을 펴놓고 비지땀을 흘리며 음식을 만들었다. 요리는 싫어하지 않지만 그렇게 자신 있지도 않다. 그런데다 이 카운터는 제발 어떻게 좀 해달라 싶을 만큼 좁다. 내가 악전고투하는 것을 안 단골들은 재미있어하며 잇따라 음식을 주문했다. 서둘러서 좋을 것 없다. 가게에서 쓰는 것은 3분 만에 삶아지는 스파게티 면이었으나, 그런 것을 처음 써보는 나는 11분이나 삶는 바람에 스파게티 면이 우동 면발처럼 불었다. 카레 필라프를 만들었을 때는 카레 가루를 너무 많이 넣어 손님이 거품을 뿜으며 기절할 뻔했다. 주인장이 자랑하는 야채 절임은 씻어서 접시에 놓으면 그만이기 때문에 간단했다. 그런데 음식을 내가고 30초도 안 돼서 항의가 들어왔다.

"어이, 와카타케, 이것 좀 보라고."

손님이 부르는 소리에 카운터에서 몸을 내밀자 손님이 오이를 젓가락으로 집어 높이 쳐들었다.

"다 안 잘리고 붙어 있잖아."

아닌 게 아니라 오이는 끄트머리가 붙은 채 장난감 뱀처럼 구불거리며 몸부림치고 있었다.

"이래가지곤 시집 못 가."

"괜찮아요! 전 요리 잘하는 남편을 만날 거니까."

큰 소리로 맞받아치고는 눈물을 참으며 양파를 썰었다. 평소 슈퍼에서 사는 양파는 말라서 여자를 울리는 만행을 하지 않건만, 주인장이 무농약 농가에서 직거래로 들여오는 야채는 과연 다르다. 감자도 커서 껍질을 벗기는 데 평소보다 시간이 곱절은 걸린다. 싱크대에서 그릇이며 잔을 설거지하는 리키야와 부딪혀가며 정신없이 일했다. 게다가 결과의 대부분이 정당한 평가를 받지 못했으니(당연한가) 상당히 허무한 작업이었다.

곯아떨어진 손님에게 담요를 덮어주고 뒷정리까지 겨우 일단락됐을 때는 이미 2시가 지났다. 리키야는 거칠어진 큼지막한 손에 핸드크림을 꼼꼼하게 바르고 내게도 빌려주었다. 그러고는 바쁜 틈을 타서 만들어둔 큰 주먹밥을 꺼내 야채 절임을 곁들여 차와 함께 먹었다.

"리키, 처음 만난 사람의 인상을 믿어?"

나는 말했다.

"갑자기 무슨 소리야?"

리키야는 네 개째 주먹밥에 손을 뻗으며 말했다.

"첫인상은 아무 의미가 없지 않아? 가령 처음 만났을 땐 가정적이고 차분한 부인이라고 생각했던 사람이 실은 파친코에 푹 빠져선 남편이 퇴근하면 냉동식품만 주더라, 할 수도 있잖아?"

리키야는 가늘지만 눈썹이 긴 눈을 깜박였다.

"반대로 같은 여자가 봐도 샘이 날 만큼 화장을 잘하고 늘 실크나 화학섬유 레이스가 달린 속옷만 입을 것 같고 품위가 있어서 바보 자식이라든지 웃기시네 같은 말을 절대 안 쓸 것 같은 사람이, 알고 보니까 도널드덕 팬티를 애용하고 휴일이면 트레이닝복 바지 차림으로 흙투성이가 돼서 개랑 뒹군다, 하는 일도 있고 말이야."

불쌍한 리키야는 조금 얼굴을 붉히며 나를 빤히 쳐다봤다.

"그야 나도 첫인상이 완전히 빗나간 적은 있어. 나 자신도 그런 말 많이 듣고. 덩치가 있으니까 운동에만 관심 있거나 데면데면한 성격인 줄 알더라고. 내가 핸드크림 갖고 다니는 걸 보고 나도 좀 줘, 그러면서 손 내민 사람은 너밖에 없어. 대개는 징그럽다는 얼굴로 쳐다보면서 어머나 세상에, 넌 이런 것도 갖고 다녀? 진짜 특이하다, 그런다고."

리키야가 간드러진 목소리를 흉내 내는 바람에 나도 모르게 웃음을 터뜨렸다. 마음이 조금 편해졌다. 스스로는 몰랐지만 하쓰코를 만난 뒤로 역시 이상해져 있었던 모양이다.

"타케, 무슨 일 있어? 너 오늘 어째 이상해."

"역시 그래 보여? 나도 그런 생각이 들더라."

나는 건성으로 대답했다. 그러고는 의아한 표정의 리키야를 올려다보며 말했다.

"나랑 상당히 가치관이 다를 걸로 보이는 사람을 만났거든. 하지만 그렇게 불쾌한 사람은 아니었어. 나쁜 사람 같지도 않았어. 그런데 그 사람을 아는 사람 대다수가 그 사람을 싫어했다는 걸 알았어. 아닌 게 아니라 말을 조금 사납게 하고 독특하긴 했어. 게다가 미인에 남자들한테 인기가 있었으니까 여자들이 싫어했을 만도 하다고 나도 생각해. 하지만 자살을 기도했다는데도 모른척할 만큼 불쾌한 사람 같지는 않거든. 게다가 자살할 사람 같지도 않고."

리키야는 난처한 표정을 지었다.

"자살? 흉흉한 이야기네. 누군데?"

나는 한숨을 쉬었다.

"이치노세 다에코란 사람. 엿새쯤 전에 자살을 기도했어. 다행히 미수로 그쳤지만."

나는 리키야에게 다에코와 있었던 일을 모두 이야기했다. 그리고 오늘 다에코의 언니 하쓰코를 만났다는 것도. 그 뒤

'수기'를 가방에서 꺼내 리키야에게 주었다.

"슬펐다고 말하긴 했지만 역시 그 사람, 다에코를 미워했다고 생각해. 그렇잖아, 다에코가 죽은 것도 아닌데 유품을 가져가라는 거야. 가족이 자살을 기도해서 충격을 받았다곤 해도 보통 물건을 나눠줄 생각을 하겠어? 아무리 무신경해도 그렇지, 그런 말을 하는 사람이 어디 있어? 영리한 사람이야. 교묘하게 자기랑 날 속여가면서 은근히 다에코를 깎아내리더라고."

리키야는 일어나 냉장고에서 찬 맥주를 꺼내왔다. 마개를 따고 자기 잔에 듬뿍, 내 잔에는 절반쯤 따른 뒤 '수기'를 폈다.

"그러니까 언니란 사람이 전화번호 수첩을 보고 친구들한테 전화했다는 건 거짓말이란 뜻이군?"

"응. 실제로 나한테는 전화가 안 왔단 말이야. 죄 남자 이름뿐이라 넌더리가 났다고 한다면 왜 여자 이름인 나한테는 전화 안 한 건데?"

"와카타케면 아에이오우 순으로 맨끝이야. 만난 순서였어도 뒷부분에 쓰여 있었겠지. 거기까지 안 본 거야."

리키야는 단숨에 잔을 비우고 또 맥주를 따랐다.

"게다가 그 언니란 사람은 너한테 동생 험담을 실컷 했다며? 꽤 심한 이야기까지 가르쳐줬지. 자기 남편을 빼앗았다느니, 자기들을 바보 취급했다느니. 그런 말까지 해놓고 또 은근히 동생을 헐뜯을까?"

"리키, 너 참 마음씨가 착하구나." 나는 비꼬아주었다. "리키 네가 충격받지 않게 하쓰코 씨가 한 말을 내가 많이 순하게 각색해준 거라고. 날 도발해서 덤벼들게 해놓고 때린 건 진짜인걸."

실제로 내 뺨에는 그녀에게 맞은 자국이 아직 누렇게 남아 있었다. 그때는 너무 화가 나서 아픔을 많이 못 느꼈지만, 흥분이 가라앉고 나자 뺨이 욱신거리고 열이 나는 것을 깨달았다. 물론 주먹으로 맞기는 했어도 입 속에서 피가 날 만큼 세게 맞은 것은 아니라 언뜻 봐도 알 수 있을 정도로 상처가 뚜렷하지는 않았다. 하지만 나는, 부모에게 맞은 적도 없다는 소리는 아니지만, 주먹으로 맞은 것은 처음이었다. 용케 그때 욱해서 하쓰코를 같이 때리지 않았구나 싶다.

그러지 않은 것은 결국 하쓰코라는 인물 때문에 어지간히 놀랐다는 뜻이다.

"네가 그 언니란 사람한테 원한이 있다는 건 잘 알았어." 리키야는 생각에 잠겨 말했다. "하지만 사람은 누구나 자기 생활을 지키고 싶어하지 않나? 다에코 씨 친구는 다에코 씨를 싫어해서 다에코 씨 이야기를 안 한 게 아니라 자기 생활이 어지럽혀질까 봐, 마음이 어지러워질까 봐 모른다고 한 거겠지."

"말도 안 돼. 친구가 자살을 기도했다는데 생활이 어지럽혀지는 게 문제야?"

"친구였나?"

리키야는 슬며시 그렇게 말하고는 돌아앉았다. 나는 너무 꽉 쥐어 주먹밥이 뭉그러지기 직전인 것을 깨닫고 황급히 먹었다.

"누구든 친구의 자살에 관여하고 싶어하는 건 아니야. 다에코 씨는 같이 술을 마시거나 놀거나 드라이브를 하기엔 즐거운 '친구'였을지도 모르지만 그런 거하곤 다른 이야기니까."

"다른 이야기라니?"

나는 힘없이 물었다.

"친구도 종류는 여러 가지잖아. 하코네를 여행했을 때 타케넌 같이 가줄 사람이 없어서 혼자 왔다고 다에코 씨한테 말했지. 하지만 그건 너한테 친구가 없다는 뜻은 아니야. 갑자기 여행을 가야지 했을 때 끌어들일 수 있는 친구는 없지만, 힘들 때 전화로 고민을 들어줄 친구, 좋은 일이 있을 때 자기 일처럼 기뻐해줄 친구, 함께 여행을 계획할 수 있는 친구는 있어. 단순히 시간을 때우기 위한 여행에 휴가 내고 같이 가자고 할 수 있는 친구가 너한테 없었던 것뿐이야. 그건 네 성격 탓도 있어. 실연한 것도 아니고 그냥 심심해서 가는 여행에 같이 가잔 말을 차마 못 하는 게 네 성격이니까."

나는 손가락에 묻은 밥풀을 핥아먹으며 얼굴을 붉혔다.

"다에코 씨는 너하고 정반대였어. 심심할 때 억지로 불러내서 놀 남자는 부족하지 않았어. 하지만 도움이 필요할 때 와줄 친구는 없었던 거야. 다에코 씨 친구들도 다에코 씨를 딱히 싫어한 게 아니었을 거라고 한 건 그런 뜻이야."

"토하고 싶어."

갑자기 담요를 덮고 자던 손님이 부스스 일어나 앉았다. 우리는 허둥지둥 달려가 손님을 일으켜 세워 화장실로 데려가고 물을 주고 약을 찾았다. 태평하게 코를 골던 주인장이 소동을 듣고 일어나 묘하게 또렷한 목소리로 "2층으로 데려가서 내 이부자리에 눕혀"라고 말했다. "난 여기서 잘 테니까. 둘 다 그만 가고."

살이 쪄서 몸무게가 나가는 손님을 2층으로 끌고 올라가는 것은 매머드에게 줄타기를 시키는 것 같은 일이었다. 간신히 이부자리에 밀어넣고 뒷정리를 마쳤을 때는 나도 리키야도 지칠 대로 지쳐 머리만 맑은 형편없는 컨디션이었다. 침 흘리며 의자에서 자는 주인장에게 담요를 다시 잘 덮어주고 난방 온도를 조금 높인 다음 밖으로 나오니, 아직 아침이 되려면 먼 캄캄한 하늘에 달이 동그마니 떠 있었다.

첫차 시간까지 시간을 때우기 위해 우리는 역 근처의 24시간 영업하는 볼링장에 들어갔다. 리키야가 가뿐하게 공을 던져 점수를 따는 것과 반대로 나는 자꾸만 엉덩이가 뒤로 빠져 공을 떨어뜨리는 건지 던지는 건지 알 수 없었다. 볼링다운 볼링을 하기보다 실수로 떨어뜨린 공을 쫓아가는 시간이 더 길었나 보다. 내가 그렇게 악전고투하는 동안 리키야는 나를 거들떠보지도 않고 미간에 주름을 잡은 채 '수기'를 읽었다.

밖으로 나오자 세상은 그새 아침이 되어 역 앞에 사람이 가득했다. 우리는 신문이 있다는 게 유일한 장점이라는 찻집에 들어가 맛없는 모닝 세트를 먹었다. 토스트는 단지에 넣어 일주일쯤 땅에 묻어놓은 것 아니냐고 하고 싶을 만큼 형편없었다. 참을성 있게 버터를 바르는 리키야와는 달리 성미 급한 나는 토스트 표면에 운석이 떨어진 것 같은 구멍을 여러 개 팠다.

"야, 타케."

리키야는 내가 토스트를 먹다 말고 접시에 던지는 것을 보며 말했다.

"뭔데?"

"이치노세 다에코 씨는 정말 자살한 걸까?"

"아니라고 생각했었어."

나는 안개가 낀 듯한 머리를 맑게 하려고 애쓰며 대답했다.

"그렇지? 이 '수기'를 보면 누가 다에코 씨를 살해하려 했다고 생각할 수밖에 없잖아."

"누가?"

"그야 당연히 세누마 도루지. 넌 이걸 읽고 아무것도 못 느꼈어?"

나는 혀에 쓴맛만 남는 홍차를 끝까지 마셨다.

"나도 그런 줄 알았어. 세누마가 다에코를 죽이려고 한 게 아닐까. 그 이야기를 하려고 하쓰코를 만나러 간 거였어."

"야." 리키야가 무서운 표정을 지었다. "너, 하쓰코란 사람한테 악감정을 품었다는 이유만으로 '수기' 이야기를 안 한 거야? 이건 살인 미수라고."

"아니라니까." 나는 목소리가 커지려는 리키야의 말을 가로막았다. "그런 게 아니야. 잘 모르겠더라고. 과연 이 '수기'가 정말 수기인지."

"무슨 뜻이야?"

"집에 전자레인지가 없었어. 괘종시계도 없었어."

리키야가 입을 멍하니 벌렸다.

"난 물론 다에코의 집에 처음 간 거였어. 하지만 '수기'를 읽으면서 막연히 집 내부를 상상했었거든. 여기서 다에코가 하이라이스를 먹었구나 하고. 왜, 도모요 씨 병원에 병문안을 가기 전에 전자레인지로 하이라이스를 데워 먹고 가잖아. 그런데 다에코 집에 전자레인지가 없었어. 냉장고도 거의 텅 비어 있었고, 평소 요리를 하는 느낌이 아니었어."

"언니란 사람이 가져간 거 아냐?" 리키야가 말해놓고 스스로 취소했다. "아무리 그래도 그럴 리는 없나."

"괘종시계도 그래. 인형이 달에 나란히 앉아 있다는 시계. 그것도 없었어. 작은 휴대용 자명종 하나가 있을 뿐이었어."

리키야는 둘둘 말아 쥐고 있던 '수기'를 내려다봤다.

"어떻게 된 거지?"

"모르겠어. 그건 내가 묻고 싶어."

리키야는 삶은 달걀의 껍질을 능숙하게 까고 흰자와 노른자를 분리해 흰자만 먹기 시작했다.

"다에코의 아파트에 있는 경비원도 '수기'엔 등장하지 않아. 마지막으로 결정적인 거. 그 아파트에 나쓰하라 오사무란 인물은 살지 않았어."

"그거 확실한 거야?"

"우편함을 모조리 확인했어. 처음엔 2층 주민만 봤는데 없기에 전부 찾아봤거든. 뭣보다 다에코는 '수기'에서 7층에 산다고 돼 있는데, 실제 주소는 509호야."

"5층이군."

"응."

리키야는 보름달 같은 노른자가 부서지지 않게 얼마 동안 만지작거리다가 한입에 삼켰다. 나는 지나가는 웨이터를 불러 홍차를 더 달라고 했다.

"그럼……."

"이 '수기'는 다에코가 쓴 픽션이란 뜻이 돼."

리키야는 내가 홍차를 마시는 것을 물끄러미 쳐다봤다.

"야, 진심으로 그렇게 생각하는 거야?"

"진심이라니…… 그럼 달리 어떻게 생각해?"

나는 고개를 돌렸다.

"타케, 너 코가 움찍거린다."

"뭐?"

"넌 생각하는 거랑 하는 말이랑 다를 때 늘 코가 움찍거리거든."

하마터면 홍차를 뿜을 뻔했다.

"그렇지 않아."

"아니, 그래. 전에 사타케한테 네 친구를 소개해주겠다면서 저녁을 사게 했을 때도 그랬어."

"……어, 어머나, 그렇게 선사시대 이야기를 해서 어쩌게. 게다가 나 그때 거짓말한 거 아니었는걸. 친구 소개했잖아."

"남자를 말이지."

"그래. 그러니까 거짓말 아니라니까. 그나저나 너 진짜 쓸데없는 거 기억한다."

"얼버무리지 말고. 그래서 어쩔 거야?"

나는 잠시 리키야를 노려봤다. 리키야는 태연하게 시선을 받아내며 커피를 마셨다. 얼마 동안 그렇게 서로 노려보다가 먼저 시선을 뗀 사람은 나였다. 진지한 표정은 리키야가 자신 있는 분야라 도저히 이길 수 없다.

"조사해볼까 해."

"뭘?"

"다에코는 자살할 사람이 아니야. '수기'가 설령 픽션이었다 해도 다에코는 자살을 기도한 게 아니라고 생각해. 난 내 첫인상을 믿어. 크리스마스이브를 같이 보내자고 한 다에코의 말을 믿어. 이 '수기'를 나한테 보낸 다에코를 믿어. 분명히 자살이 아냐. '수기' 내용이 모조리 다에코의 창작이라고 해도, 아니, 그렇다면 더더욱, 다에코가 자살했다는 게 믿기지 않아. 그게 자살 미수가 아니란 걸 입증하겠어."

리키야는 커피잔을 받침 접시에 가만히 내려놓고 종이 냅킨을 똑바로 접어 접시에 올려놓았다. 그러고는 한 박자 쉬었다가 말했다.

"자살 미수라는 게 입증되면? 그땐 어쩌려고?"

"그럴 가능성은 없어."

"그렇게까지 믿어도 되는 거야?"

잠깐 주저했다. 푹신한 의자 등받이에 몸을 기댔다. 옆구리를 찌르는 게 있었다. 나는 무의식중에 그것을 잡았다가 흠칫했다. 샤블리. 다에코의 집에서 가져온 샤블리 병이 가방 안에서 머리를 내밀어 내 옆구리를 찌른 것이다.

"응, 믿어."

"좋아, 알았어. 나도 도울게."

"안 돼."

그렇게 말할 줄 알았던 터라 즉각 대답했다. 리키야는 상처를 입은 것처럼 눈을 내리깐 채 나를 올려다봤다. 자기보다 확실하게 30센티미터는 더 큰 남자가 그러고 삐진 모습을 상상해보라. 상당히 무섭다.

"왜?"

"왜라니. 다에코는 이걸 나한테 보냈어. 나를 신뢰한 거야. 우리는 크리스마스이브를 같이 보낼 예정이었어. 그러니까 내가 혼자 할 거야. 리키 넌 끼지 마."

"탐정 행세라도 하겠다는 거야? 전혀, 하나도, 무조건적으로, 안 어울려."

"그렇게 수식어를 잔뜩 갖다붙이면서까지 부정할 건 없잖아. 얘, 너 그 '수기' 내놔."

나는 리키야의 손에서 복사본을 빼앗았다. 리키야는 울컥해서 이거 봐, 하면서 탁자를 탕 내리쳤다. 열받은 탓에 눈어림이 빗나갔는지 손이 떨어진 곳은 불운한 커피잔 위였다. 리키야는 오른손을 잔 위에 놓은 자세로 주위를 둘러봤다. 모든 이의 시선을 한몸에 받은 리키야의 오른손이 천천히 올라갔다. 밑에서 삶은 달걀 껍데기처럼 된 커피잔이 모습을 드러냈다.

12월
21일

◦ 1

역 앞에서 리키야와 헤어져 붐비는 전철을 타고 집으로 돌아왔다. 아무것도 생각할 수 없을 만큼 피곤해서 카펫에 드러누워 눈을 감았다. 1분쯤 그러고 있다가 기합을 넣어 일어나 목욕물을 받으러 갔다. 냉장고에 들어 있던 자몽의 즙을 짜서 마시고 작은 비스킷을 몇 개 먹은 다음 이를 닦고 목욕했다. 젖은 머리를 말리고 뭉친 근육을 풀고 새로 빤 잠옷으로 갈아입은 다음 이불을 덮고 누웠다.

잠에서 깨니 2시였다. 푹 잤는데도 몸 어딘가가 나른하고 기분이 산뜻하지 않았다. 아직 충분히 온기가 남아 있는 목욕물로 세수하고 화장수를 바르고 안감이 기모로 된 따뜻한 티셔츠로 갈아입고 나서 창문을 열었다. 세탁기를 돌리면서 밥을 안치고 두부와 파, 당근, 버섯 그리고 참치 캔을 볶다가 마지막으로 배추를 넣고 물을 부어 잠시 끓였다. 간단한 데다 맛도 있고 야채를 많이 먹을 수 있으니 피곤한 날에는 꼭 이걸 먹는다. 냉장고 맨 아래 칸은 언제나 저렴한 참치 캔으로 꽉 차 있다.

자, 이제 어쩐다.

먼저 다에코의 '수기'가 진짜인지 가짜인지 확인해야 한다. 그것도 있어야 할 물건이 없다든지 집 호수가 틀리다든지 그런 세세한 부분이 아니라 더 큰 부분에서. 예를 들면 이시이 도모요나 세누마 도루의 존재. 또 그녀를 누가 살해하려 했을 가능성이 있는지 없는지도.

리키야에게는 말하지 않은, 그녀가 자살을 기도했다는 것을 믿을 수 없게 하는 유일한 증거인 샤블리가 책상 위에 장식되어 있었다. 그것을 보며 나는 다에코와 처음이자 마지막으로 한 통화를 떠올렸다.

'싫으면 할 수 없고. 내가 멋대로 꺼낸 말이니까.'

그녀는 그렇게 말했다. 멋대로 꺼낸 말이라는 것을 본인도 알고 있었다. 나는 역시 그녀가 하쓰코의 말처럼 자기만 아는 사람이라는 생각이 들지 않았다. 그녀도 상대방의 일정을 고려할 줄 알았다. 크리스마스이브까지 아직 일주일 이상 남아 있었는데도 냉장고에 샤블리를 넣어두었다. 그것 하나만 봐도 다에코의 자살을 역시 납득할 수 없었다.

왜 이렇게까지 그녀가 마음에 걸리는 걸까. 자살이든 타살이든 본래 나와는 상관없는 일이다. 나도 크리스마스이브에 한 약속을 확인하러 다에코의 집에 전화하지 않았다면 그녀가 입원했다는 것을 까맣게 몰랐을 것이다. 다에코와 연락이 되지 않으면 크리스마스이브에 만날 약속도 그녀의 변덕이라 생각하고 넘어갔을 것이다. 당시에는 이상하게 생각했어도 이윽고 하코네에서 만난 그녀를 잊었을 것이다.

나는 의자 위에 책상다리를 하고 앉았다. 샤블리에 가격표가 붙어 있었다. 그걸 본 순간 생각났다. 그녀는 전화를 끊기 전에 이상한 말을 했다. 지금까지 까맣게 잊고 있었다. 그래서 리키야에게도 말하지 않았다.

'회사에 관찰자가 있어.'

그녀는 그렇게 말했다.

'잊으면 안 돼. 관찰자, 실행자, 지배자.'

잊지 마. 기억해줘. 그녀는 집요하게 그렇게 말했다. 나는 다에코가 취해서 주정을 부리는 줄로만 알고 대충 알았다고 대답하고 전화를 끊었다.

만약 다에코의 '수기'가 진짜라면 '관찰자, 실행자, 지배자'는 당연히 세누마다. 세누마의 편지에도 같은 말이 등장한다. '수기'에서는 다에코 자신도 그 말에 강한 인상을 받고 있었다. 하지만 '수기'가 허구라면. 그렇다면 세누마 도루는 아니라는 뜻이 되지 않나.

어느 회사에나 관찰자는 있을 것이다. 여자 직원의 눈은 엄격하다. 누가 어제와 같은 옷을 입고 왔다. 누가 갑자기 비싼 시계를 차고 왔다. 그런 변화를 바로 알아차리는 사람은 어느 회사에나 있다. 지배자도 있을 것이다. 인사 실권을 쥐고 있다든지, 더 추잡한 부류로 말하자면 사내 연애의 증거를 잡고 있다면 증거를 잡힌 당사자에게는 지배자다.

그렇다면 실행자라는 것은?

나는 고개를 갸웃했다. 무슨 뜻일까. 관찰해서 증거를 잡아 가령 협박한다? 그렇게 되면 협박한 사람은 실행자다.

어쨌거나 다에코가 모종의 트러블에 말려들었다는 것은 틀림없다. 아니면 죽음이 개입할 리 없다.

만약 누가 다에코를 죽이려 한 것이라면 가장 의심스러운 사람은 다에코를 발견한 남자들이다. 그때 잘 확인하지 않았지만, 하쓰코는 남자들이 다른 집에 가 있다가 돌아와 다에코를 발견했다고 말했다. 다른 집. 다시 말해 다에코를 처음 발견한 사람들 중 누군가가 같은 아파트에 산다는 뜻이다. 열쇠는? 집 현관은 문을 닫으면 자동으로 잠기는 식이었다. 그러니 다시 와서 그녀를 발견했다면 그 집 열쇠를 누가 갖고 있었다는 말이 된다.

누가 갖고 있었을까. 다에코는 크리스마스이브를 함께 보낼 생각도 없는 남자에게 열쇠를 주었을까. 그건 아닐 것 같다. 근거는 없지만 다에코는 그렇게 조심성 없는 일을 할 것 같지 않았다. 별로 관심도 없는 남자에게 열쇠를 주었다가 성가신 일이 벌어질 사태는 피했을 것이다. 적어도 그녀는 남자들과 논 경험은 많았으니까.

술에 취한 다에코를 집으로 데려왔을 때 열쇠를 챙겼다면? 그렇다면 가능할 것이다. 발견자인 척하며 안으로 들어와 가스 밸브를 열어…….

아니다. 나는 의자 등받이에 몸을 기댔다. 경비원이 상주하는 아파트인데 금세 누가 달려올 것이다. 아무리 취했다지만 경비원이 오기까지 가령 5분 걸렸다 해도, 아니 10분이라 해도 그렇게 단시간에 중태에 빠질 만큼 가스를 많이 마실 리 없다.

그렇다면 발견자의 집에 있을 때 도중에 잠깐 자리를 뜨면 된다. 담배를 사오겠다느니 뭐니 적당한 이유를 둘러대고. 도중에 그녀의 집 현관을 열고 안으로 들어간다. 다에코는 깊이 잠들어 있을 테니 가스를 틀어도 모를 것이다. 중간에 속이 메슥거려 깨어나더라도 그때는 이미 움직일 수 없었을 것이다…….

그런 생각을 하다 보니 내 속이 메슥거렸다. 난로를 끄고 창문을 열었다. 찬 공기가 흘러들었다.

전에 다녔던 회사를 그만둘 때 동료가 선물로 준 전자수첩을 꺼내 사카키바라라는 후배의 직장 전화번호를 찾았다. 철도 마니아인 사카키바라는 자기 인생에도 확실하게 레일을 깔아 원하는 직장에 합격했다. 그런데 거기서 포인트가 전환

된 모양이다. 포인트는 여섯 살 연상의 여자였다. 그는 당초 원했던 대형 은행 취직을 포기하고 한 작은 출판사에 들어갔다. 그 뒤로 그는 여자 때문에 인생 경로를 변경한 남자로서 일종의 영웅 취급을 받고 있는데, 뭐, 그런 것은 아무래도 상관없다. 전화를 받은 사카키바라 유타카는 깜짝 놀란 듯했다.

"와카타케 선배? 웬일이세요?"

"사카키바라, 부탁이 있는데."

나는 좀처럼 쓰지 않는 간드러진 목소리로 말했다

"징그럽게 왜 이러세요. 대체 무슨 부탁인데요?"

"부탁을 들어주면 네 결혼식에서 〈무당벌레 삼바〉를 불러줄게. 그러니까 꼭 들어줘."

"들어줄 테니까 부르지 마세요."

"나중에 후회해도 몰라. 내가 결혼식에서 〈무당벌레 삼바〉를 부르면 재수가 좋다고. 지금까지 참석한 결혼식 중에서 내가 노래한 커플 여섯 쌍은 결혼한 지 약 2년 만에 애가 태어나고 부부 관계도 원만하고 좋거든. 노래를 못 하게 한 커플 두 쌍은 신혼여행길에 이혼했고."

"알았어요. 부탁드릴게요. 그래서 무슨 일인데요?"

나는 다에코의 '자살 미수'에 관해 이야기했다. 상황을 자세하게 알고 싶다고. 특히 발견자의 행동에 관해. 게다가 유서가 없었는데 어째서 경찰이 자살 미수라고 단정했는지가 의문이라는 것도.

"아, 그 사건이라면 알아요. 종종 같이 한잔하러 가는 기자가 있는데 그 사람이 그 사건을 잘 알거든요. 다행이라고 할지, 요새 직장 여성을 다루는 기사를 쓴다고, 대기업을 그만두고 중소기업으로 전직했다가 자살을 기도한 그 사람에 관해 취재해서요."

"대기업을 그만두고 중소기업으로 전직했다고?"

"네. 모르셨어요? 천하의 주오 상사를 다니다 말고 갑자기 직원 수 20명 남짓인 작은 업계 신문사에 전직한 거죠. 자살을 기도한 건 전직한 지 2주쯤 됐을 때라, 경력을 목적으로 전직하는 요즘 경향을 꼬집는 기사를 쓴다고 하더군요."

"다에코는 경력을 목적으로 전직한 거였어?"

"달리 전직 동기를 찾을 수 없거든요. 주오 상사에서도 잘 나가고 있었다고요. 뭐, 미인에 남자들한테 인기가 있었으니까 여자 동료들은 별로 좋게 생각하지 않은 모양이지만, 굳이 회사를 그만둘 만큼 문제가 있었던 건 아니거든요. 그런데 느닷없이 일신상의 이유로 그만두겠다고 하니까 주오 상사에선 결혼이라도 하나 보다고 생각한 모양이죠. 하지만 동료가 물어보니까 그런 게 아니다, 꼭 해야 할 일이 있어서 그만두는 거다, 라고 잘난 척했다나요."

머리가 혼란스러웠다. 다에코는 '수기'에 쓰여 있던 대로 신변을 정리하고 전직했다. 그런데 '수기'와는 달리 큰 회사에 아르바이트로 들어간 게 아니라 작은 회사에 갔다는 것이다.

꼭 해야 할 일? 그건 이시이 도모요의 '살인 미수' 범인을 찾아내는 것, 다시 말해 세누마 도루의 발견이었을까.

"다에코는 정말 자살 미수래?"

"틀림없다던데요."

사카키바라는 근처에 누가 있는지 목소리를 낮추었다.

"술에 취해 잠이 든 이치노세 다에코를 같이 마시던 친구들이 집까지 데려왔대요. 몸을 가누지 못하는 이치노세 씨를 데려온 걸 경비원이 목격했고요. 친구 중 한 사람이고 같은 아파트 주민이기도 한 이가라시 료지란 남자가 이치노세 씨 백에서 열쇠를 꺼내 현관을 열고, 다같이 침대에 눕힌 다음 현관문을 닫고 7층 이가라시 집으로 다같이 돌아왔다더군요. 이때 구마시로란 여자가 가스 밸브랑 창문을 확인했다나요."

"구마시로?"

"귀신 신神 자에 대신할 대代 자를 쓰는데요."

"……설마 구니카란 이름은 아니겠지?"

"선배, 어떻게 아세요? 맞아요, 구마시로 구니카란 이름이에요."

구마시로 구니카! '수기'의 등장인물을 드디어 한 명 찾았다.

"그때가 밤 12시경. 경비원도 그 시간이 틀림없다고 증언했고요. 이가라시하고 구마시로 외엔 이나기쿠 도시히코와 사사 노보루, 이렇게 두 남자가 그 집에 갔었는데요. 아래 경비실에서 각 세대의 현관 개폐를 알 수 있는 구조라서요. 잠겨 있으면 빨간 불이 들어오고 문이 열리면 불이 꺼지는 식이죠. 일행이 엘리베이터를 타고 10분쯤 뒤에 509호 불이 꺼졌다가 얼마 지나 다시 들어왔대요."

"그다음엔?"

"두 시간 뒤, 그러니까 담배가 떨어져서 이가라시랑 이나기쿠가 편의점에 가려고 집을 나설 때까지 어느 집도 문이 열리지 않았어요. 물론 이치노세 씨 집도 그렇고요. 두 사람은 내내 앉아 있었더니 다리가 저려서 계단을 이용하기로 했대요. 그 김에 이치노세 씨 집에 들러봤더니 어째 가스 냄새가 나더란 말이죠. 이나기쿠가 경비원을 부르러 달려 내려가고 이가라시는 안으로 들어갔어요. 들어간 것까진 좋은데 가스 냄새가 워낙 심해서 일단 밸브만 잠그고 도로 나와서 숨을 돌리는데 경비원 두 명이 도착했죠. 넷이서 창문을 열고 침대에 축 늘어져 있는 이치노세 씨를 복도로 끌어냈지만, 그땐 이미 의식이 없어서 그 자리에 있던 사람들 모두 이치노세 다에코가 죽었다고 생각했다는군요."

"그럼 있잖아, 가령, 가령 말인데. 넷이 다에코를 죽이자고 공모하고 처음 데려왔을 때 가스 밸브를 열어놨다면 어떨까? 불가능하진 않잖아?"

"왜 그래야 하는데요. 뭣보다 도시가스로 살인은 무리라고요. 일산화탄소 함유량이 적어서 못 죽는다고 광고하잖아요. 모르는 사람도 있을지 모르지만, 적어도 이가라시는 학창시

절 가스 회사에서 아르바이트를 한 경험이 있거든요. 살인을 계획했다 쳐도 가스를 이용할 것 같진 않죠. 게다가 네 사람 다 경찰에서 조사를 받았지만 범행 동기가 될 만한 게 아무것도 안 나왔어요. 집은 완전한 밀실 상태였고요. 창문은 안에서 잠겨 있었고 현관은 아까 말한 식인 데다 이치노세 씨가 집에 들어가서 발견될 때까지 한 번도 문이 열린 적 없었어요."

"그래……." 나는 힘이 빠졌다. "완전하단 말이지. 그래서 경찰에서 다에코가 자살을 기도한 거라고 단정한 거네."

"그런데 이유를 모르겠거든요."

사카키바라는 재채기를 연발하더니 미안하다고 한 다음 이야기를 이었다.

"실연당한 것도 아니고 돈이 필요한 것도 아니에요. 이가라시랑 이나기쿠란 사람들도 이치노세 씨한테 반했던 것 같고요. 이치노세 다에코는 두 사람하고 그런 대로 관계를 이어온 모양이죠. 굳이 따지자면 이가라시랑 더 친했으려나. 그래서 제 선배는 경력을 동경해서 직장을 옮긴 것까진 좋았지만 역시 큰 회사를 괜히 그만뒀다고 후회했나 보다고 생각한 모양이에요. 조만간 미모의 직장 여성, 심야의 고독한 죽음이란 제목으로 기사가 나올걸요. 선배는 압력에 굴하지 않는 사람이니까."

"무슨 압력?"

"이건 비밀인데요. 주오 상사 쪽에서 압력을 넣는 모양이에요. 기사 게재 가처분 신청을 냈나 봐요."

"아니, 잠깐. 어째서? 주오 상사가 왜 그만둔 직원 기사를 막아야 하는데? 그만뒀으면 상관없잖아."

"이가라시는 주오 상사 직원이거든요. 사사도 그렇고."

"아무리 그래도 그렇지."

"왜 이렇게 눈치가 없어요? 이가라시는 주오 상사 전무 아들이라고요. 자주 있는 일이에요. 파헤치면 곤란한 일이라도 있었나 보죠. 선배, 세상의 신문이랑 저널리즘이 경제 원리와 무관하게 성립될 것 같아요? 그럴 리 없잖아요."

인생의 레일을 깔던 인간이 태연하게 그런 말을 했다.

"그거 모순 아냐? 그럼 혹시 그 네 사람한테 살인 동기가 있었을지도 모르잖아. 그걸 은폐하기 위해서 기사 게재 금지를……."

"그렇지 않아요. 구마시로와 사사는 그때 나머지 두 사람을 처음 만난 거였으니까요. 네 사람을 모두 알고 있었던 건 이치노세 다에코뿐이고, 그 네 사람이 함께 만난 건 그날이 처음이었대요. 게다가 아까도 말했잖아요. 넷이 공모했다면 가스를 이용했을 리 없다고. 죽이는 게 불가능하니까요. 뭐예요, 대체. 와카타케 선배까지 아키바 선배랑 똑같은 말을 하고."

"리키랑?"

이게 진짜. 끼지 말라고 했을 텐데.

"두 분이 대체 뭘 조사하는 거예요?"

"사카키바라. 사건을 조사한다는 기자란 사람을 소개해줘.

본인한테 직접 이야기를 듣고 싶어."

"두 분은 정말 마음이 잘 맞네요."

사카키바라는 볼펜으로 귀라도 후비는지 휴일을 만끽하는 사람처럼 한가롭게 말했다.

"다카하타가 그 기자 이름인데, 오늘 저녁 아키바 선배가 일하는 술집에서 만나기로 약속한 것 같던데요. 와카타케 선배도 가보지 그러세요?"

나는 인사도 하는 둥 마는 둥하고 전화를 끊었다.

자살이었다. 다에코는 완전히, 틀림없이, 자살이었다. 나는 고개를 젓고 식은 차를 벌컥벌컥 마셨다. 어렴풋이 안도감이 들었다. 내 입으로 말하기는 이상하지만, 나는 '딱 한 번 만난 친구를 혼자서만은 믿어주는 여자'가 되어보고 싶어했던 구석이 있었다. 그런 감정이 마음속 어딘가에 자리하고 있었다는 것을 부정할 수 없다. 이런 것도 백기사 신드롬이라고 하나? 어쨌거나 나는 다에코에 관해 아무것도 모른다. 결국 아는 게 아무것도 없다. 리키야에게는 믿는다고 잔뜩 폼 잡았지만 내가 너무 앞서간 것이었다. 잘못 생각한 것이었다. 그만 잊자. 나는 워드프로세서를 켰다.

'잊으면 안 돼.'

화면에 집중하려 했을 때 문득 머릿속에 다에코의 목소리가 되살아났다.

'잊으면 안 돼. 관찰자, 실행자, 지배자.'

에잇, 진짜, 그냥 잊어버리라고!

나는 부엌으로 가서 아는 사람의 누나가 보내주었다는 네팔 홍차로 밀크티를 만들었다. 냉장고에서 판 초콜릿을 꺼내 베어 물며 책상으로 돌아왔다.

책상 위에서 샤블리가 기다리고 있었다. 나는 샤블리의 라벨과 얼마 동안 눈싸움을 벌였다. 내가 먼저 시선을 뗐다.

'잊으면 안 돼.'

다에코의 목소리, 다에코의 전화, 다에코의 말! 그냥 잊어, 잊어버리라니까. 다 지나간 일이니까. 끝난 일이니까.

나는 눈에 힘을 주고 샤블리 라벨을 다시 한번 노려봤다. 그러고는 수화기를 들어 다에코의 집에 전화를 걸었다.

◦ 2

다에코가 입원해 있는 병원은 시내 중심지에 있었다. 시내 건물이 으레 그러하듯 배기가스로 때가 탔고 주변 경관과 전혀 조화를 이루지 않는 콘크리트 건물이었다. 완만한 경사를 올라가니 그곳만 가짜 벽돌을 깐 넓은 현관이 있고 남보다 천천히 움직이는 사람들과 남보다 빨리 걷는 사람들이 오가고 있었다. 병원은 싫다. 약품 냄새 그리고 죽음의 냄새가 난다. 언젠가 나도 이곳에서 죽음을 맞아야 한다는 막연한 공포가,

병원을 죽음의 신이 거하는 저택처럼 보이게 하는 것이리라. 나는 겉보기로는 아무렇지도 않게 현관을 지났지만, 속으로는 마녀에게 붙들려간 공주님이 잠자는 탑에 발을 들여놓는 기사처럼 긴장하고 있었다.

공주님은 저주를 받은 것도 모르는 것처럼 자고 있었다. 나는 유리에 이마를 갖다 댔다. 가족만 출입이 허락된다는 병실이었지만, 내가 하도 실망해서 그런지 친절한 간호사가 간호사 대기실에서 유리창 너머로 볼 수 있다며 손짓해주었다.

유리와 비닐 너머로 보이는 그녀는 소프트 포커스로 찍은 요정 같았다. 아무리 쳐다봐도 그녀 외에 다른 게 보일 리는 없었다. 나는 뭘 기대해 이곳에 왔을까. 내가 찾아온 순간 그녀가 눈을 뜨고 진실을 이야기하기라도 할 줄 알았나.

오른뺨에 보조개가 있는 귀여운 간호사에게 고맙다고 하고 간호사 대기실에서 나왔다. 미적지근하고 탁한 공기에 점점 숨이 막혀왔다. 엘리베이터에 올라타 맨 위층 버튼을 눌렀다.

날이 추워 옥상에 아무도 없을 것이라 생각했는데 한 명 있었다. 입원 환자는 아닌 듯 물 빠진 청바지에 가죽 코트를 입고, 현미경으로 처음 짚신벌레를 본 소년처럼 열심히 지상을 보고 있었다. 나는 그를 피해 바람이 부는 쪽으로 가서 똑같이 지상을 응시하며 담뱃불을 붙였다. 지상에는 짚신벌레는 고사하고 아메바 한 마리 보이지 않았다. 사람과 차, 겨울날이건만 스모그로 덮인 어두운 거리가 보일 뿐이었다.

"누구 병문안 온 거야?"

목소리를 듣고 그제야 그가 내 옆에 서 있는 것을 깨달았다. 나와 비슷한 키에 얼굴이 갸름하고 흰 남자였다.

"잠자는 숲속의 미녀를."

나는 무뚝뚝하게 대답했다. 그는 어깨를 으쓱했다. 생면부지의 타인에게 화풀이한 게 부끄러워져 그에게 담배를 내밀었다. 놀라 나와 담배를 번갈아 보던 그는 선배의 강요에 굴복한 예비 '불량' 중학생처럼 조심조심 한 개비 뺐다.

짙은 회색 구름이 꽤 빠른 속도로 남쪽으로 흘러갔다. 우리 담배 연기도 구름 뒤를 따라가듯 철조망을 통과해 남쪽으로 날아갔다.

"당신도 병문안?"

연기를 배웅하는 그에게 담배를 입에 문 채 물었다.

"응."

"누구?"

그는 생각도 못 한 질문을 받은 양 눈을 크게 떴다.

"……누구려나."

나는 그에게서 눈을 떼고 뾰족해진 담배 끝을 철조망에 비벼 불똥이 흩어지는 모습을 즐겼다.

"나도 아마 잠자는 숲속의 미녀려나."

그는 어색하게 말했다.

"당신도 다에코를 만나러 온 거야?"

별 생각 있어서 나온 말은 아니었다. 입 밖에 내고 나서 나도 모르게 흠칫했다. 심장이 갑자기 강하게 자기 존재를 주장하기 시작했다.

그는 담배를 떨어뜨렸다. 멍한 눈으로 나와 내 뒤로 펼쳐진 거리를 쳐다봤다.

"이치노세 다에코의 병문안을 온 거야?"

대답은 없었다. 손에 땀이 배어났다.

"……세누마 도루 씨 맞지?"

그는 여전히 입을 열지 않은 채 비닐이 벗어져 녹슨 철사가 드러난 가느다란 철조망을 두 손으로 붙들었다.

"당신은 누구야?"

"……다에코의 친구."

"거짓말 마. 그 여자한테 친구 같은 거 없어."

그 대답으로 그는 내 질문을 긍정한 셈이었다. 나는 그를 향해 몸을 돌려 철조망에 비스듬히 기대섰다.

"당신……."

나는 말하다 말고 마른 입술을 핥았다. 당신은 독살범이야? 그런 것을 물을 수 있을 리 없다.

"어째서 다에코의 병문안을 온 거야?"

그는 이상한 질문을 다 한다는 듯 거리에서 눈을 떼 나를 바라봤다.

"대체 뭘 알고 있는 거지?"

"다에코가 당신을 멈추려고 했던 걸."

세누마는 얼굴을 일그러뜨렸다. 혹시 웃으려는 걸까. 그러면 후려 패주겠노라고 결심했다. 하지만 그는 일그러진 얼굴을 숙인 채 아무 말도 하지 않았다.

"다에코는 당신을 멈출 수 있었어?"

나는 아무도 없는 널따란 옥상을 향해 말했다.

"당신은 이시이 도모요를 독살하려고 했어. 그 일로 다에코는 당신을 발견했어. 관찰자에, 실행자에, 지배자인 당신을 발견했어. 발견했을 뿐 아니라 멈추려고 했어."

옥상은 대답하지 않았다.

"다에코는 역시 당신을 찾았던 거구나. 그래서 회사를 그만둔 거구나. 그리고 당신을 멈췄어."

"멈췄다고?" 세누마는 이마에 떨어진 밤색 머리를 대충 쓸어올렸다. "멈출 수 있을 리 없잖아."

둑으로 막혀 있던 물이 다시 흐르기 시작했다. 세누마의 얼굴에 어렴풋이 웃음 그림자 같은 것이 떠올랐다.

"멈출 수 있을 리 없어. 다에코라도. 다에코는 확실히 날 멈추려고 했어. 그걸 부정할 생각은 없어. 하지만 다에코의 방식은, 그래, 별거 아니었어. 단순한 기습으론 전쟁에 이길 수 없어. 더 근본적인 방법이 필요할 때도 있는 거야."

"다에코를 잠자는 숲속의 미녀로 만든 건 당신이지?"

나는 애써 말했다. 그는 생각지도 못한 일이라는 표정을 지었다.

"……그럴지도 모르겠네."

"무슨 말이 그래. 당신이 가스 자살인 것처럼 꾸미고 다에코를 죽이려고 한 거잖아. 다에코는 당신을 구하려고 했는데."

"무슨 소리야." 그는 짜증스레 내 말을 가로막았다. "다에코는 자살을 기도한 거야. 스스로 가스 밸브를 연 거라고. 자기만 가버리려고 한 거라고."

말도 안 되는 소리 하지 마. 나는 부르짖으려 했다. 그걸 막은 것은 그의 눈이었다. 하려던 말을 삼켰다. 이 건물 안에서 잠자는 다에코 위에서 두 인간이 그녀에 관해 완전히 어긋나는 말을 하고 있다는 상황이 현기증 날 만큼 우스꽝스럽게 느껴졌다.

"……다에코는 날 찾아냈어. 자기를 구하기 위해 날 멈추려고 했어. 일주일 전이었어. 그다음 날 밤늦게 다에코는 가스를 틀었어."

"어째서? 다에코는 당신을 멈춘 줄 알았다고. 어째서 자살할 필요가 있는데?"

"내가 알아? 알았다면 이런 곳에 오지도 않아. 이런 곳에서 당신하고 이야기하지도 않아."

"정말로 당신이 한 게 아니야?"

나는 이 남자의 말을 믿어도 되는 걸까. 갖은 거짓말로 다른 사람에게 고통을 주고 거기서 기쁨을 얻어온 이 남자를.

"내가 한 게 아니야. 내가 한 게 아니야. 하지만 믿어주지 않겠지. 다에코도 믿지 않았어. 그래서 자살을 기도한 거야. 다에코는 역시 날 멈출 수 없었으니까."

거리를 걷는, 전철에서 옆자리에 앉는, 일상 어디선가 반드시 보게 되는 평범한 젊은이. 그런 외견의 세누마의 얼굴에 무시무시한 웃음이 떠올랐다. 악마적이라고도 할 수 있을 듯한 무시무시한 웃음. 그는 눈 깜짝할 새 철조망을 기어올라가더니 북풍을 등에 받으며 출렁거리는 철조망 위에 발을 바깥쪽으로 늘어뜨리고 앉았다.

"뭐 하는 거야."

나는 소리쳤다.

"지금이라면 날 멈출 수 있을 것 같지 않아?"

나는 철조망을 잡고 흔들려다가 그가 떨어질지 모른다는 것을 깨닫고 허둥지둥 손을 뗐다.

"바보 같은 소리 하지 마. 그런 곳에 앉아 있으면 감기 걸려."

"바보 같은 소리를 하는 게 누군데?"

"미안……. 아니, 그게 아니라. 위험하잖아. 얼른 내려와."

"절경까진 아니지만 이렇게 보니까 도쿄도 나쁘지 않네. 차가 미니카 같아. 옛날에 미니카를 수집했거든. 어머니는 잘 사주지 않았지만. 문을 여닫을 수 있는 빨간 차, 스포츠카, 포클레인에 기중기차. 어른이 되면 기중기차를 다루는 일을 하겠다고 말했다가 어머니한테 맞은 적이 있어. 그 뒤로는 미니카를 사주지 않았지."

"다에코가 갖고 있던 '수기'는 정말 당신이 쓴 거구나……."

내 말은 질문이 아니었다. 세누마는 느긋하게 고개를 끄덕이고는 다시 거리를 바라봤다.

"사람이 티끌 같군. 작고 보잘것없어. 내가 고질라였으면 팍팍 짓뭉개고 다니고 싶을 정도야."

"있잖아, 철조망 안에서도 거리는 보여."

높은 곳이 싫은 것은 아니지만 목소리가 떨리는 것을 막을 수 없었다. 그렇게 말한 순간 심술궂은 북풍이 갑자기 풍속을 높여 나와 세누마를 들이받고 가버렸다.

"거기서도 손은 닿을 거 아냐. 날 멈출 수 있는 사람은 당신일지도 모른다고. 간단해. 잠깐 손만 뻗으면 돼. 가볍게 등을 밀면 되는 거야. 다에코가 한 것보다 훨씬 편하고 간단해."

"그런 말 하지 마."

"당신만 입 다물면 자살 방조도, 살인도 되지 않아. 당신은 날 멈춘 것뿐이야. 간단하잖아."

"그만 좀 해. 병문안 온 김에 살인하는 취미는 없다고. 언제까지 관심 못 받고 삐진 어린애처럼 굴 건데? 얼른 거기서 내려와. 안 내려오면 궁둥이 맞을 줄 알아."

세누마가 웃었다. 나는 그런 말을 한 나 자신에게 넌더리가 나 철조망에 몸을 기댔다. 철조망은 지진을 일으킨 화산대처럼 멀리까지 출렁거렸다.

"위험하잖아. 기대서지 마."

세누마는 두 손으로 철조망을 꽉 붙들고 있었다. 뼈가 피부를 찢고 나오지 않을까 싶을 만큼 꽉 잡은 것을 보고 나는 한숨을 쉬었다.

"오케이. 아가야, 이제 내려오렴."

"흥. 당신 안색이 안 좋은데. 높은 데가 그렇게 무서워?"

"무서워. 난 바보도 연기도 아니거든('바보와 연기는 높은 곳을 좋아한다'라는 일본 관용구가 있다-옮긴이)."

세누마는 싱긋 웃었다. 구름이 끊겨 힘을 잃은 한겨울 태양이 오후의 마지막 희끄무레한 햇빛을 우리에게 던졌다. 우리는 얼마 동안 말없이 태양을 바라봤다. 햇빛이 뺨을 어루만지고 북풍에 건조해진 뜨뜻한 입술을 부드럽게 덥혀주었다. 그새 꽤 어두워진 하늘을 배경으로 그는 철조망 위에서 몸을 틀어 다리를 옥상 쪽으로 내리고 고쳐 앉았다.

"담배 좀 주겠어?"

나는 까치발을 들고 그에게 손이 닿지 않도록 조심하며 라이터와 담배를 건넸다. 도로 던져진 것을 아슬아슬하게 받아 나도 한 대 빼서 입에 물었다. 커다란 까마귀가 날아와 출렁거리는 철조망에 앉아 갈라진 목소리로 세 번 울었다.

"누가 죽었나."

세누마가 나지막이 말했다.

"왜?"

"몰라? 누가 죽으면 까마귀가 집에 와서 세 번 울거든."

"미신이야."

"그럴지도 모르지. 누나는 미신을 좋아했으니까."

"누나한테 들은 이야기야?"

"그래."

그는 철조망 위에서 기침했다. 그의 움직임에 겁먹은 듯 까마귀가 날개를 크게 퍼덕이며 날아올랐다. 우리는 죽음을 알리는 사자使者의 검은 깃털을 얼마 동안 눈으로 좇다가 포기하고 다시 담배를 피우기 시작했다.

"나쓰하라 오사무란 사람 알아?"

"나쓰하라 오사무? 모르는데."

"구마시로 구니카는?"

"몰라."

"그럼 이가라시 료지는?"

세누마 도루의 무관심한 표정이 바뀌었다.

"이가라시? 알지. 우리 회사 전무 아들인데."

"……잠깐. 당신 주오 상사 다녀?"

"그런데. 무슨 소리야?"

"업계 신문사가 아니라?"

"그래. 대체 무슨 말인데?"

"그럼 대체 언제 다에코를 만난 거야?"

"아까도 말했잖아. 일주일 전이라고. 다에코가 회사를 그만두고 얼마 지나서 갑자기 불러냈어."

"이시이 도모요는?"

"다에코한테 듣고 나서 생각났는데, 주오 상사 총무과에 있던 여자야. 도미카와란 부장하고 불륜 관계라는 걸로 유명했어. 다에코는 그 여자랑 전에는 친했던 모양이지. 그 여자가 급환으로……. 아니, 잡아떼는 것도 그런가, 내가 비소를 넣어 둔 차를 너무 많이 마시고 입원한 뒤 다에코가 갑자기 회사를 그만뒀어."

"그래……. 그럼 이시하라 사와코는?"

세누마는 입을 열지 않았다. 나는 담뱃불 바라보기를 중단하고 그를 올려다봤다.

"……모르는데."

거짓말이라고 지적할까 했지만 적당한 말이 생각나지 않아 그만두었다. 됐다. 시간은 넉넉히 있으니까 그에게서 천천히 알아내면 된다. 그러면 다에코의 자살 미수에 관한 것도 밝혀질 것이다.

"물어봐도 돼?"

"또 뭘 물으려고?"

"다에코가 당신을 멈추려고 했을 때……."

세누마는 쑥스러운 듯 서툴게 담배를 쥔 손으로 뺨을 문질렀다.

"그거 말이군. 그땐 깜짝 놀랐어. 갑자기 달라붙으니 말이야. 심장이 튀어나오는 줄 알았지 뭐야. 그런 식으로 다른 사람하고 접촉한 건 처음이었거든. 머리를 가슴에 막 비비는데 하마터면 쓰러질 뻔했어."

이 사람은 어머니 품에 안긴 적도 없는 것이다. 나는 한숨을 쉬려다가 얼굴을 휙 쳐들었다.

"어, 그럼……."

"뭐?"

"그게, 저, 키, 키……."

"뭔데?"

"아니, 저, 그러니까…… 다에코랑 키스한 거 아니야?"

내가 그렇게 말했을 때, 세누마의 표정이 정말 굉장했다.

"무슨 말이야? 터무니없는 소리 마."

"그럼 안 한 거야?"

"머리를 가슴에 갖다 댄 것만으로도 머리도 가슴도 손도 난리가 났었다고. 뭐, 그래서 들켰지만."

입을 다물어버린 나를 조금 웃음기가 남아 있는 눈으로 바라보며 그는 말했다.

"다에코가 그래? 당신한테. 나랑 키스했다고. 이상한 여자네. 회사에서도 거짓말쟁이로 유명했지만 그런 부분까지 각색할 필요가 뭐가 있다고."

아까 그 까마귀가 선회해 이번에는 반대편 철조망에 앉았다. 징그러운 부리를 벌려 또 세 번 울었다.

"또 울어? 대체 누구 죽음을 알리러 온 거지?"

나는 생각에 잠기는 것을 중단하고 펄쩍 뛰어올랐다.

"설마…… 다에코!"

나는 철조망 위에 세누마를 두고 서둘러 문으로 달려갔다. 엘리베이터 버튼을 의미도 없이 연신 눌러대다가 당분간 올라올 성싶지 않다는 것을 알고 계단을 뛰어 내려갔다. 다에코의 병실이 있는 층 간호사 대기실로 달려 들어갔다. 무릎과 동시에 목소리도 부들부들 떨렸다. 아까 만난 친절한 간호사가 숨을 몰아쉬는 나를, 도중에 기권한 마라톤 선수를 책망하는 코치 같은 눈으로 쳐다봤다.

다에코는 여전히 공주님처럼 잠들어 있었다. 나는 안도의 한숨을 쉬고는 피로한 다리를 이끌며 옥상으로 돌아갔다.

옥상에는 아무도 없었다. 철조망이 천천히 흔들리고 있었다. 나는 아까 서 있었던 자리에 바람에 밀려 모여 있던 담배꽁초 세 개를 주워 이번에는 엘리베이터를 타고 다에코가 있는 4층으로 돌아왔다.

세누마는 그곳에도 없었다.

젠장, 놓쳤잖아. 아직 물어볼 게 많았는데.

어디선가 시보가 들려왔다.

나는 천천히 엘리베이터를 타고 1층으로 내려왔다. 좁은 먼지투성이 로비에서 사람들이 웅성거리고 있었다. 누가 흥분해서 큰 목소리로 하는 말이 띄엄띄엄 귀에 들어왔다.

"……스스로 뛰어내린 거야……."

"환자가 아니라니까. 환자복이 아니니까……."

"경찰을 부르러……."

심장이 목구멍까지 치솟는 것 같았다. 나는 이야기에 끼어들었다.

"무슨 일 있었나요?"

휠체어에 앉은 말쑥한 할머니와 할머니의 수발을 드는 듯한 칙칙한 팥죽색과 베이지, 회색 차림의 아주머니가 기다렸다는 듯 앞다투어 틀니를 들썩이며 떠들기 시작했다.

"남자가 어디서 추락했대요."

"뛰어내렸다나요."

"입원 환자가 아니에요. 평상복이었다고 아까 경비원이 그랬거든."

"주위가 피바다라네요."

나는 달려갔다. 멀리 떨어진 곳에 사람들이 몰려 있었다. 사람들을 헤치고 뇌수와 피를 후광처럼 두른 채 그 중앙에서 두 팔을 벌리고 누운 그의 몸뚱이로 다가갔다. 누가 담요를 펴서 그의 몸을 덮었다.

시야에서 사라지기 직전 나는 세누마의 손을 봤다. 확실하게 봤다.

얼굴과 마찬가지로 하얗고 매끌매끌한 손.

그의 손은 피가 아니라 습진으로 시뻘게져 있었다.

◦ 3

세상에는 두 종류의 인간이 있다. 정신적 충격을 받았을 때 혼자가 되어 충격을 달래려고 하는 사람과, 여러 사람들 속에서 위로받으려고 하는 사람. 나는 단연코 전자다. 충격을 받았을 때 다른 사람을 만나다니 어림도 없다.

이불을 뒤집어쓰고 그만 자고 싶은 마음은 굴뚝같았지만, 뜨거운 코코아를 두 잔 마시고 역 앞 공중화장실에서 토해내는 동안 이럭저럭 감정을 정리했다. 얼굴을 주근깨투성이로 만들어주는 아주 훌륭한 플랫폼의 거울 앞에서 화장을 고치고 있는 힘껏 립스틱을 짙게 발랐다.

10시 넘어 블랙컴에 도착했다. 나는 심호흡을 하고 문을 열었다.

곧바로 요란한 폭음이 나를 덮쳤다. 흠칫해서 문을 닫았다가 조심조심 다시 열었다. 자욱한 연기 속에 산타클로스 두 명이 어깨동무를 하고 춤추고 있었다. 폭음인 줄 알았던 것은 잘 들어보니 〈루돌프 사슴코〉 노래였다. 놀란 나머지 우두커니 서 있는데 리키야가 나를 발견하고 한 손을 들었다. 머뭇머뭇 벽을 따라 카운터를 향해 게걸음으로 다가가니, 리키야는 웬일로 요란하게 웃으며 유리잔을 닦고 있었다.

"뭐가 이렇게 시끌벅적해?"

나는 리키야의 귀를 잡아당기며 소리쳤다.

"뭐?"

"뭐가 이렇게 시끄럽느냐고!"

"아, 응. 그냥 보시다시피인데."

산타클로스 2인조는 한 절을 악쓰듯 부르며 의자도 테이블도 뒤집어엎은 뒤에야 비로소 만족한 듯 서로 어깨를 두들기고는 큰 소리로 웃으며 헤어졌다.

"하하, 이것 참 유쾌한데. 리키, 재미있는 사람을 데려왔네."

산타클로스 중 한 명은 주인장이었다. 새빨간 폴로셔츠를 입고 땀을 훔치며 캔 맥주를 따는 모습은 산타라기보다 새빨간 오뚝이 인형 같았다. 또 한 산타는 리키야보다도 가로로도 세로로도 더 큰 남자로, 이걸 수염이라고 부르면 진지하게 수염을 기르는 남자에게 실례가 아닐까 싶을 만큼 꺼칠꺼칠한 수염이 얼굴 아랫부분을 뒤덮고 있었다.

"와하하, 공짜 술은 진짜 맛있군. 왜 이렇게 맛있는 건지."

그러면서 잔을 쑥 내밀었다. 리키야는 쓴웃음을 지으며 위스키를 가득 따라주었다.

"리키, 이 사람 혹시……."

"다카하타 시로라고 해. 와카타케 나나미 씨지? 사카키바라한테 들었어. 댁도 날 만나고 싶어한다고. 여기 있는 아키바

리키야 씨하곤 벌써 자기소개 끝냈어. 이것 참 미안해서 어쩌나, 오늘 술은 두 사람이 산다며?"

"리키, 잠깐 봐."

나는 리키야의 팔을 끌어당겼다.

"어째서 나까지 저거한테 술을 사야 하는데?"

리키야는 시치미 뗀 표정으로 노여움에 날뛰는 나를 내려다봤다.

"너까지? '나까지'겠지. 이건 네 일이잖아."

"너 좋을 때만 나 한 사람 일로 만들지 마. 사카키바라한테 연락은 왜 한 거야? 끼지 말라고 했잖아."

리키야는 슬픔 어린 눈빛으로 나를 바라봤다. 얌전한 세인트버나드를 괴롭히는 스코치테리어 같은 기분이 들었다. 나는 어깨를 으쓱하고 조그맣게 뭐, 됐어, 라고 중얼거린 다음 돌아서서 웃음을 지었다.

"다카하타 씨. 여쭤볼 게 있는데요."

"뭐든 물어봐. 난 미인한테 약하거든. 특히 요리를 잘하는 미인한테는 아주 약하지. 요리 잘한다며? 다들 칭찬하던데."

나는 벽에 들러붙어 술을 홀짝거리는 단골들을 사납게 둘러보았다. 그들은 천장에서 어머니 유품이라도 발견한 것 같은 표정으로 시선을 피하며 한층 벽에 들러붙었다.

"그럼요, 요리는 자신 있답니다. 우동풍 스파게티는 어때요? 아니면 장난감 뱀 야채 절임은요? 중학교 때부터 요리 실력만은 성장을 안 해서요."

"성장을 안 한 건 요리 실력뿐인가? 가슴 쪽도 변화가 없는 것 같은데."

나는 오른손으로 프라이팬을 만지작거리며 속으로 이 남자의 머리를 서른 번 후려친 다음 가까스로 다시 웃음을 지었다.

"잘 아시네. 물론 중학교 때부터 가슴은 두 개였고 그 뒤로 늘지도 않았어요."

다카하타는 위스키를 열대우림 같은 수염에 흘려가며 와하하 웃었다. 뒤에서 실소하는 리키야의 발을 있는 힘껏 밟아준 다음 나는 말했다.

"이치노세 다에코 이야기예요. 다에코에 관해서 뭘 알고 있죠?"

"그전에 우동풍 스파게티란 걸 먹고 싶은데, 노래했더니 배고프군."

물을 끓이고 버섯을 찢는데 주인장이 요란하게 코 고는 소리가 들려왔다. 단골들은 중얼중얼 그럼 또, 라는 말을 남기고 순식간에 사라졌다. 나는 스파게티에 매운 향신료를 잔뜩 뿌려 다카하타 앞에 놓았다.

"이치노세 다에코한테 관심을 가진 건 어째서죠?"

나는 기침을 해가며 스파게티를 먹는 다카하타에게 물었다.

"사건이 벌어진 다음에 아니면 그전부터?"

"사건이라니 이치노세 다에코의 자살 미수 말이야?"

"그거 말고 사건이 또 있었어요?"

리키야가 행주를 비누로 깨끗이 빨며 끼어들었다.

"그래. 내가 관심을 가진 건 처음엔 이시이 도모요 쪽이었어. 좀 아는 사이라서. 그 사람이 이 또한 '사건'으로 중태가 되기 전에 몇 번 만났어."

나와 리키야는 시선을 주고받았다.

"도모요는 도미카와란 부장하고 사귀고 있었는데 남자가 교통사고로 죽었거든. 그런데 사고에 미심쩍은 부분이 있다면서 나한테 연락했더군. 두 사람은 소위 불륜 관계였지만, 도모요는 요새 젊은 여자답지 않게 고풍스러운 타입이었으니까 진심으로 도미카와 부장을 좋아했던 모양이지. 어떻게든 원수를 갚고 싶다고 했어. 도미카와 부장의 건강이 안 좋았던 게 무슨 이유가 있지 않겠느냐고."

"증거는 있었고요?"

나는 그가 말없이 내민 잔에 위스키를 듬뿍 따라주며 자꾸만 말이 빨라지려는 것을 애써 억눌렀다.

"증거가 있었으면 나한테 의논하러 오지도 않지. 도모요는 그저 이상하다고만 했어. 요새 주오 상사 내부에 기병奇病이 너무 잦다고. 그렇게 말하는 본인도 안색이 안 좋은 데다가 미열이 계속되고 컨디션이 이상하다고 했어. 난 단순히 애인이 죽은 충격 때문일 거라고 생각하고 심각하게 받아들이지 않았어. 그런데 도모요가 급병으로 쓰러져선 의식 불명 상태가 됐지. 원인은 비소야."

우리는 동시에 숨을 내쉬었다. 다카하타는 과음으로 충혈된 눈으로 우리를 번갈아 봤다.

"뭐야, 별로 안 놀라네."

"무슨 말씀. 깜짝 놀랐어요."

리키야는 짜고 있던 행주가 두 조각 난 것을 처량하게 바라보며 대답했다.

"소동이 벌어지기 몇 시간 전에 도모요가 나한테 전화했어. 중요한 증거를 입수했다고. 어째 겁에 질려선 아무리 물어도 무슨 증거인지 가르쳐주지 않았어. 마침 일이 있어서 그날 중으로 만나지 못했어. 후회했지. 그 사람이 '자살'을 기도했다, 비소를 먹었다고 들은 건 그로부터 이틀 뒤였어. 나중에 후회한들 소용없다는 전형적인 상황이지."

"그럼 이치노세 다에코는 언제 만난 거예요?"

"만난 적 없어."

다카하타는 하품을 쩍 하며 빈 스파게티 접시를 내게 건넸다.

"만날 생각이었어. 도모요한테서 이치노세 다에코의 이름을 들은 적이 있어서. 만나서 한잔했을 때 도모요가 그러더군. 이치노세 다에코란 여자가 뭔가 알지도 모른다고."

손에서 스파게티 접시가 떨어졌다. 리키야가 허둥지둥 받았다.

"뭐라고요? 도미카와 부장의 죽음에 관해 다에코가 사전에 뭔가 알고 있었다는 거예요?"

"그런 말은 아냐."

다카하타는 서커스에서 목이 긴 가짜 괴물이라도 보는 듯한 눈으로 나를 바라봤다.

"그런 말은 아닌데 말이지. 이봐, 나나미 양. 댁은 대체 뭘 알고 있는 거지?"

누구 마음대로 그렇게 부르느냐고 속으로 열 번 부르짖은 뒤 나는 스스로 생각해도 부자연스러운 웃음을 지었다.

"알기는요. 다만 다에코는 다른 사람의 죽음에 관해 뭔가 알고 있었다면 가만있을 사람이 아니라고 생각하는데요."

"도모요 생각은 다른 것 같던데. 그건 알아? 이시이 도모요하고 이치노세 다에코 사이에 무슨 일이 있었는지."

"……몰라요."

"그래. 흔한 이야기야. 두 사람은 같은 대학을 나왔어. 한때는 절친이었던 모양이지. 뭐, 여자의 우정이란 건 어차피 말뿐인 관계고 깊은 의미는 없었겠지만 어쨌거나 절친이었어. 하도 정석대로 돼서 더 할 말도 없지만, 둘 사이에 금이 간 이유는 남자야. 도모요의 남자를 다에코가 빼앗은 거야. 멍청한 남자였지. 다에코는 남자를 빼앗자마자 버린 모양이거든. 도모요의 말을 빌리자면, 다에코는 움직이는 바퀴벌레 약 같은 여자였다더군. 커다란 입을 벌려 남자를 유인해놓고 금세 싫증

나서 버려. 도모요가 항의했더니 다에코는 이렇게 말했다나. 애인 절친한테 손대는 남자는 어차피 멀쩡한 인간이 아니다, 더 늦기 전에 헤어졌으니 다행 아니냐고. 냉정하게 생각하면 맞는 이야기지만, 도모요한테도 자존심이란 게 있으니까. 게다가 그 멍청한 남자가 돌아와선 싹싹 빌면서 그건 그냥 잠깐 마음이 흔들린 것뿐이라고 지껄였으니 말이야, 머리끝까지 화가 난 도모요는 남자를 자기 인생에서 완전히 몰아냈어. 나는 여자들 하는 말은 50퍼센트만 믿는 사람이지만, 반 에누리 해서 들어도 도모요가 사실을 말한다는 생각이 들었어."

다에코가 한 이야기와 같다. 나는 리키야에게 눈길을 주었다. 그는 열심히 설거지하고 있었다. 하지만 셔츠 속 등에 긴장이 드러나 있었다.

"거기서부터가 이해가 안 되는데. 그런 일이 있었는데도 도모요랑 다에코는 관계를 이어나가고 있었던 모양이지. 둘은 같은 학부를 비슷한 성적으로 졸업해서 같은 회사에 취직했어. 도모요가 도미카와 부장하고 불륜을 시작했을 때도 다에코한테는 이야기했어. 다에코는 즉각 도미카와 부장한테 작업을 걸었어. 반응이 전혀 없더라, 잘해봐. 다에코는 도모요한테 그렇게 말했다더군. 그때부터 다에코는 도모요한테 오히려 협조적이었어. 도모요가 도미카와 부장한테 받은 다이아 반지를 자랑했을 때도 별반 분해하거나 도미카와 부장을 다시 유혹하려고 하지 않았어. 여자는 하여간 이상한 동물이라니까. 난 잘 이해가 안 돼."

"저도요."

리키야가 대답했다. 나는 리키야의 다리를 걷어차고 다카하타에게 물을 주며 물었다.

"그게 왜 다에코가 뭔가 아는 게 있는데 도모요한테 감추고 있었다는 이야기가 되죠? 이상하잖아요."

"나나미 양 생각에도 그렇지? 나도 그랬거든. 그래서 물었더니 도모요는 어째 엄청 기분 나쁜 웃음을 지으면서 말하는 거야. 다에코는 옛날부터 중요하지 않은 이야기만 하는 버릇이 있거든요. 저한테는 사귀는 남자 이야기를 많이 했지만 그건 그 애한테 남자랑 사귀는 것 자체가 특별한 일이 아니기 때문이에요. 가끔 다에코의 핵심에 접근하는 이야기가 나와도 거짓투성이예요. 거짓이란 말이 너무 심하다면 각색됐다고 할까요. 도모요한테서 그런 표정을 본 건 그때뿐이었어."

"다시 말해서 다에코가 뭔가 알고 있다는 건 이시이 도모요가 혼자 그렇게 생각한 것일 가능성도 있다는 말이군요."

"응, 뭐, 그렇게 볼 수도 있겠지. 다만 그럼 다에코는 어째서 도모요의 비소 사건이 있고 나서 회사를 그만둔 거지? 어째서 회사를 그만두고 훨씬 작은 회사로 옮겨간 거냐고. 그게 다가 아냐. 도모요가 경리부 이시하라 사와코란 아줌마한테 다에코가 퇴직한다는 이야기를 들은 건 한 달 전. 도미카와 부장이 죽은 직후였어."

"이시하라, 사와코라고요?"

"그래. 알아?"

"……아뇨. 그럼 도모요는 다에코의 전직을 이상하게 생각했다는 말이군요."

나를 꿰뚫어보는 양 굵은 털이 난 손가락을 흔드는 다카하타의 말을 나는 서둘러 가로막았다.

"도모요의 말로는 몇 번을 물어도 전직한 이유를 분명하게 가르쳐주지 않더래. 끈질기게 물었더니 어렵게 입을 열려 했지만 결국 아무것도 가르쳐주지 않았어. 그런데 태도가 어째 묘하단 말이지. 다에코는 비밀이 있을 땐 늘 모호하게 웃으면서 얼버무리는데, 그때는 그런 게 아니라 진지한 표정으로 고민하는 것처럼 느껴졌어. 그래서 마음에 걸린 거지."

"고민……."

"아무튼 도모요와 다에코의 '자살 미수' 두 건, 이건 누가 봐도 이상하잖아. 같은 주오 상사 여자 직원 둘이 거의 동시에 그렇게 된 건데, 당연히 뭐가 있다고 생각하지 않겠어? 난 요즘 직장 여성들의 마음의 병을 취재하고 싶다는 명목으로 주오 상사를 조사하기 시작했어. 결과는 사카키바라한테 들었겠지. 압력이 들어오더군. 거기엔 분명히 뭐가 있어. 틀림없어."

다카하타는 물잔을 비우고 내 얼굴을 뚫어지게 쳐다봤다.

"자, 내 이야기는 끝났어. 이제 댁들이 아는 걸 들어볼까."

"아무것도 몰라요. 그냥 다에코가 자살을 기도했다는 게 믿기지 않아서, 그래서 조사하는 거예요."

"어디가 믿기지 않는다는 건데?"

"다에코를 만난 건 한 번뿐이지만 자살할 사람 같진 않았어요. 크리스마스이브를 같이 보내기로 약속했다고요."

"여자들끼리? 위험한 생각을 하네. 댁 뒤에 훨씬 쓸모 있을 것 같은 남자가 서 있잖아. 이브는 그런 남자하고 같이 보내는 거라고."

내가 속으로 10톤 트럭을 몰아 이 남자를 쫓아다니기 시작하자, 살기를 느꼈는지 다카하타는 일어나 빨간 스웨터 위에 시궁창 같은 색의 다운 점퍼를 걸쳤다.

"어이쿠, 여기 더 있다간 나나미 양이 내 똘똘이를 꽁꽁 묶어버리겠네. 아키바 씨, 맛있었어. 언제 또 마시자고. 그럼."

문을 탁 닫고 사라지는 것을 배웅한 뒤 나는 이를 갈며 리키야를 향해 돌아섰다.

"타케, 진정하라고. 덕분에 정보도 입수했잖아."

나는 겁에 질려 뒷걸음치는 리키야에게 애써 생긋 미소 지어 보이며 물었다.

"얘, 리키, 똘똘이가 뭐야?"

리키야가 잔을 떨어뜨렸다.

◦ 4

오늘도 주인장을 2층으로 끌고 가는 난리법석을 마친 뒤, 리키야 몫으로 고기와 야채를 볶고 밥을 퍼서 야채 절임과 된장국을 곁들여 먹기 시작했다. 나는 식욕이 없었다. 특히 고깃조각이 리키야의 입속으로 사라지는 것을 볼 때마다 속이 울렁거렸다. 고개를 돌린 채 음식에 전혀 손을 대지 않는 나를 리키야도 이상하게 생각한 모양이지만, 안 먹을 거면 내가 먹어도 돼? 라며 야채 절임을 깨끗이 먹어치울 때까지 쓸데없는 것은 묻지 않았다.

식사가 끝나 떫은 차를 마시며 나는 엉뚱한 방향으로 고개를 돌린 채 폭탄을 떨어뜨렸다.

"세누마가 죽었어."

리키야는 하마터면 차를 뿜어낼 뻔했다.

"뭐?"

"세누마 도루가 죽었다고."

나는 이마를 손가락으로 눌렀다. 땀에 젖은, 약간 끈적한 감촉. 눈을 감자 세누마의 붉어진 손등이 떠올랐다. 나도 모르게 몸서리를 쳤다.

"세누마 도루라니, 그 독살범?"

"응. 옥상에서 떨어져 죽었어. 다에코가 입원한 병원 옥상. 까마귀가 울더라고. 그래서 잠깐 다에코를 보러 간 사이에 누가 밀었어."

리키야는 일어서 재떨이를 가지고 돌아왔다. 억지로 내 손에 담배를 쥐여주고 불을 붙여주었다. 그리고 커피를 끓이기 시작했다.

"누가 민 건데?"

"그걸 알면 내가 이러겠어?"

나는 연기를 뱉으며 악을 썼다. 악쓰는 김에 의자를 걷어찼다. 한꺼번에 너무 여러 가지를 한 탓에 연기가 기관지로 역류하고 의자는 복수를 꾀해 내 다리를 향해 쓰러졌다. 나는 다리를 붙들고 눈물을 흘리고 기침하며 펄쩍펄쩍 뛰었다.

"미는 걸 봤어?"

리키야는 진한 커피에 우유와 설탕을 반 스푼씩 넣어 휘저어서 주고는 의자를 일으켜 거기에 앉았다.

"그런 게 아냐. 세누마는 죽기를 바라는 것 같았어. 하지만 목숨을 끊을 생각은 없었어. 내가 다에코가 무사한지 확인하고 돌아왔더니 이미 옥상에 없었어. 추락해서 죽은 뒤였어."

"그럼 자살일지도 모르잖아."

"그게 그렇지 않아. 증거도 있어. 세누마는 인간 알레르기였어. 너도 다에코의 '수기'를 읽었잖아. 바닥하고 충돌해서 깨진 달걀 껍데기 같아진 그 사람 손이 습진으로 시뻘겠어. 몇 분 전까지만 해도 안 그랬는데. 잠깐 사이에 누가 철조망 위에 앉아 있던 그 사람을 밀어 떨어뜨린 거야. 그때 세누마는 상대방하고 몸싸움을 벌였어. 그래서 손이 빨게진 거야."

"타케." 리키야는 진지하기 그지없는 표정으로 나를 쳐다봤다. "경찰에 그 이야기는 했어?"

"안 했어. 경찰이 오기 전에 도망쳤으니까."

"왜 그런 짓을 한 거야!"

리키야가 고함치는 것을 처음 봤다. 나는 놀라 펄쩍 뛰어오를 뻔했다. 어렸을 때 할머니 안경을 깨뜨린 이래로 누구에게 고함을 듣고 펄쩍 뛰어오른 것은 처음이었다.

"왜라니, 그렇잖아."

"그렇긴 뭐가 그래. 더는 안 되겠어. 탐정 노릇은 이제 끝내. 너 알고 있는 거야? 세누마가 도모요나 다에코를 죽이려 했다고 쳐도, 거기까진 이럭저럭 감당할 수 있을지도 모른다고 생각했어. 하지만 세누마가 살해됐다면 아마추어가 감당할 수 있는 일이 아니야. 당장 경찰에 가서 '수기'를 건네고 지금까지 알아낸 걸 모조리 이야기하고 와. 그러고 집에 가서 잠이나 자."

"다에코는 세누마 때문에 그렇게 된 게 아냐."

나는 점점 커지는 리키야의 목소리에 맞서 목청을 높였다.

"세누마한테 들었어. 다에코는 역시 세누마를 멈추려고 했어. 다른 부분은 전부 거짓이었을지 모르지만 세누마의 편지 부분은 정말 진짜였어. 맨 끝에 공원에서 다에코가 세누마한테 추궁한 그 부분도 정말 있었던 일이었단 말이야."

"그게 뭐 어쨌다고. 세누마가 살해된 건 사실이잖아."

"그게 아니라니까. 모르겠어? 지금 경찰에 가면 다에코의 사건은 세누마 탓이 돼버려. '수기'를 보면 경찰은 세누마가 살해됐다는 걸 믿어주지 않을 거야. 세누마는 독살범, 다에코는 다수의 피해자들 중 한 명, 그걸 나한테 들키는 바람에 더는 빠져나갈 구멍이 없다고 여겨 자살, 그런 줄거리로 끝날 거야. 그럴 순 없어. 그렇게 될 게 뻔한데 이제 와서 어떻게 손을 떼란 말이야."

"너, 자기가 지금 무슨 말을 하는지 알곤 있는 거야? 왜 그렇게 세누마를 감싸는데? 녀석은 독살범이었던 인간이라고."

"독살범이면 살해돼도 된다는 거야? 다에코를 세누마의 피해자로 만들고 싶지 않아. 다에코는 밀실에서 가스 중독으로 저렇게 됐어. 세누마가 범인일지 모른다는 게 알려져도 결국엔 자살로 처리될 거야. 알겠어? 다에코는 세누마를 멈추려고 자살을 기도했다는 결론이 날지도 모른다고. 그런 건 절대 안 돼."

너무 소리를 질렀더니 목이 쉬었다. 리키야는 성난 얼굴로 팔짱을 낀 채 얼마 동안 입을 열지 않았다.

"리키, 제발 부탁이니까 경찰에 알리지 마. 최소한 크리스마스이브까지만이라도 기다려줘. 이브까지 조사해보고 아무것도 못 알아내면 포기할게. 깨끗이 포기하고 경찰에 갈게. 하지만 좀 더 조사해보고 싶어. 여기서 그냥 물러났다간 다에코가 어떤 기분이었는지 영원히 모르고 끝날 거야."

"이렇게까지 해서 알아야 하는 거야? 어제 언니가 한 이야기. 그리고 도모요의 말. 두 사람 다 다에코는 거짓말쟁이라고 했지. 네가 하코네에서 만난 다에코도, 전화해서 이브에 만나기로 약속한 다에코도, 진짜 다에코가 아니라 그 사람이 너한테 맞춰서 고른 이치노세 다에코를 연기한 걸 수도 있잖아."

나는 입을 벌렸다. 리키야는 가끔 생각지도 못하게 예리하다.

"……그럴지도 모르고…… 아니, 네 말이 맞을지도 모른다, 아마 그럴 거다 싶은 마음이 강하지만……."

'수기'에서 세누마를 멈추었을 때의 장면. 조금 감동했던 키스 신을 떠올리며 나는 말했다.

"하지만 응, 알고 싶어."

"……너 바보구나."

리키야는 어깨를 으쓱했다.

"알았어. 대신 나도 끼워줘. 참견은 안 하고 협조만 할게. 알겠지?"

싫다고 했다간 한 대 맞을 것 같았다. 나는 고개를 끄덕였다.

"커피, 식기 전에 마셔."

"응."

잔을 입으로 가져가려다가 리키야가 내 뒤를 응시하는 것을 깨닫고 돌아봤다. 조금 열린 문 뒤에 다카하타가 서 있었다.

"생각난 게 있어서."

그는 히죽거리며 말했다.

"……언제부터 거기 있었던 거예요?"

"글쎄, 언제부터였더라?"

다카하타는 몸 한쪽만 가게 안으로 들어와 기대섰다.

"생각났다는 건 다에코의 저금에 관해서야."

리키야와 나는 마주봤다.

"저금?"

"그래. 나쓰하라 오사무란 이름으로 12월에 3백 만 엔이 입금됐더군."

"3백 만이라고요?"

다카하타는 벽에 성냥을 그어 어울리지도 않는 폼을 잡으며 담뱃불을 붙였다.

"그게 다야. 뭐, 개도 건드리지 않는다는 부부싸움 현장에 이 이상 있다간 무슨 꼴을 당할지 모르니까 그만 사라져주지. 그럼 또."

다음에 만나면 등에 장작을 얹어 불붙인 다음 진흙배에 태워 도쿄 만에 띄워주겠노라고 맹세했다.

12월
22일

◦ 1

구마시로 구니카는 신주쿠 3번가 퀸즈셰프 1층의 런치 코너에서 만나자고 했다.

식품 전문점은 설 선물과 꼬리표가 붙은 연어 사체, 빨강과 초록 리본으로 장식된 사탕으로 가득했다. 크리스마스의 홍수가 이런 곳까지 휩쓰는 건가 생각하니 영 불편했다. 기다란 코너를 초조하게 둘러보니, 머리를 길게 기르고 연보라색 재킷 속에 검정 하이넥 스웨터를 입은 여자가 내가 옆구리에 낀 잡지를 알아보고 손을 크게 흔들었다.

"어머나, 전화로 받은 인상이랑 똑같네."

그녀는 느닷없이 웃기 시작했다.

"이런 사람이 아닐까 생각했던 모습 그대로잖아. 내가 구마시로 구니카야. 와카타케 나나미 씨지?"

나는 허둥대며 그녀가 내민 손을 잡았다.

"안녕하세요. 바쁘신데 죄송합니다."

"전혀 안 바빠. 점심은 먹었어?"

"아침부터 아무것도 안 먹었어요."

"그래? 잘됐네. 그럼 같이 먹자."

나는 식욕이 별로 없었던 터라 스파게티와 홍차를 고르고, 그녀는 샐러드와 비프스튜, 라이스, 커피, 케이크, 거기에 고기 두부 조림과 가지 무침까지 쟁반에 다 담지도 못할 만큼 잔뜩 집어 왔다.

"어머, 그것만 먹게? 아이참, 그럼 내가 많이 먹는 게 강조되잖아."

구마시로는 나무젓가락을 맞비비며 말했다. 식욕 부진의 이유를 알려주고 상대방의 반응을 살피는 악취미 짓을 해보고 싶었지만 그만두기로 했다.

"다이어트 중이라서요."

"어머, 세상에. 뺄 살이 어디 있다고. 그렇게 조금밖에 안 먹으면 쓰러져. 이치노세 씨랑 똑같네."

그녀는 얼마 동안 말도 걸 수 없을 만큼 열심히 먹었다. 나는 스파게티를 이리저리 밀다가 홍차만 마셨다. 눈앞에서 사람이 죽는 경험은 생전처음이었다. 그것도 그렇게 처참하게…… 눈을 크게 부릅뜬 세누마의 얼굴이 또 생각나 머리를 저었다.

"점심까지 얻어먹으면서 이런 말 하기는 뭐하지만 나 이치노세 씨에 관해 잘 몰라."

그녀는 순식간에 접시를 비우고 만족스레 냅킨으로 입을 닦으며 말했다.

"회사에 들어온 지 아직 일주일밖에 안 됐잖아. 이치노세 씨가 가자고 해서 술 마시러 간 것도 그때가 처음이었고."

"다에코가 먼저 가자고 한 건가요?"

"응. 뭐, 나도 술은 싫어하지 않는 편이고 아직 잘 모르는 사람이니까 재미있을 것 같아서 따라간 거야. 이치노세 씨는 남자들한테 인기 많을 것 같은 미인이잖아? 그러니까 콩고물도 떨어질 것 같았고."

구마시로는 키들키들 웃었다. 다르다는 생각이 들었다. 다에코의 '수기'에 등장하는 구마시로 구니카와 전혀 다른 여자다.

"가봤더니 진짜 그렇더라고. 예전 회사 동료라는, 이름이 뭐였더라? 이가라시 씨랑 사사 씨. 그리고 이치노세 씨 친구라는 이나기쿠 씨. 하나같이 괜찮은 남자였어."

"다들 다에코가 불러낸 걸까요?"

"그런가 봐. 이나기쿠 씨도 나머지 둘이랑 초면인 것 같았거든. 하지만 꽤 분위기가 좋아서 마지막에 이가라시 씨가 막 우겨서 노래방까지 갔어. 이치노세 씨는 중간부터 집에 가고 싶다고 하는 걸 다같이 붙들었지 뭐야. 나중에 생각해보니까 이치노세 씨는 그때 꽤 상태가 안 좋은 것 같았어. 하지만 난 취해서 기분이 좋아지면 남 생각을 잘 못 하게 돼서. 유일하게 맨정신인 이가라시 씨가 자꾸 우기니까 그냥 그렇게 된 거지."

"이가라시 료지는 안 마셨어요?"

나는 몸을 앞으로 내밀었다.

"응. 술 한 방울 안 들어가고 그 정도로 놀 수 있으면 대단한 거야. 과음하면 졸음이 온다는 이치노세 씨한테 노래방에서도 억지로 술을 권하지 않나. 그때 결국 이치노세 씨가 메슥거린다고 해서 이가라시 씨가 같이 따라가서 다른 방에서 30분쯤 쉬었어."

구마시로는 열심히 케이크를 먹다 말고 조금 겸연쩍은 표정으로 말했다.

"맨정신인 사람이 곁에 있으니까 괜찮겠지 하고 우리는 계속 마셨어. 상태 안 좋은 사람도 있는데 적당히 해둘 걸 그랬다고 나중에 와서 후회했지만, 그런 땐 왜 멈추게 되지 않잖아."

동의를 구한들 어쩌라는 건가 싶었지만 나는 가볍게 고개를 끄덕였다.

"30분쯤 지나서 돌아온 이가라시 씨가 자기 차로 집에 갈 건데, 괜찮으면 자기 집에서 계속 마시자고 하더라고."

"차라고요?"

"응. 이가라시 씨는 자기는 운전해야 하니까 술을 못 마셨지만 이렇게 분위기 좋은데 자기도 마시고 싶다고 했어. 다들 잠깐 서로 쳐다보다가 결국 그러기로 해서 밖으로 나왔거든.

그래서 차를 타고 이가라시 씨 집으로…….”

“잠깐만요. 그때 다에코는 어땠죠?”

“음, 어땠더라? 그때 기억이 별로 없어서. ……응, 맞아. 밖으로 나왔더니 이가라시 씨 차 조수석에 앉아 있었어. 축 늘어져서 말이야. 그때 처음으로 이가라시 씨랑 이치노세 씨가 같은 아파트에 산다는 걸 알았어. 이치노세 씨는 괜찮냐고 물어도 대답을 못 할 만큼 몸이 안 좋은 것 같았어.”

말을 걸어도 대답을 못 할 만큼 몸이 안 좋은 듯했다. 나는 곰곰이 생각했다. 설마 그때 무슨 약이라도 먹인 걸까.

“이치노세 씨는 의외로 술에 약한 모양이지. 조금만 마셔도 금세 자버린다고 했거든. 사실은 그것도 그 사람이 쓰는 수단인가 했는데 거짓말 아니었나 봐. 그래서 과음하고 상태가 안 좋아진 거야.”

“그렇게 많이 마셨어요?”

“글쎄, 어땠더라. 그 정도까지는 아니었던 것 같은데. 신주쿠 2번가의 ‘사테라’란 노래방에 갈 때까진 과음이라고 할 정도는 아니었을걸, 아마.”

“저기요.” 나는 결심하고 그녀에게 물었다. “굉장히 이상한 질문인데, 다에코한테 무슨 약을 먹이거나 한 건 아니었을까요? 이가라시 료지나 사사 씨가.”

구마시로는 눈을 휘둥그렇게 떴다.

“약? 그야 몸이 안 좋다고 이가라시 씨가 안으로 데려갔을 때 뭔가 먹였을 수도 있겠지만 우리야 모르지. 게다가 이치노세 씨는 약 싫어했는걸. 전에 내가 감기 걸렸다고 약국에서 파는 약을 먹으려고 했더니, 생리 전에 시판 감기약을 먹으면 안 된다고 빼앗은 적이 있어. 광고 문구에 넘어가서 시판 약을 아무렇지도 않게 먹는 건 자살 행위라고 한 적도 있고. 당신도 이치노세 씨랑 그런 이야기 해본 적 있을 거 아냐?"

구마시로가 의아한 듯 나를 쳐다봤다. 그녀에게는 내가 다에코와 그렇게 가까운 사이가 아니라는 것을 설명하지 않았다. 나는 하코네 당일치기 여행 이야기를 또 꺼내기 싫어서 어깨를 으쓱했다.

"저도 약 싫어해요."

"역시 그렇구나."

그녀가 안심한 듯 커피잔을 앞으로 끌어당기기에 나는 과감하게 하나 더 물었다.

"이건 더 이상한 질문인데, 술에 타서 먹였을 가능성은 있을까요?"

구마시로는 커피에 우유와 설탕을 듬뿍 넣으며 웃었다.

"절대로 없어. 이치노세 씨가 마시다 남긴 술을 내가 마셨는걸. 하지만 난 가스 자살 같은 거 안 했다고. 몸도 아무렇지도 않았고."

다에코가 마시다 남긴 술을 마셨다고? 내가 다소 어이없어한 것을 알아차렸는지 구마시로는 머리를 긁적이며 헤헤헤

하고 웃었다.

"20세기 중반에 태어난 아버지 밑에서 자란 딸은 진짜 비극이라니까. 절약이 몸에 배거나 낭비벽이 심해지거나 둘 중 하나야. 맨날 옷이랑 액세서리를 사고 아버지한테 혼나는데, 음식을 버리는 것만은 도저히 못 하겠지 뭐야. 배 터져서 죽을 것 같아도 음식이 남아 있으면 끝까지 먹게 된다니까. 술도 마찬가지고. 이치노세 씨의 두 번째 잔이 두 모금쯤 남아 있기에 내가 마셨어. 노래하면 목도 마르겠다."

실제로 쟁반에 수북했던 그녀의 런치는 케이크 빵가루까지 깨끗하게 사라지고 없었다. 나는 웃고는 차갑게 식은 스파게티를 다시 먹기 시작했다.

"이가라시 씨는 엄청 부지런한 사람이더라고. 자기는 한 곡도 부르지 않고 내내 다른 사람들 술만 만들었어. 이치노세 씨한테 여왕님을 모시는 하인 같은 느낌으로 얼마나 잘해주던지. 이치노세 씨가 말하기도 전에 먼저 알아서 선곡까지 해주고 진짜 힘들겠어. 나도 한 번만이라도 좋으니까 누가 그렇게 떠받들어주면 좋겠는데. 그렇게까지 해주는데도 이치노세 씨는 그 사람한테 엄청 쌀쌀맞게 대하는 거야."

"말하기도 전에 선곡까지 해줘요?"

"응. 유밍의 〈후렴이 부르짖는다〉. 이치노세 씨 애창곡이래. 그런 것치곤 별로 잘 부르진 않던데."

그녀는 점점 싫증이 난 듯 빈 커피잔을 만지작거리기 시작했다. 그녀를 기쁘게 해주려고 한 잔 더 마시겠느냐고 권했다. 하지만 이래서는 드는 경비가 막대하다. 다에코도 좀 더 소식하는 사람과 사귀지.

뜨거운 커피를 마시자 구마시로는 다시 누그러져 이야기를 시작했다.

"그래서 다같이 아파트로 갔거든. 그때 이치노세 씨는 이미 혼자선 걷지도 못할 만큼 휘청거려서 에잇, 귀찮아, 하고 이가라시 씨가 어깨에 메고 5층까지 갔어. 이치노세 씨 백에서 열쇠를 꺼내 집에 들어가선 내가 신발이랑 코트를 벗겨서 침대에 눕혔어. 그런 것들은 한꺼번에 머리맡에 놔뒀고. 나머지 두 사람은 현관 앞에서 들어오기 껄끄러워하는 것 같기에 나랑 이가라시 씨가 창문이랑 가스랑 확인하고 밖으로 나와서 문을 잠갔어. 열쇠는 이가라시 씨가 갖고 있다가 다음 날 돌려주겠다고 했어. 이치노세 씨가 곯아떨어져 자는데 문이 열린 채로 그냥 둘 수도 없고, 올바른 행동이었다고 생각해."

또 약간 거북하게 말하기에 저도 그렇게 생각해요, 하고 긍정해 안심시켜주었다. 깊이 생각하는 성격은 아닌지 구마시로는 안심한 듯 고개를 끄덕였다.

"그러곤 이가라시 씨 집에서 술 마시면서 같이 이야기했어. 차를 가져와서 아까 못 마셨던 이가라시 씨는 빠른 속도로 병을 비웠고. 그렇게 재미있었던 게 오랜만이라 나랑 다른 두 사람도 꽤 많이 마셨어. 두 시간쯤 있다가, 응, 1시 지나서였나,

담배도 떨어진 김에 술을 더 사오겠다고 이가라시 씨랑 이나기쿠 씨가 나갔어. 돌아온 건 15분 아니면 20분쯤 뒤. 그런데 둘 다 얼굴이 새파랗게 질려선 이치노세 씨가 자살을 기도했다고……."

"그 두 시간 동안은 아무도 집에서 나가지 않았고요?"

"물론이야. 내내 집에 넷이 같이 있었어. 경찰에서도 확인했지만 틀림없어. 다만 집에 전화가 왔었는데."

"전화요? 누구한테서?"

"거기까진 몰라. 여자 같던데."

구마시로는 스캔들이 반갑기라도 한 듯 생긋 웃었다.

"짐짓 수화기를 가리지 뭐야. 친구가 와 있다고 하면서. 내가 장난으로, 아잉, 료지, 얼른, 하고 큰 소리로 말해줬더니 되게 허둥대더라. 그걸 보고 다같이 웃었어. 여자친구도 있으면서 이치노세 씨한테 알랑거리다니 참 잘나셨네 싶었지만, 뭐, 원래 세상이 그렇지."

이 또한 동의를 구해도 대답하기 곤란한 발언이었지만 하는 수 없으니 고개를 끄덕였다.

"아무튼 그래서 나랑 이나기쿠 씨가 구급차에 같이 타서 병원으로 갔어. 어차피 다음 날이 쉬는 날이긴 했지만, 경찰의 조사를 받으랴, 병원에서 밤을 새우랴, 하여간 재난도 그런 재난이 없었다니까."

예쁜 연보라색 재킷에 홍차를 확 끼얹어줄까 생각했지만

그만두기로 했다. 구마시로가 차가운 사람인 것은 아니다. 나도 타인의 자살 미수 사건에 말려들었다면 말로 표현하지는 않는다 해도 속으로 귀찮다고 느꼈을 게 틀림없다.

"이치노세 씨가 왜 자살하려고 했는지 알아냈어?"

구마시로는 내 감정 따위 무시하고 물었다.

"역시 대기업을 그만두고 우리 같은 작은 회사로 전직한 게 동기였을까? 그렇다고 들었는데."

"그건 절대로 아닐 거예요."

나는 딱 잘라 대답했다.

"그래? 그럼 다행이고. 회사 사람들이 좀 화났거든. 작은 회사인 건 맞지만 이치노세 씨 본인 의사로 온 거잖아. 회사 사람들은 회사 사람들대로 우리 회사에 애착이 있어서 열심히 일하는데. 그런데 자살 미수의 동기라고 하니까 너무 바보 취급하는 거 아니냐고, 그래서 회사 차원에선 병문안도 안 가기로 된 거야. 그럴 만도 하지."

"다에코는 자살 미수가……."

아니에요, 라고 단언하려다가 입을 다물었다.

"누구나 자기 행동을 후회할 수 있겠지만 그것 때문에 자살기도를 하진 않을걸요. 다에코는 대체 어떤 경위로 구마시로 씨 회사에 입사한 건가요?"

"출판부 직원이 그만둬서 구인 광고를 냈어. 하지만 요새 워낙 일할 사람이 없다보니까 사람을 찾지 못해서. 그러다가 이치노세 씨가 취업 정보지를 보고 연락해서 면접 보고 결정됐어. 글씨도 깔끔하고 워드프로세서도 쓸 줄 알고, 시험 삼아 원고를 써보게 시켰는데 익숙한지 잘 썼더라고. 출판 일을 해보고 싶었다는 지원 동기도 뭐, 문제없었고. 자진해서 야근도 하고 일은 확실하게 했어."

점심시간이 한 시간이라 그만 가야 해, 잘 먹었어. 구마시로는 그렇게 말하며 일어섰다.

"마지막으로 하나만 더."

"뭔데? 꼭 형사 콜롬보 같네."

"구마시로 씨, 부적에 관심 있으세요?"

그녀는 길거리에서 느닷없이 신을 믿으십니까? 하고 질문을 받은 사람 같은 표정을 지었다.

"뭐야? 당신 진짜 이치노세 씨 친구 맞아? 설마 가짜 라피스 펜던트라도 팔려는 건 아니겠지? 난 그런 건 전혀 안 믿어. 강매라면 사절이야."

"그런 건……."

"관심이 있었던 건 이치노세 씨일 텐데? 집에 커다란 수정 구슬이 있더라."

구마시로는 내뱉듯이 말하고는 그 이상 나를 거들떠보지도 않고 퀸즈셰프의 자동문에 어깨를 부딪치며 떠났다.

○ 2

이나기쿠 도시히코는 무뚝뚝한 남자였다.

"다에코 씨하고의 관계? 관계랄 것도 없어요. 그날 갑자기 불러내기에 한잔하러 간 것뿐인데요. 재미있는 사람들이라 즐거웠는데 설마 그렇게 될 줄이야."

그러고는 입을 다물어버렸다. 근무 중에 불러낸 내가 잘못이라는 것은 잘 알지만, 고급 중고차를 취급하는 영업사원이라면 가끔 근무 중에 영화 한 편 정도 볼 시간은 있지 않나. 조금쯤 열심히 들어줘도 되지 않나. 나는 편견으로 점철된 노여움을 점점 억누를 수 없었다.

"다에코를 발견했을 때 어떻던가요?"

"이거야 원, 내가 발견한 게 아닌데요."

"어떤 경위로 그렇게 됐죠?"

"이가라시 씨가 나가는 김에 다에코 씨 집에 들러보자고 한 겁니다."

"담배 사러 가는 김에요?"

"네. 알면서 왜 묻죠?"

"그럼 왜 현관을 열어본 거죠?"

"내가 연 게 아닌데요."

그런 건 알거든. 이 남자 머리에 두부가 든 게 틀림없다. 나는 이를 갈고 싶은 것을 꾹 참으며 엄마처럼 자상하게 물었다.

"그럼 왜요?"

"집 앞까지 갔을 때 갑자기 이가라시 씨가 멈춰 서더니 가스 냄새가 난다고 하는 겁니다. 그러니까 경비원을 불러오라고."

"정말 가스 냄새가 났어요?"

"난 비염이라서요. 알레르기 체질이라 봄철 꽃가루 날릴 때도 고생이지만 겨울철 추위도……."

"그렇군요. 힘드시겠어요."

하마터면 그럼 코를 떼어버리시지? 라고 악쓸 뻔했다. 그런데 다정하게 대해준 게 역효과였는지, 이나기쿠는 그로부터 10분도 더 자신이 얼마나 알레르기 때문에 고생했는지, 그 고된 싸움의 역사를 장황하게 늘어놓기 시작했다. 거기에 일일이 추임새를 넣어주며 동정을 표하는 데에 여간 노력이 필요한 게 아니었다. 고등학생 때 별명이 '장례식'인 고전 교사가 있었다. 그건 그의 수업이 장례식의 독경처럼 한없이 졸리고 오래오래 단조롭게 이어지기 때문이었다. 학생들은 그의 수업 시간에 맨정신을 유지할 수 있다면 윤회의 굴레를 벗어나 해탈할 수 있을지도 모른다고 진심으로 생각했다. 설마 사회에 나와서까지 이런 인물과 마주치게 될 줄은 당시 꿈에도 몰랐다. 좌우지간 학생 신분에서만 벗어나면 된다고, 사회에는 더욱 자극과 발전성이 있을 것이라고 믿어 의심치 않았다. 뭐, 꿈은 원래 깨지기 위해 존재한다.

장례식 주니어의 알레르기 이력이 소아 천식, 자가 중독을 거쳐 아토피, 알레르기성 비염에 이르렀을 때 나는 슬그머니 화제를 원래로 되돌렸다.

"그럼 가스 냄새가 전혀 안 났군요?"

"그렇지도 않아요. 나긴 났어요. 나한테는 어렴풋이 나는 정도였지만 내가 맡을 수 있었으니까 꽤 강하게 나지 않았을까요."

그럼 그렇다고 처음부터 말하지? 내 참을성이 한계에 도달하려 하고 있었다.

"그래서 경비원을 부르러 갔단 말이죠?"

"이가라시 씨가 코트 주머니에 들어 있던 다에코 씨 집 열쇠로 문을 열고 들어가는 게 보였어요. 경비원을 데리고 왔더니 이가라시 씨가 복도에서 기침하고 있더군요. 나랑 경비원이 들어갔더니 침대 근처 창문만 약간 열려 있고 어질러진 침대 위에 다에코 씨가 축 늘어져 있었어요."

"가스 밸브는요?"

"이가라시 씨가 잠갔다고 했을걸요. 가스 냄새가 엄청 심해서 경비원도 나도 토할 것 같았죠. 다른 창문까진 미처 못 열었다고 해서 경비원 한 명이 뛰어들어서 부엌이랑 욕실 창문을 열고 환풍기를 틀었어요."

"그러고는요?"

"다같이 다에코 씨를 밖으로 이송해서 응급 처치를 했죠. 한 명이 구급차를 부르러 가고 그동안 우리는 이가라시 씨 집으로 돌아가서 사사 씨랑, 그리고 그……"

이나기쿠가 얼굴을 붉혔다.

"……구마시로 씨한테 알렸어요."

"그렇군요. 많이 놀랐겠네요."

"그러게 말이에요. 그러니까 내가 아니라 사사 씨가 갔으면 좋았을걸. 이가라시 씨가 나한테 같이 편의점에 가자고 하는 바람에."

구마시로에게 마음이 있었다면 이 남자가 그녀와 사사를 둘만 있게 하고 싶지 않았을 만도 하다. 이가라시가 무슨 생각이었는지는 아직 알 수 없지만, 상당히 밀어붙이는 사람이라는 것은 분명한 것 같다.

"고마워요. 아, 맞다. 다에코 집에 수정 구슬이 있었던 거 기억나요?"

"수정 구슬?"

이나기쿠는 어리둥절한 표정을 지었다. 그러더니 안경을 쓴 큰 눈을 껌벅거렸다.

"그러고 보니까 있었던 것도 같은데요. 잘 기억은 안 나지만."

"바쁘신데 시간 내주셔서 고맙습니다. 이나기쿠 씨, 아까 구마시로 구니카 씨도 만났거든요. 이나기쿠 씨를 괜찮은 남자라고 하던데 정말 그러네요. 우수한 영업사원이시겠어요."

아이고, 간지러워라. 간지러운 것을 꾹 참고 비꽈준 것인데,

이건 완전히 불발이었다. 이나기쿠는 비염으로 막힌 코를 벌름거리며 기쁜 듯 말했다.

“그래요? 구마시로 씨가 날 칭찬해줬군요. 맞아요, 실은 내가 우리 영업소에서 실적이 일등이거든요.”

“그, 그런가요. 대단하네요.”

“지난주에도 벤츠를 일곱 대나 팔았죠. 소장님도 칭찬해주셨다고요.”

대체 어떤 얼간이가 이 남자에게 차를 사는지 얼굴을 구경하고 싶었다. 하지만 어쩌면 고객이라는 사람들도 이 남자의 장광설을 견디지 못하고 그만 가주기만 한다면 차 한두 대쯤 사주는 게 무슨 대수랴 하는 심정이었을지도 모른다. 나는 내가 고급 차를 살 만큼 부자가 아니라는 사실을 하늘에 감사하며 이나기쿠와 헤어져 찻집에서 나왔다.

◦ 3

오늘의 메인 이벤트는 이가라시 료지와의 만남이었지만, 그는 퇴근한 뒤인 7시를 약속 시간으로 정한 터라 그때까지 아직 시간이 있었다. 이가라시를 만나기 전에 다에코의 ‘수기’를 다시 한번 검토할 필요가 있었지만, 아침부터 커피에 홍차만 마셨더니 또 찻집에 가기는 싫었다. 식욕은 없었지만 신참

흡혈귀가 느낄 법한 정체불명의 굶주림이 몸 안에 있었다. 기분 전환을 해야겠다고 신주쿠를 정처 없이 걷다가 일단 서점에 들어가 신간을 구경했다.

한 시간쯤 뒤 상당히 묵직해진 가방을 주체하지 못하며 마루노우치 선을 타고 긴자로 향했다. 5시가 넘었다. 긴자는 옷을 두껍게 껴입은 사람들로 흘러넘쳤다. 섣달의 긴자 따위 질색이다. 길 가는 사람들이 모두 욕심에 사로잡힌 것처럼 보인다. 그러는 나 자신은 타인의 눈에 뭔가가 결여된 것처럼, 모자란 것처럼 보이려나 생각하니 구역질이 났다.

적당히 걷다가 가까스로 한산한 찻집을 발견해 들어가서 '수기'를 폈다. 담배를 피우며 다시 한번 읽었다. 머릿속에 들러붙은 수수께끼는 읽으면 읽을수록 더 알 수 없어졌다.

다에코는 대체 무슨 목적으로 이 '수기'를 쓴 걸까. 세누마가 썼다고 보이는 부분은 정말 그가 쓴 걸까. '수기'는 당신이 쓴 거지? 라는 물음에 세누마는 긍정했지만, 그가 말하는 '수기'와 내가 가진 것이 동일하다는 보장은 없다. 다에코는 자기 주변에 대해 카드를 셔플하듯 섞어서 썼다. 그렇다면 다에코가 세누마의 '수기'도 지어냈을 가능성이 있지 않을까.

그런 생각까지 한다면 끝이 없다. 나는 머리를 흔들고 체로키 담배 필터를 씹었다. 세누마에 관한 부분은 일단 밀어놓고 다에코에 관한 부분만 다시 읽어보자.

다시 읽으면서 하나 확실해진 게 있었다. 다에코의 집에 걸려온 장난 전화는 세누마가 건 게 아니라는 것이다. 그는 이치노세 다에코의 이름도 잘 기억하지 못할 정도였다. 게다가 만약 그가 다에코를 노리고 있었다면, 장난 전화가 아니라 그의 주특기인 독으로 다에코를 제압했을 것이다.

그렇다면 이 장난 전화는 대체 뭐였을까. '손을 떼라'라는 말은.

'수기' 내에서 한정해 다에코의 생활에 관해 생각할 수 있는 것은 그 밖에 하나뿐. '행운의 돌' 이야기다. 뜬금없이 등장해서 해결도 되지 않은 채 끝나는 '행운의 돌'에 관한 에피소드. 구마시로가 부적을 소개해 회사 내에서도 판매하고 있다는 것. 도모요의 정리된 책상 속에 어째선지 부자연스럽게도 직접 만든 부적 광고지가 들어 있었다는 것.

하지만 현실에서 구마시로는 부적과 연관이 없다. 뿐만 아니라 주오 상사(다에코가 이시이 도모요 사건을 조사하기 위해 잠입한 대기업은 주오 상사가 모델이라 봐도 될 것이다) 직원도 아니다. 게다가 구마시로는 부적에 관심이 있었던 사람은 다에코였다고 말했다. 집에 수정 구슬이 있었다고.

나는 끝까지 타들어가 손가락을 그슬리기 시작한 담배를 허둥지둥 재떨이에 떨어뜨렸다. 옆자리에 앉은 커플이 나를 보며 짐짓 킥킥 웃었다. 나는 볼품이 없어 출하할 수 없는 귤이라도 보는 것처럼 그들을 쳐다봐주고는 다시 '수기'로 시선을 돌렸다.

집에 수정 구슬? 나는 못 봤는데. 그런 게 집에 있었던가?

구마시로는 나와 마찬가지로 그 집에 한 번 들어갔다. 이나기쿠도 그렇다. 그런 두 사람이 봤는데 나는 보지 못했다. 내가 들어갔을 때 수정 구슬 따위 전혀 보이지 않았다. 언니인 하쓰코가 가져갔을까. 아니, 그럴 리 없다. 그녀는 다에코의 물건에 손대기 싫은 눈치였다. 유품이라는 핑계를 대며 감정서가 있는 다이아몬드를 가져가라고 권했을 정도다.

이가라시다. 답은 그것뿐이다. 그가 가져간 게 틀림없다. 하지만 어째서? 왜 수정 구슬을 가져가야 했을까. 게다가……. 방금 깨달았는데 다에코는 보석이 많았다. 거기에 그 비싼 아파트. 입금된 3백만 엔. 아무리 일류 기업에 다녔다지만 월급이 그렇게 많았을 리 없다. 물론 다에코는 남자들에게 인기가 많았으니 그들에게 이것저것 받았다 해도 이상할 것 없다. 하지만 그것도 한도가 있을 것이다. 그녀는 대체 무슨 수로 그렇게 값비싼 물건들에 둘러싸여 생활할 수 있었나.

나는 흠칫해서 고개를 들었다. '행운의 돌'이다. '수기'에서는 구마시로가 판매에 직접 관여했다고 되어 있었다. 그게 거짓이라는 것은 틀림없다. 하지만 완전한 거짓은 아니었다. 구마시로를 다에코로 바꾸면 된다. 다에코가 '행운의 돌' 판매에 관여하고 있었다면. 그녀가 판매 창구로서 주오 상사에서 영업하고 있었다면 말이 된다.

앞뒤는 맞는다. 그녀는 세컨드 잡으로 부수입을 올리고 있었다. 보석 판매의 흑막은 이가라시. 보석 판매 사실을 감추기 위해 수정 구슬을 가져간 것이다. 큰 수정 구슬이 다에코의 집에 있는 것을 주오 상사 사람이 보면, 그런데 그 인물이 다에코의 권유로 보석을 산 사람이라면, 그녀가 보석 판매에 관여됐다는 것을 알아차릴지도 모르기 때문이다. 큰 아파트에 혼자 살았고 그것도 이가라시와 같은 아파트라면, 이가라시도 보석 판매에 관여했다 생각하는 사람이 나타나도 이상할 것 없다. 그런 사태를 막기 위해 이가라시는 수정 구슬을 감췄다.

주오 상사 전무의 아들, 언젠가는 임원이 될 남자가 회사 몰래 세컨드 잡을 가졌다는 게 알려지면 체면도 깎인다. 회사에 알려졌다간 퇴직 처분을 받을 가능성도 있다. 아버지 입장도 미묘해질 것이다. 어엿한 동기다.

다에코의 '수기'가 없고 집에 수정 구슬이 없으면, 적어도 다에코의 '살인 미수'가 '자살 미수'로 남아 있는 이상, 보석 판매 조직과 이가라시의 관계를 알아차릴 사람은 나타나지 않았을 것이다. 이 '수기'가 없다면.

나는 둘둘 만 '수기'를 꽉 움켜쥐었다.

다에코는 역시 순전한 거짓말을 엉터리로 꾸며낸 게 아니었다. 그녀는 이 '수기' 속에 자신이 처한 상황과 품고 있던 생각을 모두 기록한 것이었다.

◦ 4

약속한 시간보다 많이 늦게 가게에 들어섰다. 목구멍에 뭐라 말할 수 없는 불길한 덩어리가 있어 어쩐지 불안했다. 이가라시에게 뭐라 말을 꺼내면 좋을까. 당신이 보석 판매의 흑막이죠? 다에코가 자살한 것처럼 꾸며 죽이려고 했죠? 그런 말을 할 수 있을 리 없었다. 내가 거기까지 눈치챘다는 것을 상대방에게 들키면 안 된다. 적어도 그가 어떻게 다에코에게 그런 짓을 했는지 방법을 알아내기 전까지는 섣불리 말해서는 안 된다.

다시 서점에 들러 법의학 책을 읽었다. 현재 도시가스는 일산화탄소 함유량이 적기 때문에 죽을 수 없다는 것은 사실인 듯했다. 이가라시는 가스 회사에서 아르바이트를 한 적이 있으니 알고 있었을 것이다. 그런데 왜 그 방법을 썼는지 그것도 알 수 없었다.

다만 함유량이 적다 해도 과하게 마시면 혈중 산소가 감소해 식물인간이 된다. 죽이지 않아도 그 사람의 움직임을 멈출 수는 있다. 혈중 산소량을 떨어뜨려 뇌 기능에 손상을 줄 수 있다면 그 사람의 증언 능력은 없어진다. 요는 다에코를 저세상으로 보내지 않아도 이가라시에게 불리한 말을 못 하게만 하면 그만이다.

거기까지 생각했다가 더없이 화가 났다. 크리스마스를 앞두고 흥청대는 긴자의 인파 속을 걸으며 나는 이런 거리 따위 당장 없어져버리라고 생각했다. 크리스마스 케이크 따위 죄 상해버려라. 기성품 커플 따위 죽어버려라. 네온은 폭발하고, 술집을 떠도는 직장인 따위 과음한 끝에 서로 싸우다가 깡그리 죽어버리면 아주 속이 시원하겠다고 생각했다. 마음을 진정시키는 데 생각보다 시간이 걸렸다. 나는 아마, 절대로 탐정이 될 수 없을 것이다. 리키야 말이 맞았다.

약속한 잡지를 들고 즐겁게 이야기하는 사람들을 입구에서 막연히 둘러보고 있으려니 키 큰 남자가 다가왔다.

"와카타케 씨." 그는 말했다. "이가라시입니다."

나는 멍하니 그를 올려다봤다. 그러다가 정신을 차리고 머리를 숙여 인사했다.

"제가 뵙자고 해놓고 늦어서 죄송합니다."

자리에 앉아 술이 세지 않아서요, 라며 그가 권하는 위스키를 거절했다. 작은 잔에 맥주를 받은 뒤 다시금 그를 바라봤다. 이 인간이 다에코를 죽이려 한 것이다.

그때 내 심정으로는 상대방이 관음보살님이었어도 터무니없는 악당처럼 보였을 게 틀림없다. 이가라시는 감색 양복을 단정하게 입고 색다른 디자인의 골드그린 넥타이를 매고 큰 다이아몬드 타이핀을 꽂았다. 특이한 화장수 향이 났다. 가는 눈썹, 반듯한 이목구비, 조금 볕에 그은 까무잡잡한 피부. 밤이 다 됐는데도 갓 면도한 것처럼 반들거리는 턱이 빛을 반사했다.

기다리는 동안 이미 마셨는지 눈 주위가 불그레했다. 간단한 자기소개를 마친 뒤 나는 각오를 다졌다. 어쨌거나 부딪쳐 보자. 실패한들 무슨 상관인가. 이 녀석을 동요하게 해보자.

심호흡하고 말을 꺼내려 한 순간 이가라시가 입을 열었다.

"와카타케 씨는 다에코 친구라죠?"

"……네."

"정말이에요?"

어이구, 또 하코네 이야기를 할지 말지를 생각해야 하나.

"정말입니다. 제가 다에코 친구면 안 되나요?"

"그렇게 시비조로 말할 건 없는데."

이가라시는 술을 쭉 들이켜 잔을 비우고는 새 술을 들고 다가온 종업원에게 진하게 달라고 지시한 다음 말했다.

"시비 거는 게 아니에요. 그저 제가 다에코 친구라고 자기소개를 하면 다들 하나같이 정말이냐고 물어서 말이죠. 사실은 좀 넌더리가 나는군요. 제가 다에코 친구면 뭐 이상한 거라도 있나요?"

"이상하죠. 엄청 이상합니다."

이가라시는 웃었다.

"스스로 생각해도 이상하지 않아요? 대체 왜 다에코 친구인 거죠?"

"왜라뇨……. 친구에 이유가 필요한가요?"

"필요하죠. 다에코도 자기가 동성한테 미움받는 타입이라고 말했거든요. 미인을 싫어하지 않는 여자는 없어요. 하지만 내 생각에 다에코가 미움받았던 가장 큰 원인은 그 입입니다."

"입?"

"시치미 뗄 거 없어요. 죽은 사람 험담하는 건 아니잖습니까? 다에코는 아직 죽지 않았으니까."

말 안 해도 안다.

"그렇게 대단한 거짓말을 한 적이 있습니까?"

"회사에선 다에코가 거짓말쟁이라고 소문이 자자합니다……. 여자들 사이에서 그런 거지만. 하지만 전 그 정도 거짓말은 귀엽다고 생각했거든요. 남자라면 누구나 용서할 수 있는 정도의 거짓말이잖아요. 자기를 살짝 포장하기 위한 거짓말이니까요. 당신한테는 어떤 거짓말을 했죠?"

"저한테는 거짓말한 적 없어요."

"네? 거짓말 아니고?"

하코네 유람선 위에서 본 학생풍 커플이 얼핏 뇌리에 떠올랐지만 나는 잠자코 있었다. 이가라시는 미간에 주름을 잡고 다소 불쾌한 듯 나를 쳐다봤다.

"와카타케 씨, 정말 다에코 친구였어요? 뭐, 많지는 않아도 다에코한테도 친구란 이름의 아는 사람 정도는 있었지만 당신 같은 타입이 다에코 친구라니, 이것 참."

"이상해요?"

"이상하다고 할지. 친구의 수수께끼 같은 자살 미수를 조사하는 친구는 보통 추리소설에나 등장하는 거잖아요."

"인식 부족이군요. 여기 한 명 있잖아요."

이가라시는 진기한 동물이라도 보듯 나를 바라봤다.

"다에코하고 꽤 오래 알고 지낸 사이인데 당신 이야기는 들어본 적이 없는데요."

"당신이 친구가 아니라서 말 안 했겠죠."

한 방 먹여줬다. 이가라시의 얼굴은 그 순간 소름 끼칠 만큼 굳었다. 내가 말해놓고 나도 모르게 엉거주춤 일어섰을 정도였다. 그에게 딱 붙어서 새 술을 만들고 있던 종업원이 섬뜩해하는 표정으로 나와 그를 번갈아보고는 얼른 다른 곳으로 가버렸다.

이가라시는 목구멍 깊은 곳에서 헛기침을 하고 천천히 일어섰다. 의자를 뒤로 걷어차 밀어내고는 내가 앉은 소파 옆에 털썩 앉았다.

"마음에 들었어."

"네?"

"마음에 들었다고. 당신 다에코 친구 맞네. 그 정도는 말할 수 있어야 다에코하고 대등하게 맞설 수 있었을 테니까. 미안해. 혹시 다에코의 자살을 조사하는 잡지사 자유기고가의 관계자가 아닌가 싶었거든."

그렇게 말하며 내 뒤로 손을 두르고 가까이 다가앉았다.

웩. 원래도 남과 들러붙는 것을 그리 좋아하지 않는다. 살인자가 들러붙는 것은 더 싫다. 하지만 이 남자의 꼬리를 잡아야 하는 상황이다. 이 역시 싫어하지만 참자, 인내, 같은 말이 뇌리를 맴돌았다.

"자유기고가요?"

"그래. 징그럽게 수염을 기른 영 불결한 남자지. 나한테 딱 달라붙어서 귓가에서 속삭이는 거야. 이치노세 다에코에 관해 뭔가 알지? 하고."

그러면서 이가라시는 내 귓가에 똑같이 속삭였다. 온몸에 소름이 돋았다. 차, 참자. 인내다, 인내.

"뭔가 아세요?"

"그럼요, 아시고말고요. 다에코의 오른쪽 엉덩이에 점이 세 개 나란히 있다는 것. 왼쪽 귀에 숨을 불면 민감하게 반응한다는 것. 또……."

이가라시는 내 손을 잡았다.

"손을 잡으면 소름이 돋는 것. 저런, 당신도 소름이 돋았네. 괜찮아?"

우, 우와. 틀렸다, 이제 한계다. 내가 나도 모르게 맥주병에 손을 뻗으려 했을 때 가게 어딘가에서 쨍그랑 하고 유리 깨지는 소리가 들렸다. 이가라시가 손을 놓은 틈을 타서 소파 끄트머리로 몸을 옮겨 이가라시를 향해 돌아앉았다.

"실은 다에코가 그렇게 된 다음 우리 집에 다에코한테서 편지가 왔거든요."

소리가 들린 쪽을 쳐다보던 이가라시는 빳빳하게 굳어 천천히 나를 돌아봤다.

"편지?"

"네, 다에코가 보낸 편지요."

이가라시는 얼굴을 숙인 채 얼마 동안 뭔가 생각했다. 그러더니 천천히 말했다.

"뭐라고 쓰여 있었지?"

"우리 회사에 관찰자가 있다. 관찰자요, 실행자요, 지배자가."

이가라시는 나를 뚫어지게 응시했다. 그러더니 손을 뻗어 잔을 들었다.

"관찰자, 실행자, 지배자."

중얼중얼 몇 번 반복했다. 이가라시의 몸이 순식간에 경직됐다.

"뭔가 짚이는 데가 있나요?" 나는 말했다. "이가라시 씨."

대답은 없었다. 울음소리 같은 것이 얼굴을 숙인 그의 목에서 새어 나왔다. 그는 갑자기 몸을 일으키더니 소파에 벌렁 나자빠져 웃기 시작했다. 내가 모르는 일에 대해 남이 웃는 게 나는 제일 싫다. 뒤로 나자빠진 채 몸을 흔들며 웃는 이가라시의 눈앞에 놓인 손을 탁 때렸다.

"짚이는 데가 있으면 가르쳐줘요. 대체 뭔가요?"

"그게 다에코의 유서군."

이가라시는 한 팔로 눈을 가리며 말했다.

"유서? 그럴 리 있어요?"

"아니, 유서야. 그래, 다에코는 당신한테 유서를 남겼군. 그래, 그렇군."

"유서 같은 소리 마."

나는 여전히 몸을 흔들며 웃는 이가라시에게 이를 악문 채 말했다.

"유서 같은 소리 말라고. 다에코는 자살을 기도한 게 아냐. 살해될 뻔한 거라고."

눈을 가린 채 이가라시는 대답하지 않았다.

"당신이 그런 거지? 당신이 다에코를 죽이려고 했어. 다에코한테 약점을 잡혀서……."

말하다 말고 흠칫했다. 다에코. 당신 혹시 이 남자를 협박한 거야? 3백만 엔은 협박해서 뜯어낸 돈이었다.

설마.

"이가라시 씨, 대답해줘. 관찰자, 실행자, 지배자란 건 혹시…… 혹시 다에코 본인 이야기였어?"

이가라시는 여전히 이따금 발작처럼 몸을 흔들다가 이윽고 팔을 얼굴에서 떼고 일어나 앉았다.

"그랬다면?"

이가라시는 입술을 일그러뜨리며 내 눈을 한순간 강렬하게 들여다본 뒤 위스키를 콸콸 따랐다. 그리고 손에 든 잔을 천천히 흔들며 그것을 응시했다. 마치 그 안에 세계의 모든 것이 녹아 있는 것처럼.

"그랬다면 다에코는 당신을 협박한 거야."

"협박? 험악한 이야기를 하는군. 왜 다에코가 날 협박하지?"

보석 판매 이야기를 해야 할지 잠시 망설였다. 이가라시는 코웃음을 쳤다.

"다에코가 왜 날 협박하는데? 당신 진짜 다에코 친구 맞아? 다에코는 착한 사람이었어. 무슨 일이 있어도 남을 협박하거나 돈을 요구할 여자가 아니었다고. 게다가 만에 하나 다에코가 날 협박했다 쳐. 그렇다고 내가 돈을 줄 것 같아? 다에코는 거짓말쟁이란 말을 들었다고. 무슨 말을 한들 다에코의 거짓말이라고 우기면 그만이야."

나는 할 말을 잃었다.

"당신 성격 한번 대단하군. 아무 말도 할 수 없게 된 다에코한테 협박죄를 덮어씌울 생각인가? 그러면서 자기는 이치노세 다에코의 하나뿐인 친구입네 하는 표정을 짓는단 말이지. 뭐, 됐어. 난 그런 성격 나쁜 여자 좋아하니까. 다에코도 친구 하나 잘 뒀네."

"그럼 대체 왜 웃은 거야? 어째서 관찰자, 실행자, 지배자란 말이 다에코의 유서라고 했어? 우리 회사에 관찰자, 실행자, 지배자가 있다는 말이 어째서 다에코의 유서가 되는 건데?"

"우리 회사라고 쓰여 있었다며? 그때 다에코가 일하던 곳은 내가 다니는 회사, 주오 상사가 아니라 작은 업계 신문사였어. 그에 관한 건 그래, 구마시로였던가? 그 사람한테 물어보라고. 다에코는 그 회사에서 무슨 몹쓸 일을 당했나 보지."

하느님. 이 남자 때려도 될까요. 아니, 안 된다. 나는 입술을 깨물었다. 이 인간이 다에코에게 뭘 했는지, 무슨 짓을 했는지 확실히 밝혀내야 한다. 하도 많이 참아서 지금쯤 내 간은 입이 비뚤어질 만큼 쓰디쓸 것이다.

"그럼 왜 웃은 거죠?"

"내가 웃었어? 운 거야. 얼굴은 웃지만 마음은 운다고 하잖아, 옛말에."

이가라시는 태연한 표정으로 그렇게 말하고는 마치 물이라도 마시듯 위스키 잔을 비웠다.

"참 슬픈 일이지. 다에코도 주오 상사를 그만두지만 않았으면 자살 같은 거 안 해도 됐을 텐데."

"다에코는 대체 왜 주오 상사를 그만둔 건가요?"

"글쎄. 그건 당신이 더 잘 알지 않을까. 어쨌거나 다에코의 유일한 친구였으니까."

이가라시는 거리를 단숨에 좁혀 술내 나는 입김을 내 귀에 불었다.

"와카타케 씨, 다에코의 유서, 나한테도 보여줘."

그러면서 어깨를 끌어안았다. 보기보다 센 힘으로 어깨를 붙들려 하마터면 비명을 지를 뻔했다.

"이거 놔요."

"에이, 뭘 그렇게 빼고 그러시나."

사극에 나오는 악덕 사또도 이것보다는 더 멀쩡하게 말하겠다. 나는 내 어깨를 붙든 손을 있는 힘껏 손톱으로 찔렀다. 이가라시는 입 속으로 투덜거리며 나에게서 떨어졌다.

"이가라시 씨, 하나 궁금한 게 있어요." 나는 가까스로 자세를 바로했다. "수정 구슬 말인데요."

이가라시는 파충류 같은 눈을 번득였다.

"다에코 집에 수정 구슬이 있었다죠? 구마시로도 이나기쿠도 봤다고 하더군요. 그런데 사건이 있고 나서 그 집에 잠깐 들어갔을 뿐인 두 사람이 기억할 만큼 큰 수정 구슬이 행방불명됐거든요. 대체 누가 가져갔을까요?"

"가져갔다고?"

"설마 수정 구슬이 스스로 걸어 나갔을 린 없잖아요?"

나는 미지근해진 맥주를 한 모금 쭈욱 마셨다.

"다에코의 사건이랑 수정 구슬이 무슨 관련이 있는 게 아닐까요? 수정 구슬을 집에 장식했을 정도니까 아마 힐링 굿즈에도 관심이 있었겠죠. 다에코의 집에 딱 한 번 갔을 뿐이고 그것도 사건 두 시간 전에 들어갔던 구마시로가 기억하는 수정 구슬. 그게 어째서 행방불명됐을까요? 수정 구슬로 뭔가가 연상되면 곤란한 사람이라도 있는 걸까요?"

이가라시는 내 손에서 맥주잔을 빼앗았다.

"와카타케 씨, 다에코의 유서에 아까 그 말 말고 또 다른 것도 있었어?"

"다른 것? 다른 것이라뇨?"

나는 시치미 뗐다. 이가라시의 몸이 그 순간 살의로 급격히 팽창한 듯 보였다. 나도 모르게 경계했을 때 실내에 흐르던 음악이 뚝 그쳤다. 조명이 더 어두워지고 작은 무대에 검은 롱드레스를 입은 여자가 나타나 천장에서 쏟아지는 빛의 띠 중앙으로 나와 낮은 목소리로 노래하기 시작했다.

"……다에코."

나도 모르게 멍하니 중얼거렸다. 긴 갈색 머리, 마이크를 잡은 큰 손가락. 와인레드로 칠한 손톱, 나긋나긋한 몸매. 장소도, 시간도, 복장도 물론 달랐지만 하코네 유람선에서 구름 사이로 비쳐드는 빛을 받으며 손가락을 똑바로 쳐들고 웃던 다에코와 똑같았다.

나는 세게 머리를 흔들었다. 조금 허스키한 목소리의 샹송. 저음부에서 천천히 높아지는 목소리. 다시 보니 가수는 다에코와 조금도 비슷하지 않았다. 다에코보다 얼굴이 둥글고, 살짝 벌린 입술 사이로 꿈처럼 노래를 자아냈다. 이가라시를 봤다. 그도 마음을 빼앗긴 양 가수를 응시하고 있었다. 아주 잠깐, 이가라시를 미워할 수 없었다. 몇 초간 사건에 대한 노여움이 사라지고 노래의 정령이 슬픔만을 불러일으켰다.

모두가 말을 멈추고 홀린 듯이 멜로디를 들었다. 천사가 너무 많이 지나갔다(대화가 갑자기 끊어져 침묵이 흐르는 것을 이르는 프랑스 속담-옮긴이). 견딜 수 없어진 나는 일어나 화장실로 갔다. 찬물로 손을 씻고 차가워진 손을 얼굴에 갖다 댔다.

화장실에서 나오니 가수는 생긋 웃으며 인사하고 있었다. 열화와 같지는 않아도 진심 어린 박수가 나왔다.

"이제 이틀만 있으면 크리스마스이브죠. 조금 이르지만 여러분, 메리 크리스마스."

그녀는 노래할 때와 같은 낮고 부드러운 목소리로 인사했다. 메리 크리스마스. 나지막이 대답하며 자리로 돌아왔다. 이가라시는 넥타이를 늦추고 축축한 눈으로 나를 보며 살짝 웃었다. 나는 고개를 끄덕였다. 다른 사람 눈에는 마치 빼도 박도 못할 공범 관계처럼 보였을지 모른다.

"와카타케 씨는 내가 다에코를 죽이려 했다고 생각하는 거지?"

이가라시는 새로 주문한 듯한 화이트와인을 꼼짝 않고 쳐다보며 말했다.

"아닌가요?"

"당연히 아니야. 난 다에코를 해치겠다는 생각은 한 번도 해본 적이 없어. 다에코는 자살을 기도한 거야. 집은 밀실 상태였어. 드나든 사람이 아무도 없다는 건 경비원도 확인한 사실이야. 두 시간 동안 난 내 집에 있었어. 증인은 벌써 만났을 거 아냐? 그렇게 된 거야. 다에코는 자살을 기도했어. 그걸로 됐잖아."

"아뇨."

나도 모르게 커진 목소리를 허둥지둥 낮추었다. 가수는 다음 노래를 부르고 있었다.

"이가라시 씨, 왜 다에코 집에서 수정 구슬을 가져간 건가요?"

"수정 구슬? 아아, 그랬지. 내가 다에코 집에서 수정 구슬을 가지고 나왔어."

"수정 구슬이 다에코랑 보석 판매 조직의 관여를 시사하기 때문이죠?"

이가라시는 얼굴을 들어 이번에는 조용히 웃기 시작했다.

"당신 정말 바보군. 보석 판매 조직? 웃기지 마."

"당신한테 바보란 소리 들을 이유가 없어요."

"성격이 나쁜 데다가 바보. 점점 마음에 드는데."

나는 눈앞에 있던, 새로 따른 듯한 맥주를 단숨에 다 마셨다. 묘하게 단 맛이 났다.

"그럼 왜 수정 구슬을 가져간 거죠?"

"무슨 말인지 모르겠는데."

화내지 마라. 화내면 안 된다. 냉정하고 사무적으로 대하자.

"그럼 질문을 바꿀게요. 나쓰하라 오사무가 누군가요?"

나는 그를 향해 돌아앉았다. 이가라시는 들고 있던 와인을 느닷없이 내 얼굴에 끼얹었다.

"먼저 일어나지. 계산은 내가 해둘게."

앞머리에서 와인을 뚝뚝 흘리며 멍하니 앉아 있는데 또 어딘가에서 유리 깨지는 소리와 작은 비명이 들려왔다. 달려온 웨이터에게서 물수건을 받아 얼굴을 닦았다. 선수를 빼앗겼다. 참지 말고 때릴 걸 그랬다. 그렇지만 그는 대체 왜 갑자기 화를 낸 걸까. 동요하는 기색을 내비치기 전에 돌연히 화낸 것은 대체 왜?

아직 여드름이 남아 있는 웨이터가 내 얼굴색을 살피며 주위에 쏟아진 와인을 닦았다. 나는 정신을 차리고 자세를 바로 하며 얼굴에 와인을 맞는 것쯤 늘 있는 일이거든, 하는 표정을 애써 지었다.

"청주 팩이란 게 미용에 좋다던데 와인 팩은 어떠려나."

어깨를 으쓱하며 그렇게 말하자 그는 씩 웃으며 대답했다.

"어쨌거나 크리스마스에 어울리긴 하네요."

◦ 5

한잔 걸친 사람들은 줄어들기는커녕 점점 늘어가는 듯했다. 나는 밤바람을 맞으며 역으로 향했다. 얼굴에서 온통 와인 냄새가 났다. 끈적거리는 앞머리를 연신 잡아당기며 나는 흐리멍덩한 머리로 걸었다. 맥주 두 잔 마셨을 뿐인데 점점 취기가 올라 잠이 쏟아졌다. 나는 포플러에 기대서서 얼마동안 눈앞을 오가는 사람들을 바라봤다. 이미 문을 닫은 건물의 작은 공터에 추운 듯이 웅크리고 앉은 여자애들이 있었다. 카세트 플레이어를 중앙에 놓고 뭐라 이야기하며 발로 리듬을 맞추고 있다. 그중 몇 명이 나를 보나 싶었더니 분홍과 금색 머리에 장미색으로 입술을 바른, 극락의 꽃밭 같은 색조의 여자애가 다가와 "아줌마" 하고 불렀다. "담배 있어?"

나는 잠자코 코트 주머니에서 체로키를 꺼내 한 대 주고 나도 한 대 빼서 불을 붙였다. 푹신푹신해진 뇌에 니코틴 냄새가 스며드는 듯했다.

"아줌마, 애인한테 차였어?"

영화 장면에서나 봤을 것처럼 근사하게 입에 담배를 문 채 그녀가 말했다.

"아니."

나는 귀찮아서 대충 대답했다.

"남자한테 관심 없어?"

"아니."

"여자라도 괜찮으면 상대해줄 수도 있는데. 아줌마는 예쁘니까 2만만 받을게."

나는 사레가 들려 기침했다. 열다섯 살쯤 됐을까, 자세히 보니 귀엽게 생긴 여자애는 기대에 차 눈을 크게 뜨고 있었다.

"오늘 들은 말 중에 제일 눈물 나는 말인데, 미안하지만 그런 취미는 없어서."

"쳇. 괜찮은 봉을 잡은 줄 알았더니."

"내가 단속 나온 사람이면 어쩌려고?"

"아줌마가? 그럴 리 없잖아."

딱 잘라 부정하고는 담배 연기를 후우 뱉어냈다.

"그런 사람은 더 자신 넘치는 표정이라고. 자기는 옳다고 얼굴에 쓰고 돌아다녀. 아줌마는 그런 느낌이 전혀 아닌걸."

"쳇."

이번에는 내가 혀를 찰 차례였다. 그녀는 광택 나는 보라색 야구점퍼를 입은 몸을 꺾으며 요란하게 웃었다.

"담배 더 있어?"

코트 주머니를 뒤지는데 여자애가 느닷없이 내게 매달렸다. 이상하네, 지금까지 동성이 관심을 보인 적 없는데, 라고 생각했을 때, 기대고 있던 포플러에 뭔가가 날아왔다. 맥주병이 땅에 떨어져 깨졌다. 어디서 던진 건지, 이런 것을 직격으로 맞았다간 무사하지 못할 것이다.

"아줌마, 역시 단속반하곤 거리가 머네."

나를 일으켜 세워주며 여자애가 말했다.

"웬 변태야? 아줌마를 노리고 던진 거야."

"던, 던진 녀석은 어, 어디 갔어?"

나는 몸을 일으켰다.

"벌써 저기 길목 돌아서 도망쳤어."

나는 숨을 내뱉었다. 얼핏 보니 카세트 플레이어를 둘러싼 여자애들이 이상한 듯 나를 바라보고 있었다.

"얼굴은 봤고?"

"어둡잖아. 그렇지만 젊은 남자 같았어."

이가라시다. 와인을 끼얹은 것만으로는 성이 풀리지 않았나 보다. 그때 커다란 몸집으로 주위에 바람을 일으키며 리키야가 달려왔다.

"타케, 괜찮아?"

"응, 덕분에. 얘 덕분에 살았어."

리키야의 이마에 땀이 맺혀 있었다.

"어이구, 다행이다."

"내내 미행했지?"

리키야는 겸연쩍은 표정을 지었다.

"알고 있었어. 유난스레 유리 깨지는 소리가 들렸는걸. 하지만 막상 중요한 땐 없다니까."

"깨뜨린 잔을 변상하는 것 때문에 좀 옥신각신하느라."

리키야는 개구쟁이가 귀 만지는 것을 참는 대형견 같은 눈으로 나를 봤다. 나와 리키야를 번갈아 보던 여자애가 자, 그러지들 마시고, 라며 묘하게 어른스러운 몸짓으로 끼어들었다.

"무사했으니까 됐잖아. 그나저나 담배."

내가 담배를 내밀자 리키야가 무서운 표정으로 빼앗았다.

"이런 어린애한테 담배를 줘서 어쩌려고."

"뭐 어때? 나도 얘 나이 때부터 피웠는데."

"아저씨, 그렇게 딱딱하게 굴지 말고."

"누가 아저씨야. 난 아직 서른도 안 됐다고."

"그런 사소한 걸 자꾸 따지면 빨리 늙어. 그렇게 재미없는 소리만 자꾸 하면 이 아줌마한테 버림받을걸."

리키야는 밤눈에도 알 수 있을 만큼 빨개졌다. 나는 그녀와 마주 보며 씩 웃었다.

"생명의 은인은 배 안 고파?"

"엄청 고파. 아침부터 먹은 게 별로 없어."

"햄버거라도 괜찮으면 사줄게."

"진짜?"

그녀는 무척 기쁜 듯 웃더니 가라테 달인 저리 가라 싶게 전광석화 같은 속도로 리키야에게서 담배를 빼앗았다.

"감자 추가해도 돼?"

◦ 6

"네가 마신 맥주에 이가라시 그 녀석이 분말 포카리스웨트를 넣었어."

여자애와 헤어져 밤길을 나란히 걷는데 리키야가 말했다.

"포카리스웨트?"

"응. 그런 알칼리 이온 음료를 알코올하고 같이 마시면 알코올 성분 흡수가 빨라지거든. 그러니까 많이 마시지 않아도 빨리 취해. 여자를 취하게 하는 가장 간단하고 안전한 방법이겠지. 대학교 때 술자리에서 장난으로 종종 썼던 수법이야. 후배가 마시는 술에 몰래 탄다든지. 그래서 녀석이 뭔가 하겠구나 싶었던 거야. 내가 가게에 있다는 걸 알고 있었으면 좀 기다려주지 그랬어."

"잠깐만. 그럼 혹시 이가라시는 다에코한테 알칼리 이온 음료가 든 술을 먹여서 빨리 취하게 한 거 아냐?"

"그렇겠지. 다에코 씨를 취하게 할 필요가 있었던 거야."

우리는 얼마동안 말없이 걸었다. 반짝이는 네온 나무들이 인적이 뜸해진 길을 비추었다. 차가운 겨울 공기는 거리에 웅크린 채 얼굴 주변에만 천천히 작은 바람을 일으켰다.

"문제는 어떻게 가스를 틀었느냐 하는 거네. 열쇠는 이가라시가 갖고 있었지만 문제의 두 시간에 해당하는 알리바이는 완벽하니까 뭔가 장치를 이용한 걸까. 처음엔 이가라시만 집에 들어갔으니까 장치를 제거할 시간은 있었을 수도 있어."

"하지만 집 안에 가스가 가득한데 작업하기는 쉽지 않을걸. 이나기쿠가 경비원을 부르러 갔다가 돌아올 때까지 3분 이상 걸리진 않았을 거라고. 그런 단시간에 가령 몰래 장치해놨던 가스통을 끌어내서 숨기거나 하는 건 무리일 텐데."

"그러게. 하지만 인사불성으로 취한 다에코를 집으로 데려가 침대에 눕히고 혼자 있게 해놓고는 다른 사람들이 자기 알리바이를 증명하게 한 거잖아. 이가라시가 뭔가 꾸미고 있었다는 건 틀림없지 않아? 맞다, 마음에 걸리는 게 있는데."

"다에코 씨가 왜 구마시로랑 이나기쿠를 불렀느냐 하는 거지?"

"응. 두 사람 말이 맞는다면 그때 두 사람이 거기 가게 된 건 완전히 우연이었어. 적어도 이가라시한테는 예상 밖의 일이었어. 이가라시가 뭔가 꾸미고 있었을 경우, 알리바이 공작에 동료인 사사를 이용할 셈이었다고 쳐. 하지만 실제로는 세 사람이 있었던 거잖아? 이가라시가 다에코를 데리고 들어갔을 때 세 명씩이나 더 있는 상황에서 어떻게 계획을 실행할 수 있었을까?"

"한 명 정도는 속일 수 있어도 세 명씩이나 되면 수상한 행동을 했다간 바로 들키겠지."

물리적으로 불가능하다. 나는 차가워진 머리카락을 긴다이치 고스케처럼 마구 헝클었다. 주위에 또 와인 냄새가 풍겼다.

"야, 타케. 또 말해서 미안하지만 이제 포기하지 그래? 이가라시가 보석 판매에 관여했다 쳐도 그걸 파헤쳐서 어쩌게? 다에코 씨는 자살 미수야. 이가라시한테 원인이 있었다 쳐도 그걸 법으로 처벌하는 건 불가능한 데다, 보석 판매란 세컨드 잡도 현행법 위반은 아니잖아. 내가 너무 무른 걸지도 모르지만,

설령 다에코 씨가 주오 상사에 이가라시의 보석 판매를 밀고하겠다며 이가라시를 협박했어도 이가라시가 그것 때문에 다에코 씨를 죽이진 않았을 거라고 생각해. 돈을 주면 그만이고, 그 사람 말처럼 주위에서 다에코 씨를 거짓말쟁이로 보고 있었다면 다에코 씨 말을 아무도 믿지 않았을 거야. 만에 하나 회사에 들통난다 해도 그럼 그 세컨드 잡으로 먹고살면 그만 아냐? 구태여 위험한 행동을 하겠어?"

"리키 넌 진짜 물욕이 없는 사람이구나. 물론 세상 사람이 모두 너처럼 생각하면 살인 같은 건 일어나지 않을 거야. 하지만 실제로는 그렇지 않잖아? 돈, 명예. 배신당했다는 증오. 이가라시가 다에코의 입을 막는 데 그 이상의 동기는 필요하지 않아. 거짓말쟁이라는 이야기만 해도 그래. 다에코가 병적인 거짓말쟁이라고 하는 사람은 아무도 없고, 자기랑 상관없는 재미있는 거짓말은 믿는 게 인간이잖아. 거짓말인가 싶어도 혹시 사실일지 모른다 하는 감정도 남을 거고. 뭣보다도 그럼 세누마가 살해된 건 어떻게 되는데?"

"그건 이가라시 짓 아냐."

리키야는 멈춰 서서 나를 봤다.

"조사해봤거든. 어제 저녁 이가라시가 어디 있었는지. 이가라시는 회사에 있었어. 회의 중이었어. 여러 사람이 목격했다고. 이가라시는 세누마를 죽일 수 없어."

나는 가방을 내팽개치고 인도에 앉았다. 세누마를 죽인 사람은 이가라시가 아니다. 그럼 대체 누구인가. 스스로가 한심해졌다. 오늘 하루 나는 대체 뭘 한 걸까.

"리키, 나 울고 싶어."

리키야는 내 머리에 손을 얹었다. 커다란 손의 온기가 머리 꼭대기에서 서서히 퍼져가는 것을 알 수 있었다.

"울어. 넌 열심히 했어. 다에코 씨도 인정해줄 거야."

리키야의 목소리가 하도 다정해서 하마터면 엉엉 울 뻔했다. 느닷없이 북풍이 불어닥치지 않았다면 정말 그랬을 것이다. 나는 리키야의 팔을 떼냈다.

"안 울 거야. 크리스마스이브까지 아직 이틀 남았는걸."

나는 일어섰다.

"한 명만 더. 이시하라 사와코를 만나고 나서. 그럼 울어도 되는 걸로 할래. 그때까지 아무것도 못 알아내면 다에코한테 사과하고 전부 잊을게."

"하여간 넌."

리키야는 어깨를 으쓱했다.

"끈기라네, 왓슨. 탐정이란 직업에 필요한 건 쉽게 포기하지 않는 인내력이야."

리키야가 쓴웃음을 지으며 말은 잘해요, 라고 중얼거리는 것을 무시하고 걸음을 뗐다. 멀리서 12시를 알리는 종이 쳤다.

◦ 7

집에 오니 자동응답기에 메시지가 남아 있었다. 다카하타의 메시지였다.

"나나미 양, 어제 스파게티 맛있었어. 나쓰하라 오사무의 정체를 알았어. 다에코의 고등학교 동창생. 그런데 졸업한 뒤로 다에코를 만난 적이 없고 3백만 엔을 보낸 적도 없다고 하는군. 거짓말은 아닌 것 같아. 혹시 모르니까 전화번호를 남겨두지. 3303-15xx. 그럼 언제 또 만나자고. 아키바를 너무 괴롭히지 말고."

두 번 다시 보고 싶지 않거든. 나는 전화기를 향해 소리쳤다. 곧바로 옆집 주민이 벽을 쿵쿵 쳐 항의했다. 벽이 얇은 집은 이래서 곤란하다. 양탄자 위에 쓰러져 자고 싶었지만, 마지막으로 남은 힘을 쥐어짜 목욕물을 받고 차 한 잔을 마셨다. 뜨거운 물로 몸을 한참 지진 뒤, 별 본 지 오래된 얇고 차가운 이부자리에 들어 눈을 감았다.

12월
23일

◦ 1

시계를 봤다. 11시. 이시하라 사와코가 정한 약속 시간이다. 시부야의 영화관 아래층 찻집에서 만나자는, 그저께 전화로 들은 유능한 인상의 목소리를 떠올리며 나는 고개를 갸웃했다. 오늘은 23일. 연말연시가 닥쳐 한창 바쁠 지금 휴가를 낼 수 있을 것 같지 않은데. 그녀는 어째서 이런 날 대낮에 만나자고 한 걸까.

표시로 들고 온 잡지를 대충 던져놓고 로열밀크티를 마시며 나는 눈을 비볐다. 어젯밤 잘 자지 못했다. 자기 전에 뜨거운 물로 목욕한 게 좋지 않았다. 잠이 들려고 할 때마다 세누마의 얼굴, 다에코의 얼굴, 이가라시의 얼굴이 눈앞을 스치는 바람에 잠이 확 달아났다. 계속 그렇게 반복하다가 6시 지나

잠자기를 포기했다. 난방을 틀어 방을 덥혀놓고 일어나 창문을 열고 날이 밝기를 기다렸다. 담요를 몸에 두른 채 아침 햇빛을 받으며 눈을 감고 다에코 생각을 했다. 그리고 리키야도.

어느새 잠이 들었던 모양이다. 어깨에 얹힌 손의 감촉에 놀라 깼다. 서른 전후로 보이는 침착한 인상의 여자가 몸을 굽히고 나를 보고 있었다.

"이시하라예요. 기다리시게 해서 죄송합니다."

그녀는 다에코가 쓴 '수기'에 등장하는 이시하라 사와코의 이미지와 똑같았다. 활달한 동작. 눈을 똑바로 보며 발언하는 태도. 좋은 인상을 모토로 내건 듯한 화장과 헤어 스타일. 활동적이면서 여성스럽게도 보이는, 흡사 여성 잡지 독자 모델의 변신 후 같은 여자였다.

"정리할 게 있어서 오늘 다시 회사에 갔었거든요. 그래서 늦었어요."

"정리라뇨?"

"어머, 말 안 했나요? 사흘 전 회사를 그만뒀어요."

"퇴직하신 건가요?"

"그래요. 겨우 결심이 서서요. 원래는 한 달 전에 사표 내고 인수인계를 해야 하는데, 억지 써서 바로 그만뒀어요. 이제 뭐든 이야기할 수 있어요."

나는 당황해 그녀의 얼굴을 빤히 쳐다봤다. 이시하라는 쑥스럽게 웃었다.

"사양 말고 담배 피워요. 난 안 피우지만 혐연권을 행사할 생각은 없어요. 뭐부터 이야기하면 좋으려나. 이치노세 다에코 씨 이야기를 듣고 싶다고 했죠?"

나는 백에서 담배를 꺼내 졸음을 내몰고 나서 입을 열었다.

"다에코가 왜 회사를 그만뒀는지 이유를 아시는지요?"

"그래요, 알아요. 한마디로 말하면 양심 때문이에요."

"양심?"

"당신도 이미 알고 있죠? 이치노세 씨는 회사 업무 외에 부업을 하고 있었어요."

"행운의 돌 말씀이죠?"

"그래요. 이치노세 씨는 회사 여자 직원들한테 보석을 팔았어요. 아는 사람이니까 싸게 줄 수 있다면서 말이죠. 그 얼마 전부터 회사에 유령이 있다는 소문이 돌기 시작했어요. 사실인지 아닌지는 알 수 없지만, 그런 이야기는 여자들 사이에 엄청난 속도로 퍼지거든. 그런 상황에서 보석을 사용한 부적이라고 하니까 당장 산 사람들도 많았어요."

"유령이 나온다는 소문도 그럼 다에코가 퍼뜨린 건가요?"

"글쎄요. 거기까진 모르겠네요. 아무튼 회사 내에서 영업하다가 들키면 당연히 큰일나지만 이치노세 씨는 수완이 좋았어요. 듣기로는 부적을 사려면 생년월일과 혈액형을 알려줘야 한다나요. 거기에 맞춰 그 사람한테 맞는 돌을 선택하는 거라고 말이죠. 점과 부적의 합체에 보석까지 붙었으니 꽤 잘 팔리지 않았을까요."

"다에코가 단순한 소개자가 아니라 실제 판매하는 쪽이란 건 언제 알아차리셨나요?"

그녀는 커피에 우유만 듬뿍 넣으며 고개를 갸웃했다.

"그러게요, 이치노세 씨가 회사를 그만두겠다고 했을 때네요. 이치노세 씨랑 친했던 이시이 도모요 그리고 나, 둘이서 이유를 꼬치꼬치 캐물었거든요. 퇴근길에 같이 지중해 음식점에 가서 말이에요. 그때 이치노세 씨는 아무 말 안 했지만 아마 그런 게 아닐까 싶었어요. 이치노세 씨가 전무님 아들이랑 사귄다는 이야기는 유명했던 데다, 이치노세 씨한테 걸려온 내선 전화를 받았더니 전무님 아들이 날 이치노세 씨로 착각하고 말한 적이 한 번 있거든요. 그 일로 보석 판매에 전무님 아들이 관여하는 것도 알고 있었어요. 그쪽 관계로 뭔가 안 좋은 일이라도 벌어진 게 아닐까요. 그래서 뒤늦게나마 이치노세 씨는 세컨드 잡에서 손을 떼려 한 거겠죠."

나는 고개를 끄덕이려다가 얼굴을 들었다.

"지중해 음식점이라고요?"

"그래요. 이치노세 씨 '수기'에 나왔잖아요."

찻잔을 들려다가 나도 모르게 떨어뜨리고 말았다.

"이시하라 씨, 다에코의 '수기'를 읽어보신 건가요?"

"물론이에요. 저런, 몰랐군요? 당신한테 이치노세 씨 '수기'를 보낸 사람이 나예요."

나는 입을 딱 벌렸다. 이시하라가 내게 다에코의 '수기'를 보냈다고? 말도 안 되는 소리. 하지만 지금까지 생각도 해보지 않았는데, 내가 '수기'를 받기 엿새 전에 다에코는 이미 입원했다. 아닌 게 아니라 누가 보내주지 않았으면 엿새 뒤 '수기'가 우리 집에 배달될 리 없었다. 그리고 그 사람은 내게 편지가 오지 않았느냐고 물은 이치노세 하쓰코일 수 없다. 하여간 정말 바보다. 듣기 전까지 모르다니.

"……다에코가 저한테 '수기'를 보내달라고 부탁한 건 언제죠?"

"이치노세 씨가 회사를 그만두고 일주일쯤 됐을 때려나요. 이치노세 씨가 도루를 만난 날 밤늦게였을 거예요. 이시하라 씨한테 편지를 보낼 테니까 자기한테 무슨 일 생기면 안에 든 걸 우체통에 넣어달라고 말하곤 전화를 끊더군요. 이치노세 씨가 자살을 기도했다는 소식을 들은 게 그 다음다음 날 낮이고요. 그날 집에 갔더니 큰 봉투가 우편함에 들어 있기에 당장 뜯어봤죠. 와카타케 나나미 씨 앞으로 보내는, 봉하지 않은 봉투가 들어 있고 그 속에 이치노세 씨의 '수기'가 있었어요. 이치노세 씨의 '수기', 그리고 도루의 편지 복사본이."

나는 이시하라의 얼굴을 빤히 쳐다봤다. 심장이 세찬 리듬으로 춤추기 시작했다.

"……이시하라 씨, 그럼 당신이 세누마 도루의 누나……."

이시하라는 생긋 웃었다. 어딘지 초점이 맞지 않는 눈이었다.

"어머나, 몰랐어요? 당연히 벌써 눈치챘을 줄 알았는데."

나는 무의식중에 테이블 가장자리를 꽉 붙들었다.

"그래요. 난 모든 걸 알고 있는 당신한테 참회하러 온 거예요."

"참회라고요?"

"그건 나중에. 이치노세 씨 이야기를 먼저 하기로 해요."

이시하라는 쏟아진 홍차를 물수건으로 닦아주며 이야기를 시작했다.

"이치노세 씨가 사직서를 내고 얼마 안 돼서 이시이 씨와 불륜 관계에 있던 도미카와 부장님이 세상을 떠났어요. 경위는 '수기'에 쓰인 그대로예요. 이시이 씨는 아무렇지도 않은 척했지만 큰 충격을 받았다는 건 나나 이치노세 씨나 눈치채고 있었어요. 그 전부터 회사 내에 원인을 알 수 없는 기병이 돌고 있었거든요. 이시이 씨는 그 일과 도미카와 부장님의 사고에 뭔가 연관이 있을 거라고 생각한 거예요. 뿐만 아니라 거기에 이치노세 씨가 관여하고 있다고 믿었어요. 난 태평하게도 아무것도 몰랐어요. 설마 도루가 그런 짓을 하고 다니고 있을 줄이야. 이치노세 씨가 퇴직하기 사흘 전, 회사에 워드프로세서로 쓴 동생 편지가 무기명으로 왔을 때 정말 얼마나 놀랐는지. 도미카와 부장님 사고도 간접적으로라곤 해도 도루가 원인이었으니까요. 편지를 읽는 내 태도가 이상한 걸 알아차리고 이시이 씨는 내가 회의 들어가고 없을 때를 틈타 편지를 꺼내 읽고 복사해놨어요. 세누마 도루가 내 동생이란 건 아무도 몰랐어요. 이시이 씨도 원인 불명의 열에 시달리고 있었던 터라 자기 의사로 복사본을 이치노세 씨한테 맡겼어요. 그 직후 이시이 씨는 치사량 가까운 비소에 중독되어 의식을 잃고 중태에 빠졌어요."

"이시하라 씨와 세누마 도루 씨는 왜 성이 다른 거죠?"

"편지를 읽어봤으니 알겠죠. 우리 어머니는 이상한 사람이었어요. 난 중학교 들어가기 전에 야요이 고모의 양녀로 갔어요. 감싸려는 건 아니지만 도루는 감수성이 강한 애였으니까 어머니의 광기를 적당히 받아넘기지 못했고, 운이 나빠서 나처럼 거기서 도망칠 수도 없었어요."

이시하라는 내 뒤에 있는 큰 거울을 훑어보며 말했다.

"이시이 씨는 이치노세 씨한테 자기가 손에 넣은 편지에 관해 자세한 이야기는 안 한 모양이에요. 아마 '수기'에 있던 대로 그저 '이 수기를 너한테 줄게' 정도로만 썼겠죠. 이치노세 씨는 아마 도루를 찾아냈을 때 도루의 누나가 나라는 걸 알았을 거예요. 이치노세 씨가 도루를 멈추려고……."

이시하라는 자기 오른쪽 어깨에 얼핏 시선을 던졌다.

"멈추려고, 다시 말해서 구하려고 했을 때 비로소 그걸 알았을 테죠. 그래서 당신한테 보내라는 명목으로 나한테 '수기'를 보냈어요. 그 '수기'는 십중팔구 도루의 누나한테 읽히려고 쓴 거예요."

그 말은 예상 이상으로 내 마음에 날카롭게 꽂혔다. 다에코는 그저 나를 구실로 이용한 것뿐인가. 내게 보내는 메시지로 '수기'를 쓴 게 아니었나.

이시하라는 얼어붙은 나를 보고 쿡쿡 웃었다.

"그 '수기' 덕분에 얼마나 웃었는지. 결혼 못 한 여자의 비애 묘사가 특히 뛰어나더군요. 이치노세 씨는, 그래요, 허언증이 있었어요."

"허언증……."

"허언증이란 건 말하자면 병이에요. 내가 아는 건 전문서에 나오는 지식뿐이지만, 자기를 근사하게 포장하고 싶다, 지금의 자기 자신보다 더 멋진 자신이 달리 있을 거다, 하는 마음에서 자꾸 거짓말을 반복하는 거예요. 어느 정도는 누구나 경험이 있을 테지만, 그게 병이 되면 이야기의 내용이 점점 화려하고 스케일이 커지고 재미있어지나 봐요. 이치노세 씨가 질환으로 인정될 정도로 심한 허언증이었다는 건 아니지만, 하는 이야기가 지나치게 재미있었던 건 사실이에요. 매번 이야기하는 내용이 조금씩 더 재미있어진 것도 사실이고요. 그래서 '수기'를 읽고 놀랐어요. 아닌 게 아니라 사실하곤 전혀 달랐지만 바닥에 흐르는 게 굉장히 사실적인 거예요. 이치노세 씨가 이렇게 관찰력이 있고 문장력이 있을 줄 몰랐어요. 이건 내 억측일 수도 있지만, 전에 이치노세 씨가 정신적으로 병이 있었다고 해도 그 '수기'를 쓴 덕분에 나았구나 생각했어요."

나는 테이블을 내리쳐 영원히 계속될 듯한 그녀의 말을 가로막았다.

"……그럼 왜 그걸 저한테 보낸 거죠? 그냥 갖고 있으면 됐잖아요. 그냥 은폐했어도 저는 물론 아무도 몰랐을 텐데요. ……아니, 그게 다가 아니죠. 어째서 편지를 받은 시점에서 동생분을 멈추지 않은 거죠? 편지를 읽었으면 알 거 아니에요. 동생분은 당신이 멈춰주기를 원해서 편지를 쓴 거라고요. 자기 힘으로는 어떻게도 안 되니까, 그래서 마지막으로 누나한테 도움을 청한 게 아닌가요? 편지를 받은 시점에서 당신이 행동만 했으면 적어도 이시이 도모요는 무사했어요. 어쩌면 다에코도……."

말이 멈춰지지 않았다.

"다에코도 무사했을지 몰라요. 도루 씨도 그런 식으로 죽지 않을 수 있었어요. 당신이, 당신이 더 일찍 행동했다면 이렇게 일이 심해지진 않았어요. 나도 듣고 싶은 것도 아닌 이야기를 들을 필요가 없었어요. 만나고 싶은 것도 아닌 사람을 만날 필요 없었어요. 다른 사람의 시신을 볼 필요도 없었는데."

"당신이 뭘 알아요."

이시하라는 낮은 목소리로 말했다.

"당신이 뭘 알죠? 자기 가족 중에 정신이상 독살범이 있다는 게 어떤 건지 당신이 알아요? 알 수 있다고 생각은 하겠죠. 하지만 실제로는 아무것도 몰라요. 독살범이에요. 정신이상자라고요. 나도 세이지도 결혼은 생각도 못 해요. 친척 중에 정신이상자가 있다는 것만으로도 결혼하지 못하는 사례는 얼마든지 있어요. 그런데 그게 어렸을 때, 아직 아무것도 모르는 초등학생 때 이미 자기 할아버지를 죽였다니, 그게 얼마나 끔찍한 일인지 당신 정말로 아는 거예요? 그런 게 세상에 알려졌다간 아버지는 직장을 그만둬야 할 거예요. 세이지도 대학을 중퇴해야 할 테고, 취직도 못 해요. 나도 마찬가지고요. 그래서 믿고 싶지 않았어요. 믿고 싶지 않았던 거예요. 자기 동생이 어쩐지 이상하다, 사회에 적응하지 못하는 것 같다 싶었어도 설마 독살범이라니, 그런 걸 믿을 순 없었던 거예요."

"그래서 방치했다고요? 편지를 가지고 도루 씨를 만나러 갔나요?"

"……아뇨."

"최소한 그때 도루 씨를 만나기만 했다면……."

그만두자. 말해봤자 소용없는 일이다. 내게 이시하라를 비난할 자격은 없으니까.

"이시이 씨가 비소 중독으로 중태에 빠졌을 때도 난 아직 믿을 수 없었어요. 자살을 기도했을 거라고 생각했어요. 도미카와 부장님을 따라간 거라고. 그렇게 믿기로 한 거예요. 이시이 씨의 사건 다음 날, 이치노세 씨는 예정대로 퇴직했어요. 그리고 자기와 접촉할 수 없었던 동생 생각이 난 거겠죠."

구마시로의 회사에서 일한 일주일 사이에 다에코는 '수기'

를 썼다. 그녀가 갖고 있던 '행운의 돌' 문제에 대해, 그리고 이시이 도모요에 대해. 나는 흠칫했다. 그래. 그녀는 어째서 사실을 왜곡한 '수기'를 썼나. 다에코는 자기 '수기'를 픽션으로 만듦으로써 세누마의 수기도 픽션으로 하고 싶었던 것이다. 다에코의 '수기' 속에 있는 한, 세누마의 수기는 진실성을 잃는다. 세누마의 범죄를 입증할 유일무이한 증거. 그게 그 수기라고 한다면, '수기'의 진실성이 인정되지 않을 경우 세누마의 범죄도 입증할 수 없게 되지 않을까.

다에코는 자기 안의 진실을 뒤섞어 씀으로써 증거를 인멸하려 한 것이다.

세누마를 위해.

"이시하라 씨가 다에코의 '수기'와 함께 세누마 씨의 수기를 공표하면 세누마 씨의 범죄 증거는 효력을 잃어요. 다에코는 그걸 목적으로 '수기'를 쓴 거군요."

"그런 의미도 있었겠죠."

"'수기'를 넣은 봉투를 봉하지 않았다는 건, 다에코는 '수기'가 저한테 전달되지 않을 가능성도 당연히 예상했다는 뜻이죠. 이시하라 씨가 '수기'를 은폐하거나 동생분의 범죄가 입증되지 않도록 이용할지도 모른다고 상상할 수 있었어요."

"그렇죠."

"그럼……."

나는 떨리는 손으로 담뱃불을 붙였다.

"그럼 어째서 그렇게 하지 않은 거죠? 왜 그냥 저한테 '수기'를 보낸 건가요? 다에코는 이시하라 씨한테 그걸 바랐던 걸지도 모르는데."

"그러려고 했어요."

이시하라는 내 떨리는 입술에서 연기가 천천히 흘러나오는 것을 달갑지 않은 듯한 눈으로 바라보며 대답했다.

"그러려고 했어요. 하지만 그만뒀어요."

"왜죠?"

"도루 때문이에요."

이시하라의 눈이 다시 오른쪽 어깨로 얼핏 향했다.

"이치노세 씨가 자살을 기도한 것 때문에 도루는 충격을 받았어요. 두 사람은 말이죠, 이치노세 씨가 도루를 불러내기 전까지는 그냥 인사만 주고받던 사이였어요. 하지만 아마 이치노세 씨는 도루의 편지에서, 그리고 도루는 온몸을 던져 자기를 멈춰주려고 한 이치노세 씨한테서 뭔가를 봤겠죠."

"뭘 말씀이죠?"

"뭔가는 그냥 뭔가예요. 어떻게도 할 수 없게 차가운 것일 수도 있고, 그 이상일지도 몰라요. 그걸 내가 어떻게 알겠어요? 알았다면 두 사람을 막을 수 있었을지도 모르는데."

이시하라는 크게 숨을 내쉬었다. 속눈썹에 희미하게 눈물이 맺혀 있었다.

"도루는 이미 이치노세 씨가 아니면 멈출 수 없는 상태였어요. 이치노세 씨가 그렇게 되고 나서 사흘째에 동생을 만났어요. 그래서 이제 틀렸다는 걸 안 거예요. 이젠 틀렸다고. 내가 망설인 탓에, 믿어주지 않은 탓에, 도루는 이제 어떻게 해도 멈출 수 없게 돼 있었어요."

"멈출 수 없게 돼 있었다고요?"

"그래서 당신한테 이치노세 씨의 '수기'를 보낸 거예요. 이치노세 씨가 '수기'를 정말로 도루나 날 위해 쓴 건지 아닌지는 알 수 없어요. 게다가 도루가 그렇게 된 이상 증거 능력 말소는 의미가 없어요. 도루에 관해 언젠가 세상에 알려지겠죠. 우리는 그에 대해 벌을 받아야 해요. 도루를 그렇게 만든 어머니도, 그걸 간과했던 아버지와 나, 세이지도. 난 동생 일만 해도, 아뇨, 동생과 관련해서 나 자신의 일만 해도 벅차서, 이치노세 씨한테 뭔가 해줄 수 있는 상태가 아니었어요. 당신에 관해선 아무것도 몰랐지만, 이치노세 씨를 위해서도 보내길 잘한 것 같네요."

그녀는 눈물방울을 볼에 흘리며 개운하게 웃었다.

"이치노세 씨가 자살할 리 없어요. 나도 당신 생각이랑 같아요. 부탁해요."

"네?"

"꼭 발견해줘요. 이치노세 씨한테 실제로 무슨 일이 있었던 건지 꼭 밝혀내줘요. 당신이라면 가능하겠죠."

이시하라는 장미무늬 손수건을 꺼내 눈과 볼을 훔치고는

백을 끌어당기며 일어섰다.

"내가 아는 건 이게 전부예요. 이제 가야겠네요."

어디로 가느냐고 묻고 싶었다. 하지만 왜 그런지 물을 수 없었다.

"그럼 안녕히."

이시하라는 발길을 돌렸다. 조금도 망설임이 없는 확고한 걸음걸이로 또각또각 소리를 내며 멀어져갔다. 일어나 뒷모습을 배웅하던 나는 그때 나도 모르게 눈을 의심했다.

아까부터 이시하라가 연신 신경 쓰던 그녀의 오른쪽 어깨에 뭔가 둥글고 희끄무레한 빛이 흔들흔들 붙어 있는 듯 보였다. 빛은 마치 이 세상 것이 아닌 말을 하고 싶어하는 것처럼 천천히 회전하고 부풀었다 쭈그러들었다 하며 내게 뭔가 신호를 보는 것 같았다.

작별 신호를.

◦ 2

나쓰하라 오사무에게 전화한 뒤 나는 신주쿠로 갔다. 아직 이렇게 해가 높이 떠 있으니 아무도 없을 것이라 생각하며 신주쿠 2번가를 헤매다가 발견한 '사테라'라는 노래방을 노크했다. 작은 소리로 가볍게 노크하고는 바로 떠나려던 나를 누가 불러 세웠다.

"방금 댁이 노크한 거야?"

"네. 아직 아무도 없을 줄 알고……."

내 말은 허공으로 사라졌다. 다에코의 표현을 빌리자면 휘파람을 불고 싶어지는 미소년이 자다 일어나 헝클어진 머리를 쓸어 올리며 페인트로 음표를 그린 문 안에서 몸을 반만 내밀고 있었다. 와우. 왜 이런 애가 노래방에서 일하는 거지?

타인이 자기 외모를 보고 놀라는 것은 일상적으로 늘 있는 일인지 그는 성가시다는 듯 내 시선을 피했다.

"무슨 일인데?"

"13일에 여기 왔던 사람에 관해서 잠깐 여쭐 게 있어서요."

"13일? 이번 달?"

"네."

그는 잠깐 생각하다가 바로 문을 활짝 열었다.

"들어와."

나는 조심조심 문을 지났다. 난방을 너무 세게 틀어 숨이 답답할 만큼 따뜻했다. 내부는 예상했던 대로였다. 노래방 기계의 대형 화면이 두 개. 작은 무대와 카운터. 4인용 테이블이 일곱 개. 2인용이 두 개. 카운터에는 네 명까지 앉을 수 있다. 아담하고 작고 먼지 냄새 나는 가게였다. 4인용 테이블 하나에 마시다 만 콜라와 먹다 만 감자칩. 꽁초가 수북한 재떨이. 그리고 J. G. 밸러드 단편집 한 권이 엎어져 있었다.

"밸러드 좋아해?"

너무 오래 졸인 것처럼 시커먼 커피를 잔에 따르며 그는 내가 책을 바라보는 것을 깨닫고 말했다.

"〈시간의 목소리〉는 좋아해."

나는 커피잔을 받으며 대답했다. 그는 눈을 감았다.

"……선생님은 혼자가 아닙니다. 유일한 존재라고 생각한다면 그건 잘못입니다. 이 테이프는 시간이 말을 거는 겁니다. 시간이 선생님에게 작별을 고하는 겁니다. 우주를 기준으로 스스로를 생각해보세요. 선생님의 육체를 구성하는 모든 입자에, 모든 모래알에, 모든 은하계에 동일한 각인이 새겨져 있는 겁니다. 방금도 말씀하셨잖습니까. 시간이 무엇인가를 알게 됐다고. 그럼 뒷일은 아무래도 상관없지 않나요? 계속 시계만 보고 있을 필요는 이제 없으니까요."

"고맙네, 콜드렌. 내 지금 심정을 이해해줘서 기뻐."

그는 씩 웃으며 손을 내밀었다. 나는 그 손을 잡았다.

"〈시간의 목소리〉는 한 스무 번 읽었을 거야. 밸러드를 좋아한다는 사람은 처음 만나는데."

"그래? 밸러드 팬은 많을걸. 지금까지 못 만났다니 운이 없었네."

"운이 없는 건 타고난 팔자야. 그러니까 책이나 읽고 있지."

그는 어깨를 으쓱했다. 한여름의 콜타르 같은 액체가 어찌나 쓴지 기침하고 말았다.

"13일에 온 누구에 대해 알고 싶은 건데?"

"이가라시 료지라고 알아?"

"이가라시 씨? 가끔 와. 난 일 시작한 지 아직 석 달밖에 안 돼서 잘은 모르지만 꽤 오래된 단골 같던데."

"여기 회원제지?"

나는 입구에 붙은 '회원 아닌 분은 사절합니다'라고 쓴 패를 가리키며 물었다. 그는 웃었다.

"회원제라니 그렇게 거창한 건 아닌데. 저렇게 써두면 단골이랑 단골이 소개한 사람 말고는 접근하지 않잖아. 그럼 말썽도 접근하지 않거든. 액막이 같은 거라 별 효과는 없어."

"13일엔 당신도 여기 있었구나?"

"응, 있었어."

"그때 이가라시가 어땠는지 기억해?"

그는 헝클어진 머리를 한층 헝클어뜨렸다. 미소년은 정말 얼마나 득을 보는지, 그런 동작조차 엄청나게 매력적으로 보였다. 내가 흉내 내면 그냥 게으름뱅이다.

"13일이라면 웬일로 이가라시 씨가 다에코 씨랑 둘만 오지 않고 다른 친구도 세 명쯤 같이 오지 않았나? 상당히 떠들썩하고 놀 줄 아는 누나하고 비교적 잘생긴 남자 둘."

"응, 맞아. 잘 기억하네."

"여기 젊은 사람은 별로 안 오거든. 죄 중년뿐이야. 사장님이 중년한테 인기 있는 사람이라서. 그래서 전부터 이가라시 씨를 찍어놨었어."

그는 나도 모르게 얼굴이 빨개질 것 같은 윙크를 했다.

"처음 보는 세 사람은 서로 마이크를 빼앗아가면서 많이 불렀지만, 다에코 씨도 이가라시 씨도 그날은 별로 노래를 안 했어. 다에코 씨가 한 곡쯤 불렀나. 맞다, 생각났어. 다에코 씨가 몸이 안 좋다고 해서 잠깐 안쪽에서 쉬게 했었어. 저기 문 보이지? 그 안에 작은 방이 있거든. 내가 자는 곳인데 부탁하기에 둘이서 다에코 씨를 그리로 데려갔어."

"둘이라면 당신이랑 이가라시 씨?"

"응."

"그러곤?"

"이가라시 씨가 자기가 있을 테니까 가서 일 보라고 해서 둘만 두고 나왔어. 그날은 비교적 바빠서 20분쯤 있다가 이가라시 씨가 부를 때까지 그냥 뒀어. 이가라시 씨도 익숙하니까."

"익숙하다는 건 무슨 뜻이야?"

"다에코 씨가 몸을 못 가눌 정도로 취하는 건 맨날 있는 일이거든. 센 것도 아니면서 술도 좋아하고 노래도 좋아한다니까. 하기야 사실은 별로 안 좋아했는지도 모르지만."

꽁초를 뒤적이기 시작하기에 내 담배를 꺼냈다.

"고마워. ……다에코 씨는 이상한 사람이야. 그냥 보면 잘난 척하는 것밖에 재주가 없고, 미인에 남자들이 사족을 못 쓰는, 찰나적인 쾌락을 즐기는 평범한 여자 같은데, 실제로는 다른 게 아닐까 싶은 부분이 있단 말이지. 연기가 아닐까. 노는 거 좋아하고 노래하는 거 좋아하고 남자 놀리는 거 좋아하는 여자라고 타인은 물론이고 자기까지 속이는 것 같은 부분이 있어. 그래서 금세 그렇게 취하는 걸 거야. 사실은 그냥 집에 있거나 대낮에 공원에서 멍하니 있는 게 성미에 맞는 사람이 아닐까, 그런 생각을 자주 했었어."

"대낮에, 공원에서."

"이상해?"

"아니, 안 이상해."

"그래? 이상하다고 하면 때려줄까 했는데."

나는 웃었다. 그는 울컥한 듯 나를 보더니 금세 포기하고 같이 웃기 시작했다.

"당신도 다에코를 좋아했구나."

"무리하는 사람은 다 좋아해."

그는 아무렇게나 말했다.

"댁은 이가라시 씨가 아니라 다에코 씨 친구였어?"

"응. 뭐 좀 물어봐도 될까?"

"뭔데?"

"이가라시 씨는 어떤 사람이야?"

그는 천천히 머리에 손을 찔러 넣고 헝클어뜨리기 시작했다.

"……잘 모르겠어. 아마 보이는 그대로일 것 같아. 다에코 씨를 좋아하긴 하는데, 이유는 다에코 씨의 내면이 아니라 보이는 겉모습 때문이 아닐까, 그런 사람이 아닌가 싶은데, 하지만…….”

그는 잠시 뜸 들였다가 커피를 다 마셔버렸다.

“봤지 뭐야. 다에코 씨 지갑에 방울이 달려 있었는데.”

“방울?”

“그냥 평범한, 동그랗게 공처럼 생긴, 그냥 아무 데서나 볼 수 있는 방울. 다에코 씨는 그걸 꽤 좋아해서, 분위기가 고조돼서 다들 남 생각은 잊어버리고 자기 자신한테 주의를 기울이기 시작하면, 곧잘 넋이 나간 것처럼 축 늘어져 앉아서 방울을 흔들곤 했어. 딸랑딸랑 하고 맑은 소리가 났어. 그런데 한번은 다에코 씨가 또 그렇게 취해서 안에 눕혀놓고 돌아왔더니, 이가라시 씨가 잡아먹을 것 같은 표정으로 다에코 씨 지갑에서 방울을 잡아 뜯더라고. 어쩔 생각인가 해서 지켜봤더니 있는 힘껏 방울을 짓밟았어.”

나는 아무 말도 할 수 없었다.

“그냥 그것뿐이지만 어째 이해가 안 됐어. 이가라시 씨가 그러는 걸 봐버렸으니까. 그걸…….” 그는 순간 주저했다. “다에코 씨도 일어나 나왔다가 본 거야.”

우리는 몇 초 동안 잠자코 서로의 눈을 응시했다. 그리고 동시에 밸러드 단편집으로 시선을 떨어뜨렸다.

“다에코는?”

"아무 말도 안 했어."

나는 한숨을 쉬었다.

"가르쳐줘서 고마워. 마지막으로 부탁이 하나 있는데."

"뭔데?"

"안쪽 방이란 걸 봐도 될까?"

그는 고개를 끄덕였다.

2제곱미터도 채 안 될 듯한 정말 작은 방이었다. 안으로 들어가는 문과 가게로 나가는 문이 있고 나머지는 간이침대와 가스난로가 있을 뿐인 살풍경한 방. 그 순간 알았다. 간단한 이야기다. 정말 바보처럼 간단한 이야기.

"괜찮아?"

"뭐?"

"속알맹이 말이야. 당신 속알맹이. 뒤죽박죽으로 마구 휘저은 것 같아."

"어떻게 아는 거야?"

"알 수 있어."

나는 침대에 주저앉았다. 다리가 후들거려 서 있을 수 없었다. 진실은 정말 무섭다는 것을 이때 처음으로 실감한 느낌이었다. 공포를 동반하지 않는 진실은 진실이 아니다. 이시하라가 느낀 공포, 세누마가 느낀 공포, 그리고 다에코가 느낀 비참함이 갑자기 색을 띠었다. 어렸을 때 죽은 줄 알고 나뭇가지로 쿡쿡 지른 장수풍뎅이가 갑자기 일어나 나를 향해 날아들었을 때의 그 느낌. 그래, 역시 나는 몰랐던 것이다. 소설 속 여자 탐정의 활약을 리얼타임으로 경험하는 듯한, 그런 가짜 현실감에 만족하고 있었다. 다에코와 나는 역시 친구도 뭐도 아니었다. 친구가 아니었기에 나는 이런 일에 끼어들 수 있었다. 그녀는 내 안의 어떤 것도 다치게 할 수 있는 존재가 아니었기에, 그래서 나는 그녀에 대해 알려고 한 것이다. 나는 겁쟁이다. 다에코에게 일어난 일을 알고 싶다 생각해놓고는, 바람이 이루어진 순간 실제로 벌어진 일, 사실이 나도 다치게 할 수 있다는 것을 새삼 실감하고 동요하고 있다.

시선을 느끼고 얼굴을 드니, 그는 방 입구에 기대서서 머리를 싸안은 나와 이따금 경련을 일으키듯 떨리는 무릎을 바라보고 있었다. 눈이 마주치자 그는 살짝 간지러운 듯 볼을 누그러뜨리더니 이내 정색했다.

"……댁이 뭘 생각하는지는 모르지만 〈시간의 목소리〉야. 댁은 유일한 존재가 아니고 혼자라고 생각한다면 그건 잘못이야. 난 가끔 우주 생각을 해. 죽은 다음 일이랑 영혼이 돌아갈 어마어마하게 넓은 하늘 생각을 해. 이루 헤아릴 수 없는 거대한 존재 안으로 우리는 언젠가 돌아가는 거야. 뭐 때문에 여기 존재하고 있고 뭐 때문에 괴로워하고 소중한 걸 잃는지, 그건 아마 그 거대한 존재로 돌아가기 위한 진통 같은 거라고 생각해. 그렇게 되면 아마 영원히 괴로워할 일도 없을 거고 영원히 잃을 일도 없을 거야. 댁만이 아냐. 다에코 씨도 그래. 아마 이가라시 씨도 그럴 거야."

"……고마워. 내 지금 심정을 이해해줘서."

세누마의 심정을 이해해줘서. 이시하라의 심정을 이해해줘서. 다에코의 심정을 이해해줘서.

나는 손을 내밀었다. 그는 손을 꽉 잡아주었다.

◦ **3**

나쓰하라 오사무는 가와사키 역 건물에 있는 찻집을 약속 장소로 정했다. 나는 신주쿠 역에서 야마노테 선을 타고 시나가와 역에서 게이힌도호쿠 선으로 갈아타 가와사키 역으로 향했다. 노래방 종업원 덕분에 기분이 조금은 밝아졌지만 위가 묵직했다. 덜컹덜컹 흔들리는 전철 문 근처에 서서 얼굴을 유리에 갖다 대며 진심으로 넌더리를 냈다.

하지만 진상은 파악했다. 확실히 파악했다. 세누마의 얼굴이 또 문득 떠올랐다. 그리고 비닐 커튼 너머로 흐릿하게 번져 보이던 다에코의 얼굴.

이게 마지막이다. 이 사람을 만나면 전부 알게 될 것이다. 왜 다에코가 그런 '수기'를 남겼는지. 그녀는 세누마 도루의 수기를 픽션으로 만들려는 목적만으로 그걸 쓴 게 아니다. 하고 싶은 말이 있었던 것이다. 자기 자신의 입으로 하고 싶은 말이 있었던 것이다. 그렇게 믿어주고 싶었다. 안이한 생각이라는 것은 잘 안다. 다에코는 내게 '수기'를 보낸 게 아니었다. 내게 보내고 싶은 게 아니었다. 그래도 크리스마스이브 밤에 만약 그녀가 무사해서 나와 둘이 밤을 새워 이야기할 수 있었다면, 내게 모든 것을 솔직하게 털어놓았을 것이라고, 이야기해주었을 것이라고, 그렇게 믿을 수 있었다.

생각에 잠긴 나머지 하마터면 가와사키 역에서 못 내릴 뻔했다. 나는 저물녘의 붐비는, 어딘지 모르게 슬픈 인파에 파묻혀 역 밖으로 나왔다.

사실은 가와사키 역에 처음 내려봤다. 개표구를 지나자 몹시 휑뎅그렁하고 환한 공간이 펼쳐져 있었다. 천장이 높다. 나는 역 안을 얼마 동안 헤매다가 간신히 찻집을 발견했다. 크건 작건 역 건물은 모두 구조가 비슷하다. 어디를 가든 비슷한 구조의 역 건물이 도쿄와 주변 도시에 거들먹거리며 들어서는 것을 생각하니 불합리하기는 해도 어째 재미가 없었다. 나는 역 건물에까지 화풀이를 하는 걸까. 한낱 역 건물에.

찻집에 들어가려다가 기둥 뒤에 누가 쏙 숨는 것을 알아차렸다. 기분 탓인가 하고 다시 들어가려 하자 그 사람은 다시 기둥 뒤에서 몸을 내밀었다. 나는 "어서 오세요"라는 웨이트리스의 말꼬리가 놀란 듯 약해지는 것을 들으며, 방향을 돌려 성큼성큼 기둥으로 다가갔다.

"아이쿠 이런, 나나미 양이 웬일입니까?"

기둥 뒤에서 나타난 것은 다카하타였다. 나는 비명을 지르다시피 하며 1미터쯤 뒤로 펄쩍 물러났다. 리키야인 줄 알았다.

"뭐가 아이쿠예요. 이런 곳에서 뭘 하는 거죠?"

"너무하는데. 이 넓디넓은 간토 평야 한복판에서 우연히 만났는데 너무 쌀쌀맞은 거 아냐?"

어떤 바보가 우연이라고 생각한다는 말인가.

"아잉, 노려보지 마. 화내면 싫어."

당연히 화가 나지, 라고 생각하며 나는 마지못해 물었다.

"왜 여기 있는 거예요?"

"나쓰하라를 미행하느라."

나는 입을 딱 벌렸다. 그러고는 황급히 찻집을 돌아봤다. 다행히 찻집 유리에 은색 필름이 붙어 안에서 밖이 보이지 않게 되어 있었다. 주머니에서 손목시계를 꺼내 확인했다. 약속 시간까지 아직 5분 남았다.

"안에 나쓰하라가 있는 건가요? 벌써 와 있어요?"

"네, 와 있습니다. 다카하타, 진실을 추구하는 저널리스트로서 거짓말은 안 합니다. 나나미 양이 불러낸 거지? 내 정보가 도움이 된 것 같아서 다행이군."

"방해하지 말아요. 따라오면 안 돼요. 가까이에서 이야기를 듣지도 말고. 계속 이 기둥 뒤에 있어요."

"너무하잖아."

다카하타는 괴상하게 일그러진 듯한 웃음을 지었다.

"진실을 추구하는 저널리스트는 무슨."

"그런 식으로 말할 건 없잖아. 그럼 당신이 하고 있는 건 대체 뭐지? 다에코의 친구라면 뭘 묻든 뭘 파헤치든 상관없다는 건가? 하고 있는 일은 똑같잖아."

다카하타는 코웃음을 쳤다.

"좀 조사해봤어. 댁은 다에코를 딱 한 번 만난 것뿐이야. 친구라고 하기엔 너무 담백한 관계지. 다에코한테 그런 일이 안 생겼으면 그냥 아는 사람, 여행 갔다가 만났을 뿐인 그저 지나가는 사람이었어. 댁은 내가 단지 재미로 다에코의 사건에 끼어들었다고 생각하고 있을지도 모르지만, 댁하고 다에코의 관계보다 이시이 도모요와 내 관계 쪽이 더 뿌리는 깊다고. 나한테 묻는다면 나중에 이 사건에 끼어든 성가신 존재는 댁이야. 나쓰하라한테 뭘 묻든 그건 댁의 자유지만, 나한테 이래라 저래라 할 권리는 댁한테 없어."

그렇게 말하자면 맞는 말이었다. 하지만 나도 얌전히 물러날 생각은 눈곱만큼도 없었다. 다카하타는 내게 그저 방해되는 존재일 뿐이다. 이런 인간이 시야 한구석에 어른거렸다가는 물어볼 것도 못 물어보게 될 것이다.

"권리 같은 건 상관없어요. 당신이 나쓰하라한테 뭘 묻든 그건 당신 자유예요. 하지만 나랑 나쓰하라의 이야기를 엿들을 권리는 당신한테 없어요. 뭣보다 뿌리가 깊다는 건 무슨 뜻이에요?"

다카하타는 다소 진저리를 내듯 두 팔을 벌렸다.

"알았어. 엿듣기는 없기로 하지. 하지만 말이야, 나나미 양. 댁은 날 꽤나 싫어하는 것 같은데, 나쓰하라를 찾아낸 건 나란 사실을 잊지 말라고. 의리는 지켜야지, 안 그래?"

"의리를 지켜요?"

"교환 조건은 어때? 다에코의 '수기'란 걸 보여줘. 그럼 나쓰하라와 당신 인터뷰엔 가까이 안 가지."

그래, 그게 의리인가. 나는 숨을 깊이 들이마셨다. 당치도 않다. 이런 인간에게 세누마의 사건을 알려줄 수는 없다. 이시이 도모요 사건의 범인은 확실히 세누마다. '수기'를 읽으면 이 남자 눈에도 그건 일목요연할 것이다. 하지만 '수기'가 이 남자에 의해 공표되는 것은 절대 안 된다. 도모요는 확실히 피해자다. 가엾은 피해자다. 범인이 세누마라는 사실은 언젠가 세상에 공표되어야 할지도 모른다. 하지만 꼭 이 남자를 통해 그렇게 될 필요는 없다. 나는 이 사람이 싫다. 너무너무 싫다. 편견이든 히스테리든 상관없다.

"아까 한 말은 취소할게요. 나와 나쓰하라의 대화를 듣고 싶으면 얼마든지 그러시든지."

내뱉듯 말하고 발길을 돌렸다. 다카하타는 대답하지 않았다.

◦ 4

조금 당혹한 목소리의 ‘어서 오세요’를 들으며 가게에 들어섰다. 나쓰하라는 너무 오래 들고 다녀 후줄근해진 잡지를 보고 손을 들었다.

“20분만입니다.” 그는 내가 자리에 앉자마자 말했다. “6시에 약속이 있거든요.”

데이트인가요, 하고 사교적 발언을 해줄 기분은 아니었다. 나는 커피를 주문했다.

“바로 여쭐게요. 이치노세 다에코 씨와 어떤 관계인지 알 수 있을까요?”

“관계라고 할지, 열여덟 살 때 사귀었던 것뿐입니다만.”

그는 당혹해서 대답했다. 신경을 등 뒤에 집중해봤지만 다카하타가 가게로 들어오는 기색은 없었다.

“어떤 식으로 사귀신 건지요?”

나쓰하라는 평범한 남자였다. 수티앵 칼라 코트, 회색 양복에 점잖은 색조의 넥타이. 남성 잡지를 펴면 나올 법한 복장이지만, 알맹이는 전철에서 발을 밟혀도 다음 역에 도착할 때쯤 되면 얼굴도 생각나지 않을 것 같은 남자. 가령 살인 현장에서 도망치는 모습을 누가 목격해도 나중에 몽타주를 그릴 수 없을 얼굴이었다. 혹시 스파이가 되면 성공할지도 모른다. 인상이 기억에 남지 않는다. 그렇지만 이 남자가 방화범에 소아성애 취향이 있는 여장 마니아라고 해도 이제 놀랄 생각은 없었다.

“고등학교 3학년 때 다에코와 사귀기 시작했습니다. 다에코는 미인이었고 인기도 많아서 저 같이 아무 특징도 없는 남자하고 사귀어준다는 게 처음엔 너무 이상했어요. 운이 좋다고도 생각했고요. 언제나 방글방글 웃으면서 이야기를 들어주고 고집도 부리지 않는 좋은 애였죠.”

다에코가 방글방글 웃으며 남의 이야기를 듣는 광경을 도무지 상상할 수 없었다.

“반에선 어떤 느낌이었는지요?”

“글쎄요.”

나쓰하라는 안경다리에 손을 얹으며 잠깐 생각했다.

“아주 얌전한 느낌이었습니다. 합창부와 문예부에 들어가서 열심히 활동했지만 딱히 두드러진 건 아니었던 것 같은데요. 맞아요, 그때 우리 반에 사사키란 여학생이 있었는데요. 다에코가 더 미인이었지만, 사사키가 뭐랄까, 더 화사하고 예쁘장한 느낌이라 눈에 띄었죠. 다에코는 사사키의 추종자 중 하나였습니다. 사사키도 합창부라서 알토 파트에서 가끔 솔로를 맡기도 했거든요. 다에코는 꼭 자기 일처럼 기뻐하면서 저한테도 곧잘 사사키의 솔로를 들으러 오라고 권하곤 했답니다.”

나는 할 말을 잃었다. 다에코가 누군가의 추종자 중 하나였다. 믿기지 않았다.

“여자애들 우정이란 걸 전 잘 모르겠더군요. 화장실에도 같이 가고 말입니다. 전 생물부라 방과 후에 만나서 같이 집에 가곤 했지만, 그때를 제외하면 다에코는 사사키 등등의 친구들과 늘 같이 있었습니다. 그게 언제였더라, 공식적인 건 아닌 합창부 모임이 있던 날, 제가 콘서트에 가자고 조른 적이 있거든요. 다에코는 난처한 표정을 짓더군요. 우정과 연애 둘 중에 선택해야 하는구나, 그렇게 과장되게 말하면서 말이죠. 결국 저랑 같이 콘서트에 가긴 했지만 안절부절못하는 것 같았습니다. 주위에 풍파를 일으키는 걸 극단적으로 두려워하는 부분이 있었으니까요. 가정환경 탓이려나요.”

“가정환경?”

“다에코의 집은 느낌이 묘했거든요. 놀러간 적이 한 번 있습니다. 어머니는 그때 이미 돌아가셔서 안 계시고 아버지와 언니, 이렇게 셋이 살았는데, 어째 균형이 무너진 묘한 느낌이었다는 게 기억납니다. 설명을 잘 못 하겠군요.”

나쓰하라는 말을 얼버무렸다.

“그래서 그런 건가, 하고 생각한 건 다에코와 헤어져 대학에 들어가고 얼마 지나서였습니다. 전 가나가와에 있는 대학에 가고 다에코는 도쿄에 있는 전문대에 들어가면서 만날 일도 없게 됐는데, 저도 그땐 조금 어른이 됐으니 다에코에 관해 진지하게 돌아볼 수 있게 된 거겠죠. 당시엔 저도 어렸으니까 다에코를 진심으로 생각해줄 여유는 없었고 말이죠."

커피가 나왔다. 기분 좋은 향이 코끝을 적셨다. 맛있을 것 같았지만 속이 쓰렸다. 입만 잠깐 대고 뒷이야기를 기다렸다.

"콘서트에 다녀와서 얼마 지났을 때 우연히 사사키와 교실에서 이야기한 적이 있었습니다. 그때 사사키가 그러더군요. 다에코가 저한테 사귀자고 한 건, 그리고 지금 사귀고 있는 건, 사실은 사사키가 다에코한테 권했기 때문이라고 말이죠. 졸업하기 얼마 전이었군요. 지금 생각하면 그건 어쩌면 사사키의 심술이 아니었을까 싶습니다. 우정과 연애 운운하는 건 일단 차치하고, 사사키는 자기 추종자가 자기보다 남자와의 약속을 우선했다는 게 몹시 못마땅했던 게 아닐까 말이죠. 그래서 일부러 저한테 그런 이야기를 한 겁니다. 억측입니다만."

있을 수 있는 일이라고 고개를 끄덕였다. 생각보다 냉정한 사람이다, 이 나쓰하라는. 예쁜 여자애의 이면을 이렇게까지 관찰할 수 있는 남자는 그리 흔치 않다.

"그땐 거기까지 생각하진 못했습니다. 전 다에코와 헤어졌습니다. 사사키가 한 말이 도화선이 된 건 사실입니다. 하지만 뭐라고 하면 좋을까, 불안했거든요."

"불안했다고요? 다에코와의 교제가 말인가요?"

"다에코는 남이 하는 말을 뭐든 다 받아들이는 여자애였습니다. 자아라는 게 별로 없이 남의 의견에 쉽게 좌우되는 그런 애였죠. 정도의 차만 있지, 고등학생 여자애들이 다들 그런 부분이 있는 건 사실입니다. 밤에 자기 전에 들은 노래 가사가 다음 날 기분에 영향을 미치는 것도 드물지 않아요. 다만 다에코의 경우엔 그게 극단적이었습니다. 진로도 공부 방법도, 찻집에서 고르는 메뉴에 읽는 책까지 모두 제 의견 없이는 정할 수 없었죠. 그게 저한테는 부담이었습니다. 다에코를 통째로 책임질 수는 없지 않나. 그런 불안이 계속 제 안에 쌓이다가 사사키의 말을 계기로 분출된 겁니다."

다에코는 그래도 친구보다 그를 선택했건만. 그건 자기 의사 아니었나.

"제 오해라고 하고 싶으신 것 같군요."

나쓰하라는 안경을 벗어 테이블에 놓으며 말하고는 웃었다. 나도 조금 굳은 얼굴 근육을 풀었다. 웃음이 지어지지는 않았다.

"그러게요. 말씀을 듣기론 그런 생각이 드는군요. 나쓰하라 씨 본인이 이미 그걸 아시는 것 같으니까요."

"네, 저도 압니다. 이미 늦었다는 것도 알고요."

그는 레모네이드로 보이는 액체를 조금 마시고 헛기침을 한 다음 말을 이었다.

"마지막 날 오간 이야기는 별로 떠올리고 싶지 않군요. 마지막 순간까지 다에코는 스스로 결정하지 못했습니다. 지금 생각하면 당연한 일입니다만. 헤어지자는데 결정하고 말고 할 것도 없죠. 그런데도 전 아무 말도 하지 않는 다에코가 도망치는 거라고 단정하면서, 만나는 남자를 타인이 정해주는 여자와는 사귈 수 없다고 잘난 척하면서 다에코와 헤어졌습니다.”

장면을 상상할 수 있을 듯했다. 무슨 말을 들어도 입을 열지 못하는 다에코. 할 말을 찾지 못하는 다에코. 불쌍하다고 생각하는 반면 하는 수 없다는 생각도 들었다. 무슨 말을 해도 상대방에게서 대답이 없다는 사태가 얼마나 괴로운지 나도 잘 안다. 괴로우니 점점 말이 모질어진다. 상대방은 한층 입을 열지 못한다. 하지 않아도 될 말까지 하고 만다. 상대방은 정말로 할 말을 잃는다.

어디에서나 찾아볼 수 있는 진부하고 시시한 이야기다. 하지만 다에코에게는 달랐다. 그녀는 어째서 변했나, 친구 남자를 빼앗는 여자가 됐나. 눈앞에 있는 나쓰하라 탓으로 돌릴 수는 없지만, 졸업 직전 두 사람이 헤어진 그날이 다에코의 모든 것을 바꾼 것은 틀림없었다.

“다에코와는 그 뒤로 안 만나셨는지요?”

나쓰하라는 잠시 망설였다.

“실은 잡지 기자란 사람한테는 그렇게 말했지만 그건 거짓말입니다.”

“거짓말이라고요?”

“한 번 만났습니다. 얼마 안 됐어요. 한 달쯤 전이었나, 시내

백화점 시계 매장에서 우연히 마주쳤군요. 친구 결혼 선물로 줄 벽시계를 구경하는데 다에코가 옆에 있는 겁니다. 다른 사람을 잘못 봤나 싶을 만큼 많이 변했더군요. 말을 걸었더니 역시 다에코였습니다. 제 얼굴을 보고 놀라더군요."

나는 눈을 감았다. 머리가 지끈거렸다. 변했다. 변했다. 다에코도 그것을 알아차렸다. 나쓰하라의 눈에 비친 자신이 돌이킬 수 없을 만큼 변하고 말았다는 것을. 아니, 변한 게 아니다. 다에코는 변하기를 원했을 터다. 나쓰하라와 헤어진 뒤, 상대방에게 자기 생각을 말로 표현하고 자기 입장을 설명할 수 있는 사람이 되고 싶다고 생각했을 터다. 그래, 다에코는 변한 게 아니다. 스스로도 그것을 깨달은 게 틀림없다. 그녀는 변한 게 아니라 뒤틀린 것이다.

"잠깐 이야기를 주고받았는데 다에코는 여전히 자기 이야기를 안 하더군요. 고급스러워 보이는 차림새이기에 제가 부럽다고 했더니, 다에코는 자기 모습을 둘러보곤 별거 아냐, 하고 내뱉듯이 말했습니다. 인상에 남아 있는 건 그 정도입니다. 다에코가 그런 투로 말한 건 그때가 처음이었죠."

나는 눈을 크게 떴다. 나쓰하라는 안경을 집어 셔츠 소맷부리로 렌즈를 가볍게 닦고 다시 썼다.

"별일도 없었고 그 집요해 보이는 기자가 꼬치꼬치 캐묻는 것도 싫어서 거짓말한 겁니다. 정말 그것뿐이었으니까요."

"별일 있었던 겁니다, 나쓰하라 씨. 그냥 그것뿐이었던 게 아닌 거예요. 다에코에게는.”

“네?”

“됐습니다. 시간 내주셔서 고맙습니다.”

일어나 계산서를 집으려고 하는 내 손목을 나쓰하라 오사무가 붙들었다.

“잠깐만요. 물어볼 게 있습니다. 다에코의 통장에 제 명의로 3백만 엔이 입금됐다고 들었습니다. 그게 사실인가요?”

나쓰하라의 눈빛은 진지했다. 나는 겁날 만큼 강한 빛이 서린 그의 눈을 내려다봤다.

“사실이에요. 하지만 걱정 안 하셔도 됩니다. 아무도 당신을 의심하지 않으니까요.”

나는 계산서를 집어 서둘러 계산대로 다가갔다. 나쓰하라는 주섬주섬 짐을 챙겨 의자에 발이 걸려 넘어질 뻔하면서 따라왔다.

“별일 있었다니 무슨 의미입니까.”

“의미 같은 건 없어요. 저한테도, 나쓰하라 씨에게도. 의미 같은 건 전혀 없어요.”

“하지만…….”

“의미 없다니까요!”

나는 소리 질렀다. 공연히 화가 났다. 흰 앞치마가 잘 어울리는 웨이트리스와 몇몇 손님이 이야기를 멈추고 나를 쳐다봤다. 나쓰하라는 놀라 어리둥절한 표정을 지었다. 그럴 만도 하다.

나는 계산을 마치고 밖으로 나왔다. 어딘지 모르게 부조화스러운 역 건물 내부. 어디에나 있을 법한 산더미 같은 옷들. 음미하고 의미도 없이 만져보는 젊은 여자들. 다카하타는 기둥 뒤에 없었다. 갑자기 이 비좁은 건물이 견딜 수 없이 싫어졌다. 바깥은 지금쯤 해가 저물고 있을 것이다. 징글벨과 매출을, 머나먼 나라 마구간에서 태어난, 우리 것이 아니고 만난 적도 없는 구세주에게 바치는 찬가에 박아 넣은 이 나라의 중심, 그 거리 동쪽에 쪽빛 어스름이 풍부하게 번져가고 있을 것이다.

"나쓰하라 씨."

도무지 영문을 모르겠다는 표정으로 인사하고 에스컬레이터에 오르려는 그를 나는 불러 세웠다.

"나쓰하라 씨가 친구 결혼 선물로 사신 벽시계……."

"네."

"두 피에로 인형의 실루엣이 달 모양의 추 위에 나란히 앉아 있는 시계였나요?"

나쓰하라가 나를 향해 돌아섰다. 위층에서 내려오는 손님에게 길을 내주며 내게 한 걸음 또 한 걸음 다가와 멈춰 서서 또렷한 어조로 말했다.

"맞습니다."

나는 머리를 숙였다.

"……고맙습니다."

◦ 5

"이렇게 추운 날에 무슨 일이야?"

아닌 게 아니라 추웠다. 바람에 잎사귀를 모조리 빼앗긴 나무들이 서로를 위로하듯 가지를 맞비비고 있었다. 마른 흙먼지와 낙엽이 이따금 날아올랐다가 가라앉았다.

"확인할 게 있어서."

나는 대답했다.

"확인할 거?"

"그래. 꼭 확인해둬야 할 게 있어서."

나는 목덜미로 스며드는 냉기에 몸서리를 쳤다. 기대감에 떨리는 것이라 생각하기로 했다. 바직바직 소리를 내며 깜박이는 공원 가로등 불빛에 우리 둘의 입김이 희끄무레하게 빛나며 사라져갔다.

"이래도 안 되면 포기할 거야. 경찰에 가서 모조리 설명할 거야."

"대체 무슨 이야기야?"

상대방은, 이가라시 료지는, 실쭉하게 발밑의 흙을 차며 말했다.

"다에코는 자살을 기도한 게 아냐. 살해될 뻔한 거야. 물론 당신한테."

이가라시는 얼굴도 들지 않았다.

"다에코는 밀실에서 가스 중독 상태로 발견됐어. 당신이 다른 세 사람과 함께 다에코를 데리고 들어갔을 땐 물론 아무도 가스를 틀 수 있는 상황이 아니었고 나와서 문도 잠갔어. 그리고 그 뒤 네 사람은 당신 집에서 두 시간 머물면서 그동안 한 발짝도 밖으로 나오지 않았어. 두 시간 뒤 다에코의 집 앞 복도에서 가스 냄새를 맡은 당신이 안으로 들어갈 때까지 다에코의 집에 드나든 사람은 아무도 없어. 당신이 그 자리에서 밸브를 열었어도, 경비원이 달려올 때까지 겨우 3분쯤 걸렸으니까 다에코가 중태에 빠지게 될 시간은 없었어."

"스스로 한 게 아니라면 누가 다에코한테 가스를 마시게 했다는 거지? 나도 무리 아닌가, 지금 이야기로는."

이가라시는 추운 듯 몸을 떨며 나를 돌아보지도 않고 말했다.

"다에코의 집에서 다에코한테 가스를 마시게 하는 건 물론 무리야. 하지만 꼭 다에코 집에서 그럴 필요가 없었던 거야."

나는 허옇게 숨을 내뱉었다. 공원을 뒤덮듯 늘어서 벌레처럼 돌아다니는 네온 불빛을 올려다봤다. 숨은 파랗게, 붉게, 노랗게 물들었다가 사라졌다.

"다에코가 나한테 '수기'를 보냈어."

"수기?"

이가라시의 얼굴이 일그러졌다.

"어제 편지라고 했던 건 거짓말이야. 실제로는 '수기'였어. 내용은 다에코가 친구 이시이 도모요의 수수께끼 같은 죽음을 추적하는 탐정 이야기였어. 말이 '수기'지, 사실은 진실을 뒤죽박죽으로 버무려 넣은 허구였어. 하지만 다에코가 안고 있던 모든 문제가 그 안에 들어 있었어. 이가라시 료지란 이름은 '수기'엔 등장하지 않지만 당신임이 틀림없는 인물은 등장해. 나쓰하라 오사무라는 이름으로."

"나쓰하라 오사무?"

이가라시의 얼굴에서 표정이 씻은 듯이 사라졌다.

"나쓰하라 오사무는 우수한 직원이고 다에코한테 집적대는 바람둥이, 미남이고 다에코랑 같은 아파트에 살아. 취미가 있어. 향수에. 다이아몬드 타이핀을 했고. 당신이지? 나쓰하라 오사무란 건 당신이야."

이가라시는 대답하지 않았다.

"당신은 다에코한테 알칼리 이온 음료 분말을 술에 타서 먹여 빨리 취하게 했어. 그리고 '사테라'란 노래방 안쪽 방으로 데리고 들어갔어. 다에코가 몸을 못 가눌 만큼 취하는 건 늘 있는 일이었기 때문에 종업원도 익숙해서 그 방에 당신과 다에코 둘만 남겨놓고 바로 하던 일로 돌아갔어. 종업원이 나가길 기다려 당신은 가스난로 호스를 빼서 다에코 입에 물려 가스를 마시게 했어."

가로등이 한층 세차게 깜박이기 시작했다. 점점 간격이 줄어 빨라졌다. 플래시 같은 빛을 받아 이가라시의 얼굴이 도시의 환하고 푸른 어둠 속에 나타났다 사라졌다 했다.

"축 늘어진 다에코를 보고 당신은 가게에서 나와 차를 가져왔어. 다에코를 메고 나와 차에 실어놓고 나머지 세 명을 부르러 가서 같이 집으로 갔어. 그리고 다에코를 침대에 눕히고 구마시로 구니카한테 가스 밸브랑 문단속을 확인하게 했어. 그때 몰래 가스 탐지기를 꺼놨어. 자기 집으로 돌아와서 두 시간의 알리바이를 만들었어. 그런 다음 가장 행동력이 없을 듯한 이나기쿠를 데리고 편의점에 간다며 집에서 나왔어. 다에코가 어떤지 보러 간다는 핑계로 일부러 다에코 집 앞을 지났어."

"그 집에서 가스 냄새가 났다고 했잖아. 그건 어떻게 설명할 거지?"

이가라시는 얼굴을 들어 겨울바람을 맞으며 눈을 감고 말했다.

"다에코 집에서 났다고는 안 했어. 복도에서 가스 냄새가 났다고 했지."

나는 이가라시로부터 거리를 두고 떨어졌다.

"도시가스는 정말로 무취한 기체란 이야기를 들은 적 있어. 가스는 사실 냄새가 안 나는 거야. 뒤집어서 말하자면 가스의 냄새를 합성하는 게 가능하다는 이야기야. 당신이 가스 회사에서 아르바이트를 했다는 이야기 들었어. 그리고 향수에 관심이 있어서 전용 향수를 조합했다는 것도. 당신은 가스 냄새의 원료만 스프레이에 넣어 이나기쿠 몰래 복도에 그걸 뿌렸어. 그 사람을 보낸 다음, 문을 열고 들어가서 가스 밸브를 열고, 다에코가 괴로움에 몸부림친 것처럼 침대를 어지러뜨리고, 가스 냄새를 온 집 안에 뿌렸어. 그런 다음 다시 밸브를 잠그고 복도로 나와서 다른 사람들이 도착하길 기다렸어. 실제로는 아니었는데도 냄새가 나니까 이나기쿠도 경비원도 가스가 온 집 안에 가득한 줄 착각했어."

그때 가로등이 힘이 다한 것처럼 점멸을 멈춰 주위가 어두워졌다. 어두워지는 것과 동시에 내가 왜 이곳에 왔고 왜 이런 일을 했는지 알 수 없게 됐다.

"다에코가 날 나쓰하라 오사무라고 썼어?"

"그래."

"나쓰하라 오사무라고……."

이가라시는 웃기 시작했다. 고통 같기도 한 웃음소리였다. 얼마 동안 그는 우두커니 서서 하늘을 보며 계속 웃었다.

"바보 같은 여자. 하여간 바보 같은 여자라니까."

이가라시는 처음으로 나를 돌아봤다. 나는 뒷걸음쳤다. 다음번 가로등 불빛 속에 이가라시는 말을 하며 발을 내디뎠다.

"당신 말이 맞아. '사테라'의 방에서 다에코한테 가스 호스를 물려 가스를 마시게 했어. 겨우 5분 걸리더군. 다에코는 저항도 하지 않고 갓난애가 엄마 젖을 빠는 것처럼 가스를 마셨어. 내 품 안에서."

"다에코한테 돈을 줬지? 어째서 그런 잔인한 방법으로 입을 막은 거야? 주오 상사 직원이라는 게 그렇게 중요했어? 회사에서 '행운의 돌'에 관해 아는 걸 그렇게 막고 싶었어? …… 다에코의 영혼과 맞바꿀 만큼 그렇게 큰일이었던 거야?"

"아무것도 몰라, 당신은. 대체 뭘 하고 있는 거지? 다에코한테 '수기'를 받아서 범인을 밝혀냈다고 희희낙락하면서 날 비난하고, 대체 뭘 하는 거야? 내가 아냐. 난 다에코의 입을 영원히 막을 생각은 없었어. 그저 나한테서 달아날 수 없다는 걸 깨닫게 해주고 싶은 것뿐이었어."

이가라시는 계속해서 나를 향해 다가왔다. 나는 계속 뒤로 물러나다가 무릎 뒤에 충격을 느끼고 주저앉았다. 벤치에 부딪친 것이다.

"당신 말이 맞아. 난 분명히 그 가게에서 다에코가 가스를 마시게 했어. 그리고 집으로 데려왔어. 하지만 그런 게 아냐."

"뭐가 아니란 거야."

"그렇게 심하게 할 생각은 없었어. 난 다에코를 잠깐 혼내주려고 한 것뿐이야. 다에코가 금세 정신이 들어 도움을 청하면 바로 가볼 작정이었어. 다른 인간들 눈에 다에코가 가스 자살을 기도한 것처럼 꾸밀 필요는 없었어. 다에코가, 다에코만 깨달으면 그걸로 충분했어. 다에코의 모든 게 내 손 안에 있다는 걸 다에코만 실감하면 그걸로 충분했다고."

이라가시는 땅바닥에 주저앉은 내 앞에 우뚝 섰다.

"그날 밤 다에코를 집에 눕혀놓고 한 시간 반쯤 지나서 전화가 왔어. 다에코였어. 다에코가 말했어. '당신이지?'라고. '당신이 그런 거지?'라고. 내가 괜찮으냐고 하니까 '그만 됐어. 전부 잊을 거야. 그만 됐어. 미안해', 그렇게 말하고 전화가 끊어졌어."

나는 입을 벌렸다. 역광을 받는 이가라시의 얼굴에 초점을 맞추려 애썼다.

"난 불안해졌어. 얼마 동안 참다가 도저히 안 되겠기에 이나기쿠를 데리고 다에코의 집으로 갔어. 복도에서 가스 냄새가 났어. 경비원을 불러오라고 이나기쿠를 보내곤 열쇠로 문을 열고 들어갔어. 집 안에 가스가 가득했어. 다에코는 침대 위에서 커다란 수정 구슬을 손에 쥐고 눈을 감고 있었어. 난 수정 구슬을 손에서 빼고 가스를 잠갔어. 그 뒤 구급대가 와서 다에코를 병원으로 실어갔어."

이가라시는 내 어깨에 두 손을 올려놓았다. 나는 이가라시의 눈을 똑바로 쳐다봤다. 먼 네온 불빛에 반응해 수축과 확대를 반복하는, 유기적인 우주로 통하는 입구.

"어째서……."

나는 숨을 삼켰다.

"'행운의 돌'은 원래 다에코의 제안이었어. 다에코가 기획하고 내가 실행했어. 아는 액세서리 가게를 이용해서 말이지.

꽤 순조로웠어. 돈도 들어오고, 뭣보다 자극이 있었어. 시시한 회사 업무보다 자기가 가진 재능을 한껏 살리고 있다는 실감이 느껴져 즐거웠어. 그런데 어느 날 다에코가 그 일을 그만두겠다고 하는 거야. 뚜렷한 이유는 아무것도 알 수 없었어. 다에코는 처음엔 스스로는 아무것도 안 하면서 호박이 굴러들길 기다리는 멍청한 여자들한테서 돈을 뜯어내다니 정말 최고야, 그렇게 말했었어. 그러던 사람이 역시 그런 게 아니란 걸 깨달았다고 하더군. 회사를 그만두겠다, 이 일에서도 손을 떼겠다. 계속하고 싶으면 혼자서 하라고. 다에코가 없으면 이런 일을 계속할 의미가 없어. 난 어르고 달래고 나중에 가선 위협까지 하면서 다에코의 마음을 돌리려고 했어. 결혼하잔 말도 했어. 하지만 소용없었어. 다에코의 마음을 돌릴 수 없었어. 나중엔 계속 끈질기게 매달리면 세컨드 잡에 관해 회사에 밀고하겠다고까지 했어."

이가라시의 손에 힘이 들어갔다.

"그 아파트에서 살 수 있게 돈을 대준 것도 나야. 다에코가 원하니까 보석 판매도 도와줬어. 그런 날 다에코는 버리려고 한 거야. 난 대체 뭐지? 완전히 바보 같잖아. 용서할 수 없었어. 하지만 다에코를 죽일 생각도, 식물인간으로 만들 생각도 없었어. 다치게 할 생각 같은 건 없었어. 그저 다에코가 마음을 돌리고 나한테 돌아와주기만 하면 나머지는 아무래도 상관없었어."

"그렇다고 가스를 마시게 해?"

"할 수 없잖아. 때려도 무슨 짓을 해도 말을 안 듣는데. 다에코가 나빠. 평생 나한테서 도망치지 못한다는 걸 확실하게 깨닫게 해주고 싶은 것뿐이었어. 다에코는 날 버릴 권리가 없어."

나는 발끈한 나머지 공포를 잊었다.

"뭐가 할 수 없다는 거야. 다에코를 때렸다고? 댁이야말로 다에코를 구속할 권리가 없어."

"닥쳐."

이가라시는 어깨에서 손을 떼 내 얼굴을 때렸다. 나는 벤치 위에 나동그라졌다.

"조잘대지 마. 아무것도 모르면서. 다에코는, 다에코는 처음부터 날 그냥 심심풀이 놀이 상대로만 생각했어. 다에코 머릿속엔 나쓰하라 오사무밖에 없었던 거야."

나는 쳐들었던 주먹을 내렸다.

"나쓰하라 오사무?"

"다에코는 '행운의 돌'을 전혀 관계없는 외부 조직으로 보이게 해야 한다고 말했어. 그때 난 그럼 가공의 회사를 만들자고, 광고지에만 존재하는 회사를 꾸며내자고 했어. 둘이 같이 적당히 카피를 지어냈어. 그럴싸한 회사처럼 보이게 대표이사 이름도 짓자고 했더니 다에코는 얼마 동안 생각하더니 갑자기 어디 먼 곳에 시선을 주면서 그래, 나쓰하라 오사무가 좋겠네, 라고 했어."

이가라시가 돌아섰다.

"난 아무것도 못 알아차렸어. 다에코가 날 떠나려고 해서, 그것도 회사에 '행운의 돌'에 관해 알리겠다고 해서, 난 다에코 계좌에 나쓰하라 오사무 명의로 3백만을 입금했어. 회사에 이야기하면 네가 날 협박해서 돈을 뜯어냈다고 경찰에 신고하겠다고 했어. 다에코는 새파랗게 질려 떨고 있었지만 그래도 돌아오겠단 말은 하지 않았어. 회사도 그만둘 거고 새 직장도 찾았다, 해 바뀌면 분수에 맞는 더 작은 집으로 이사할 거다, 돈은 갚아주겠다, 그렇게 말했어. 난 됐다고 했어. 그건 됐으니까 그럼 마지막으로 같이 한잔하러 가자고 했어. 한 번 더 설득할 생각이었어. 그런데 다에코는 날 견제하려고 사사랑이나기쿠, 지금 회사의 여자까지 불러내서 줄줄이 따라오게 했어. 날 믿지 않았던 거야."

당연한 것 아니냐고 말하려다가 말았다.

"다에코의 염려가 들어맞았잖아. 당신은 처음부터 다에코에게 가스를 마시게 할 생각이었으니까. 아니면 술도 안 마시고 차까지 가져오고 했을 리 없어."

"그런 게 아냐. 그런 게 아니었어. 다에코가 마지막 대화에 성의껏 응해주기만 하면 그저 다에코를 태워 돌아올 생각이었어. 난, 난 다에코를 좋아했으니까."

도시의 바람은 변덕스레 방향을 바꾸었다. 바람에 머리가 날려 뒤로 나부끼는 게 느껴졌다. 나는 이가라시 앞에 섰다. 이가라시의 얼굴은 야단맞은 어린애처럼 일그러져 있었다.

"그런데 다에코는 내 기분을 짓밟았어. 그걸로 알았어. 무슨 방법을 쓰든, 다에코가 내 손 안에서 달아나지 못하게 하기 위해서 무슨 수를 쓰든 상관없다는 걸. 그래서 다에코한테 가스를 마시게 했어. 아침이 되면 가서 이렇게 말해줄 생각이었어. 안 돼, 넌 못 달아나. 그런데 다에코는 나쓰하라한테 받았다는 수정을 쥐고, 탐지기를 끄고, 가스를 튼 거야. 나한테서 달아난 거야."

이가라시는 얼굴을 들었다.

"왜 이제 와서 다에코에 관해 캐고 다닌 거야? 그냥 내버려 두면 좋았잖아. 다에코는 정말로 자살을 기도한 거야. 아무도 다에코를 죽이려고 하지 않았어. 자기 손으로 가스를 튼 거야."

나는 이가라시의 얼굴을 때렸다.

"웃기지 마." 나는 악을 썼다. "웃기는 소리 마. 당신이 다에코를 죽인 거나 마찬가지잖아. 당신이 다에코를 몰아넣어서 죽이려고 한 거잖아. 도망칠 길을 막아버려서, 어떻게도……."

목이 메었다.

"어떻게도 할 수 없게 차가운 당신한테서 도망치려면 그 수밖에 없어서, 그래서 그런 거잖아. 어째서야. 어째서 멈추지 않은 거야. 전화가 왔을 때 바로 다에코한테 갔으면, 바로 가줬으면, 멈출 수 있었을지도 모르는데, 멈추려고 하지 않았잖아. 다에코가 어째 이상하다는 걸 알아차리고 당장 달려가기만 했으면, 중태에 빠지지 않았을지도 모르잖아. 당신이 다에코를 죽음으로 몰아넣은 거야. 다에코의 마음을 죽여버렸어."

"어떻게도 할 수 없게 차가운 건 다에코야. 왜 나를 믿어주지 않았어. 왜 날 도와주지 않았어. 난, 난 다에코 없이는……."

나는 또 이가라시를 때렸다. 그는 저항하지 않았다. 계속 때렸다. 이가라시의 몸의 온기를 주먹 어딘가에 느끼며 그저 계속 때렸다.

"이제 그만해."

갑자기 리키야의 목소리가 들리고 커다란 손이 내 두 손을 붙들었다.

"이젠 마음이 풀렸잖아."

이가라시는 우리를 보며 어깨를 으쓱했다. 그리고 입가에 난 피를 닦고는 말없이 가버렸다.

"거기 서."

"타케."

쫓아가려는 나를 리키야가 붙들었다.

"왜 말리는 거야. 살인 미수잖아. 다에코를 죽이려고 한 살인범이잖아. 왜 말리는 거야. 그냥 놔두라는 소리야?"

"불러 세워서 어쩌려고."

"어쩌긴……."

"어떻게도 할 수 없잖아." 리키야는 측은해하는 표정으로 내게 큰 손수건을 내밀었다.

"어떻게도 할 수 없어. 이 이상 할 수 있는 게 아무것도 없어. 여기서부턴 이가라시 료지 본인의 문제야."

"그럼……."

눈시울이 뜨거워졌다.

"그럼 다에코는 어떻게 하라고? 어떻게 하란 거야."

나는 리키야에게 손수건을 던졌다. 그의 말이 옳다. 이제 어떻게도 할 수 없다. 정말 그랬다.

나는 위를 올려다봤다. 신도청 청사 건물이 공원을 짓누르듯 더없이 섬뜩하게 우뚝 솟아 겨울 밤하늘을 가리고 있었다. 땅속 에너지를 한 방울도 남기지 않고 다 빨아들일 때까지 계속 서 있을 역겨운 바벨탑.

그 위로 아주 조그맣게 목성이 반짝이는 것을 나는 부옇게 흐려진 눈으로 똑똑히 봤다.

12월

24일

◦ 1

무의식중에 우사 하루미의 집을 찾아왔다. 래비라는 별명을 가진 고등학교 시절 친구는 현재 로맨스 소설 전문 작가가 되어 생계를 잇고 있다. 헐렁한 잠옷 차림으로 머리를 헝클어뜨리며 워드프로세서를 두들기고 있던 래비는, 이미 오래전에 소비 기한이 지난 인스턴트커피에 뜨거운 물을 부으며 졸려 부은 눈으로 나를 맞아주었다.

"웬일이야, 이런 시간에, 술내 풀풀 풍기면서. 막차를 놓친 것치고도 너무 늦었는데."

"잘나가나 봐?"

나는 책 무더기를 이리저리 밀어 가까스로 앉을 자리를 마련하고 고타쓰에 다리를 넣었다.

"잘나가? 그거 비꼬는 거야?"

래비는 하품하며 워드프로세서를 껐다.

"뭐, 책이 팔린다는 점에선 잘나간다고 할 수도 있겠지만. 하여간 이런 거 때문에 수면과 미용을 빼앗기는 걸 생각하면 구역질이 난다니까."

그녀는 방금 출력한 원고 한가운데에 커피잔을 탁 내려놓았다.

"요새 어떤 거 써? 가끔은 책 나왔다고 연락 좀 주지. 그럼 친구를 생각해서 사줄 텐데."

"이딴 걸로 네 얄팍한 호주머니를 노리다니, 나더러 그런 냉혈한 같은 짓을 하라고? 뭣보다 내 소설은 매달 꼭 두 권은 나온다고. 일일이 샀다간 끝이 없어. 본인도 뭘 쓰는지 기억도 안 나는데."

그러면서 커피를 벌컥벌컥 마셨다. 나는 방 안을 둘러봤다. 큰 상자가 구석에 열 개쯤 쌓여 있었다.

"저거 뭐야?"

"팬레터."

"전부?"

"응, 전부."

"대단하네."

"대단해. 진짜 얼마나 굉장한지. 읽어볼래? 단박에 사회의 상식을 의심하게 될 거라고 내가 장담할게. 투명하게 장미 무늬가 들어간 편지지에 아름다운 만년필 글씨로 '우사 하루미 선생님께, 저는 선생님의 열렬한 팬입니다. 특히 일전에 출판된 《눈 위의 하얀 사랑》은 읽자마자 저를 꿈의 세계로 데려가 주었습니다. 어쩌면 그리 아름다운지요. 주인공 야스코의 화려함. 그리고 흉포함 속에 뜨거운 혼을 감춘 다카기의 강압적인 유혹. 특히 다카기가 아직 경험이 많지 않은 야스코를 억지로 차고로 데려가 저항하는 야스코의 손을 내리누르며 블라우스를 찢고……."

"아이고 맙소사. 너 대체 뭘 쓰는 거니? 놀랐네."

"놀란 건 나라고. 허둥지둥 책을 꺼내서 찾아봤더니 다카기가 야스코를 차고로 데려가서 같이 도망치자고 강요하긴 했어도 강간 같은 건 안 했단 말이야. 다시 말해 팬레터를 쓴 사람은 읽으면서 자기가 멋대로 이야기를 지어낸 거야. 뿐만 아니라 작가한테 그 이야기를 들이밀면서 훌륭했다고 칭찬한 거지."

"웩." 나는 얼굴을 찡그렸다. "징그럽다."

"그렇지? 어째 세상 사람들의 쓰레기통이 된 기분이라니까. 그게 다가 아니거든. 더 엄청난 것도 와. 당신이 저번에 쓴 러브스토리는 제 경험이 모델이군요, 라든지. 그땐 뭐, 신인이었을 때라 놀라서 해명하려고 보낸 사람 주소로 찾아가봤더니 어마어마한 대저택인 거야. 편지를 쓴 사람은 그 집 외동딸. 이야기를 들은 아버지가 느닷없이 백만 엔짜리 수표를 끊어주려고 들더라. 이게 뭔 일이야 했더니, 요는 그 아가씨가 나쁜 남자한테 속아서 좀 이상해진 거지. 꿈속 세계에 머물면서 러브스토리를 읽으면 죄다 자기랑 그 남자 사이에 있었던 일이라고 착각하는 거야. 그런 연유로 나뿐만 아니라 사방팔방의 로맨스 작가한테 그런 편지를 보내는 모양이지. 경험 많은 선배 작가 여러분은 그런 편지가 와도 무시하시나 본데, 난 그런 일에 익숙하지 않으니까 순진하게 찾아간 거지."

래비는 하이라이트에 불을 붙였다.

"그래서? 백만 엔은 어쨌어?"

"받았어. 뭐, 그쪽 입장에선 그런 이야기가 세상에 알려졌다간 곤란할 테고 비밀을 지켜주는 대가라도 받아줘야 안심할 테니까. 난 지금이랑 달리 가난뱅이였고 말이야. 저걸 받기 전이었거든."

래비는 책꽂이 구석에서 먼지를 뒤집어쓰고 있는 브론즈상을 턱짓으로 가리켰다. 나는 몸을 틀어 그것을 바라봤다. '제4회 일본 로맨스 작가 협회상'이라고 새겨진 아프로디테 흉상이다. 래비가 상을 받았을 때 일은 똑똑히 기억한다. 고등학교 시절 문예부 친구들이 모여 최대한 요란뻑적지근하게 놀았다. 집으로 돌아오자마자 마나미가 포스터물감으로 아프로디테를 화장시켜주고 머리에 분홍 시멘트를 바른 뒤 외국동전과 조개껍질 등등을 붙여 요란하게 꾸몄다. 그리고 '그녀'를 중심으로 다같이 사진을 찍었다. 사진은 지금도 우리 집 벽에 걸려 있다. 실은 아프로디테 상은 재활용되는 것이라 일단 출판사에 반환해야 한다는 것을 나중에 알고 일동은 파랗게 질렸다. 불쌍한 편집자는 보다 펑크 스타일의 아름다움으로 장식된 미의 여신을 보고 거품을 물며 기절할 뻔했다.

"저걸 받았을 땐 아직 전도유망한 젊은 작가였는데."

래비는 실감을 담아 말했다.

"로맨스 소설계에 새바람을 일으키겠다고 말이지. 그런데 지금은 매번 출판사에서 요구하는 대로 돼먹지 않은 욕구불만 여자 주인공이 그 짓밖에 머리에 없는 신사랑 놀아나게 한다고. 진짜 지긋지긋해. 팔리는 작가가 되는 비결이 뭔 줄 알아?"

"글쎄."

"1쪽 20줄짜리 일이라면 페이지당 열다섯 번 이상 줄 바꿈키를 쓰는 것. 이게 철칙이야."

나는 하는 수 없이 웃었다. 말 그대로 머그잔 받침이 된 원고의 글자는 마치 공중 술래잡기라도 하는 듯 보였다. 땅에 발이 닿으면 지는 술래잡기. 워드프로세서로 입력한 글자는 진학 명문교 우수반의 성적 분포도처럼 대부분이 위쪽에 늘어서 있었다.

"얘, 래비, 오늘은 물어볼 게 있어서 온 건데."

나는 화제를 돌리려고 졸린 듯 맹장지에 몸을 기댄 래비를 쿡 질렀다.

"여자가 남자한테 매달려서 키스하면 그건 그 남자한테 반한 걸까?"

"뭐? 뜬금없이 무슨 소리야? 그런 걸 물으러 일부러 여기까지 왔단 말이야?"

"그냥 대답해줘."

"상황 따라 다르겠지만 그야 일반적으로는 그렇겠지."

"상대방 남자가 엄청난 인간이라도?"

"엄청나다니 어떻게 엄청난데? 접촉하면 불치병에 걸린다든지?"

"그런 건 아닌데."

"너답지 않네. 뭐가 그렇게 모호해? 그래선 대답하기 어려워."

래비는 몸을 일으켜 또 하이라이트로 손을 뻗었다.

"그럼 질문을 바꿔볼게. 만약, 만약 말인데, 내가 네 남자를 빼앗았다고 쳐봐."

래비는 요란하게 웃었다.

"네가? 내 남자를? 와, 대단한데."

"진지하게 들으라니까. 래비 네가 나 때문에 애인한테 버림받았다고 쳐. 그 뒤 내가 그 남자를 버렸다고 쳐. 버림받은 남자가 너한테 돌아와서 역시 그건 일시적으로 잠깐 어떻게 된 거였으니까 다시 사귑시다, 그런다고 쳐."

"뭘 그렇게 자꾸 쳐?"

"그건 됐고, 그럼 넌 어떻게 할래?"

한바탕 웃은 뒤 래비는 눈물을 훔치며 말했다.

"그야 그런 남자랑은 헤어져야지."

"나랑은?"

"으음, 글쎄, 어쩌려나. 두 번 다시 안 만나겠지. 시간이 지나면 다시 얼굴 보고 지낼 수 있게 될지도 몰라. 넌 만나기 싫어도 마나미랑 나쓰미, 요코 같은 애들은 만나고 싶을 테고, 그렇게 되면 어느 정도는 없었던 일로 치고 넘어가게 될 거야. 하지만 그렇게 한 번 깨진 신뢰는 좀처럼 회복이 안 된다고 생각해. 왜, 내 남자 빼앗을 계획이라도 있어?"

"그럼 반대라면? 네가 내 남자를 빼앗았어. 래비는 바람둥이라 금세 싫증나서 남자를 버렸어. 나도 열받아서 그 남자를 버렸어. 그런데도 난 너랑 친구로 남아 있어. 네 입장에선 친구인 내가 간단한 유혹에 걸려드는 싸구려 같은 남자랑 헤어져서 다행이라고 생각하니까 나에 대해 죄의식은 별로 없어. 그렇게 친구 관계를 유지하던 중에 내가 자살로 위장하고 살해됐다면."

도중부터 래비는 용궁에 갔다 3백 년 만에 고향으로 돌아왔다는 우라시마 다로라도 보듯 내 얼굴을 쳐다보기 시작했다.

"……저기, 출판사 소개해줄까? 그런 이야기는 또 언제 쓴 거야?"

"그런 거 아니라니까. 그럼 넌 어떻게 할래?"

"이거 참 난감하네. 아까 말한 그 아가씨처럼 마음속 깊이 밀어넣고 현실이 보이지 않는 척하든지, 아니면 목숨 걸고 살인 사건의 진상을 파헤치려고 하든지."

"자기도 자살하는 건?"

"그건 아냐. 인간은 그렇게 약하지 않아. 죽는 게 얼마나 어려운데. 인간은 살도록 사전에 프로그램된 생물이거든. 최종적으로는 물론 죽지만 그때까진 살아가도록 설계됐어. 뭐, 개중엔 프로그램에 버그가 있는 사람도 있겠지만 그런 경우는 진짜 몇 안 돼."

"그럼 처음 질문으로 돌아갈게. 친구를 죽인 범인을 찾아냈어. 싫어하는 남자한테 느닷없이 매달려서 키스하는 여자를 어떻게 생각해?"

래비가 뒤로 나자빠질 뻔했다.

"대체 무슨 설정이야?"

"진지하게 묻는 거니까 대답해줘."

래비는 버릇처럼 한쪽 뺨으로 웃으며 팔짱을 꼈다.

"그야 그 남자한테 홀딱 반한 거지. 구하고 싶었는지도 몰라. 남자를, 그리고 자기를."

래비의 집은 아파트 1층이라 좁은 마당에 작은 단풍나무가 있다. 집 안 조명을 받아 단풍나무가 조금 빛나는 듯 보였다. 우리는 얼마 동안 그것을 바라봤다.

"그래서 말이지, 그런 여자랑 자기를 중첩시켜 글을 쓰는 여자의 심리를 알고 싶은데."

나는 창문에 이마를 갖다 댄 채 물었다.

"뭐야, 역시 소설이잖아."

래비는 내내 입술 끄트머리에 물고 있던 하이라이트를 빼 테이블 위에 던졌다.

"……내가 쓴 건 아니고."

"다시 말해 넌 타인을 구원하는 여자로 자기를 그려내는 여자의 심리를 알고 싶은 거군?"

"간단하게 말하면 그렇지."

얼마 동안 입을 다물고 있다가 래비는 말했다.

"너도 소설을 쓰잖아? 지금은 모르지만 옛날엔 열심히 썼어. 안 그래?"

"응."

"그럼 나한테 물어볼 것도 없잖아. 스스로 생각해보면 알텐데. 쓴다는 작업이 어떤 건지 잘 알 거 아냐. 실제로 벌어진 사건이라고 해도 그걸 언어나 영상이란 매체로 바꿔놓으면 그건 그 매체를 쓰는 사람을 위한 픽션이 돼. 옛날에 네가 그렇게 말한 적 있는데. 기억나?"

나는 고개를 흔들었다. 래비는 어쩔 수 없다는 듯 살짝 웃고 관자놀이를 문질렀다.

"이번 이야기는 처음부터 픽션이니까 더 간단해. 이야기는 작가를 위한 거야. 작가의 내면 깊은 곳에 쌓인 걸 해방하기 위해서 존재해. 그 사람은 아마 아무도 구하지 못했겠지. 그래서 구하는 이야기를 썼어. 이상인 거야. 사실은 자기가 남을 구할 수 있었다 하는 이상. 그걸 써내려가는 과정으로 자기 자신을 납득시키고 싶었던 거야.”

“거짓말하는 것만으론 안 돼?”

“안 됐으니까 쓴다는 작업에 다다랐겠지.”

“이건 내 편견일지도 모르지만 글 쓰는 사람처럼 안 보였어.”

“쓰지 않아도 자기 안에 있는 걸 해방할 수 있는 사람이었으면 그야 안 썼겠지. 세상 사람들 중 다수는 그래. 스포츠를 하고, 고양이랑 놀고, 술 마시고, 음악을 들어 해방할 수 있는 사람도 있어. 그것만으로는 도저히 안 되는 사람도 있어. 그냥 그것뿐이야.”

쓴다는 작업으로도 소용이 없었다면 어떻게 되나.

“다른 길을 찾겠지.”

그래도 발견하지 못하는 경우도 있다는 뜻이다. 나는 말없이 어깨를 으쓱했다. 하여간, 크리스마스이브에 이게 무슨 심각한 이야기야? 하고 투덜거리며 얼마 남지 않은 커피를 마시던 래비는 그제야 어째 이상하다는 것을 깨달은 듯했다.

“뭔데, 대체. 너 무슨 생각인데? 설마 위험한 일에 말려든 건 아니겠지?”

“응, 별일은 아닌데.”

"그럼 됐고."

래비는 미심쩍게 나를 바라보고는 인스턴트커피를 한 잔 더 타주었다.

"마지막으로 하나만 더 물어도 될까? 래비 넌 그렇게 해서 뭔가를 해방하고 있는 거야?"

"껄끄러운 걸 묻는 사람이네. 하지만 뭐, 사람이란 게 완전히 없는 걸 쓸 순 없다고 생각해. 그야 내가 내 소설 내용을 실천해온 건 아냐. 하지만 영화랑 소설이랑 음악이랑 그런 것에서 스토리나 상황을 빌려와도 이야기란 건 뭔가 진짜를 바탕으로 해서 만들어지는 거야. 그 뭔가란 게 뭐라고 구체적으로 보여줄 수 없어서 답답하지만. 그 여자도 단순한 성녀 콤플렉스 때문에 누군가를 구하는 이야기를 쓴 건 아닐 거야. 있잖아."

잠시 망설이다가 이야기를 이었다.

"큰 사고가 났다는 뉴스를 보면서 저기 내가 있었으면 더 효율적으로 사람들을 구조하고 활약할 텐데, 같은 생각 안 해?"

"안 하는데."

"난 하거든. 그랬는데 어느 날 밤늦게 보통 열차만 정차하는 역에서 누굴 만나느라 사람이 별로 없는 플랫폼에서 책을 읽는데 갑자기 쿵 하고 엄청나게 큰 소리가 들리는 거야. 얼굴을 들었더니 5미터쯤 떨어진 선로에 웬 아저씨가 엎어져 있었어. 취해서 발을 헛디뎠겠지. 근처에 있던 사람이 역무원을 불러서 역무원이랑 그 사람이랑 얼굴에서 피를 철철 흘리는 아저씨를 플랫폼으로 끌어올렸어. 나랑 아저씨 사이에도 젊은 남자가 있었는데 아무것도 안 하고 그냥 멀거니 쳐다만 보더라."

"뭐니, 그게."

내가 말하자 래비는 나를 노려봤다.

"다르지 않아. 나도 움직이지 못했어. 아니, 움직이지 않았어. 상황은 알고 있었고 거드는 정도는 가능했는데. ……그러니까 그런 이야기야. 이상과 현실의 갭이란 말이 너무 거창하다면 자기인식이 얼마나 낙관적인지 뼈저리게 알았다고 할까."

래비는 하이라이트에 불을 붙이며 표정을 감추고 내팽개치듯 말했다.

"의외로 괴로워. 그런 거."

잠이 어디론가 달아나버린 얼굴로 래비는 워드프로세서 앞으로 돌아갔다. 똑 부러진 옆얼굴을 바라보며 나는 그냥 눈을 휘둥그렇게 뜬 채 앉아 있었다. 그렇게 해서 천천히, 천천히, 정말 천천히 크리스마스이브 아침이 밝았다. 나는 일어섰다. 내가 있는 것도 잊고 일에 몰두하던 래비는 그제야 소설 세계에서 공통의 시간축으로 돌아왔다. 일어나 현관으로 배웅 나온 그녀에게 나는 씩 웃으며 물었다.

"그런데 래비. 아까 그 백만 엔 수표 말인데. 실제로는 어떻게 했어?"

"실제로는? 받았다니까."

"받아서 어떻게 했어?"

"……어떻게 하긴……."

"쯧쯧, 솔직하게 털어놓으시지."

래비는 나를 외면하며 에잇, 하고 말했다

"센소지 불전함에 갖다 넣었어."

"아가씨의 회복을 기원하며?"

"시끄럽거든. 뭐가 됐든 상관없잖아."

얼굴이 빨개진 래비를 향해 나는 열렬한 손 키스를 날렸다.

◦ 2

첫차를 타고 집으로 돌아오니 6시 반이었다. 밤낮으로 깔려 있는 이부자리에 누워 어느새 잠든 모양이다. 깨어나니 구름 한 점 없는 맑은 겨울 날씨였다. 얼마동안 꼼짝하지 못하고 난로에 들러붙은 채 벌벌 떨며 창문을 살짝 열고 찬 공기를 얼굴에만 쐬었다.

몸 마디마디가 쑤셨다. 어머니가 담근 매실 장아찌를 관자놀이에 붙이면 숙취 따위 30분이면 개운하게 가신다. 하지만

이 숙취는 없애고 싶지 않았다. 조금 전부터 여러 번 전화가 왔다가 끊어졌다. 가까스로 일어설 기운이 난 것은 일어나서 너끈히 한 시간은 지나서였다. 청소한 지 오래인 부엌 싱크대에 몇 번 토하고 손으로 오물을 퍼 음식물쓰레기 봉투에 넣는 최악의 작업을 한 뒤, 수도꼭지 밑에 얼굴을 들이밀고 입을 헹구었다.

손을 씻고 돌아오니 또 전화가 왔다.

"와카타케 씨."

여자 목소리였다. 나는 마지못해 대답하고 아직 많이 남아 있는 담뱃갑을 쓰레기통에 버렸다.

"다에코 언니예요. 이치노세 하쓰코."

나는 어물어물 대답했다.

"알려드려야겠다 싶어서요. 다에코가 숨을 거뒀어요. 오전 5시 3분이라고 합니다."

기계적인 목소리였다. 맑은 하늘처럼 어딘가 쨍했다.

"다에코가 죽었다고요?"

기분이 이상했다. 그러고 보니 아직 안 죽었었지, 하는 기묘하게 잔인한 감상이 뇌리를 스쳤다.

"갑자기 용태가 악화돼서요. 손을 써도 소용없었습니다."

"그렇군요."

"결국 한 번도 의식을 되찾지 못했습니다."

"그렇군요."

"와카타케 씨?"

"네."

"다에코를 죽인 건 누구죠?"

나는 창밖을 바라봤다. 겨울 햇살이 천진난만하게 눈을 찔렀다. 나는 눈을 감았다.

"다에코를 죽인 건 다에코 자신이에요."

얼마동안 침묵이 전화선을 오가는 게 느껴졌다. 숨을 스읍 들이마시는 기척이 났다.

"다에코가 스스로?"

"네."

"그 애가 스스로?"

"네."

수화기 너머에서 목소리가 끊겼다. 나는 눈을 감은 채 계속 수화기에 귀를 갖다 댔다.

"……와카타케 씨."

"네."

"나랑 다에코의 어머니란 사람도 자살했어요."

하쓰코의 목소리는 마치 잡담이라도 하듯 편안했다.

"자살한 거예요. 크리스마스 날. 바쁜 연말이라 나랑 아버지랑 다에코, 이렇게 셋이서 시장에서 장보고 왔더니 가스 호스를 입에 물고 죽어 있었어요. 이유는 결국 알 수 없었어요. 아버지는 내 탓을 했어요. 내 성적 부진 때문에 학교에 불려간

직후였으니까. 난 다에코 탓을 했어요. 다에코가 아버지를 독점했기 때문이라고. 다에코는…… 걔는 누구 탓을 했으려나. 이젠 잊어버렸지만, 그때부터 얼마 동안 우리는 서로 남 탓을 하면서, 문제가 생기면 다들 서로 이유를 떠넘기면서 그렇게 살아왔어요."

"듣고 싶지 않아요."

나는 잠긴 목소리로 말했다. 열이 난 것처럼 등골 어딘가가 쑤셨다.

"다에코가 자살한 거라면……."

하쓰코는 내 말은 들리지도 않는 것처럼 말을 이었다.

"아버지도 그랬어요. 2년 전 이웃집 가스 폭발에 휘말려서 죽었죠. 우리 가족은 가스란 키워드가 입력되면 당장 죽도록 돼 있었던 걸까요."

"듣고 싶지 않아요."

"다에코의 장례는 하마마쓰에서 치를 거예요. 오시겠어요?"

나는 고개를 흔들었다. 계속 흔들었다. 하쓰코에게 그 모습이 보일 리도 없건만, 그녀는 마치 내가 고개를 흔드는 것에 맞추듯이 몇 번 응, 응, 하고는 살짝 웃었다.

"그렇구나. 당신도 다에코 장례식 같은 건 오기 싫은 거지. 하긴 그럴 거야. 나도 가기 싫은데."

하쓰코의 목소리가 갑자기 높아졌다. 처량하게 꺾인 목소리였다.

“다에코 이 나쁜 년. 갑자기 죽고 말이야……. 대체 어디까지 남을 바보 취급해야 성이 풀리는 거야. 멋대로 죽기나 하고. 아버지도 어머니도 저 혼자 독점해가지곤…….”

나는 수화기를 내려놓았다. 기침이 연달아 났다. 괴로워서 눈물이 났다. 거울을 보니 퉁퉁 부은 얼굴이 나를 마주보고 있었다. 이게 1년에 한 번뿐인 크리스마스이브를 맞이하는 여자의 얼굴인가. 머리를 빗고 조금은 덜 형편없어 보이도록 화장을 하고 새빨간 매니큐어를 칠했다. 갈근탕 알약 네 알을 아작아작 씹어 삼키고는 생수로 입을 헹구었다.

다에코의 자살. 아아, 이제 자살 미수라고 하지 않아도 되는구나. 안도감이 느껴졌다. 이제 끝났으니까. 다에코는 너무 멋대로다. 하쓰코 말이 맞는다. 마치 내게 뭔가 특별한 것을 부탁한 듯 보이게 해놓고 실제로는 이름을 써먹은 것뿐. 완전히 이용당했다. 그녀는 자살할 사람이 아니라 믿고 싶었고, 믿으면 그녀의 친구가 될 수 있다고 착각했다. 어이없다. 전부 내 단순한 착각이다. 보나마나 오늘 저녁도 그녀는 까맣게 잊어버린 것처럼 다른 사람과 만날 약속을 했을 것이다.

백에 샤블리를 대충 넣고 스니커 끈을 묶는데 또 전화가 왔다. 외발로 깡충깡충 돌아와 의자에 털썩 앉아서 전화를 받았다.

“나나미 양? 다카하타인데.”

나는 전화를 끊었다. 바로 다시 벨이 울렸다.

"그렇게 험악하게 대할 거 없잖아. 큰일 났다고, 이시하라 사와코가 자살을 기도했어."

"또 자살인가요."

다카하타의 목소리가 가까이에서 들리는 게 싫어 수화기를 귀에서 떼며 대답했다.

"그게 무슨 소리야."

"자살이 유행인가 보죠. 이제 놀랍지도 않아요. 대체 몇 명이나 자살해야 직성이 풀릴 건지."

"이거 봐, 작작 좀 해. 사람이 죽어간다는데 무슨 말이 그래?"

"내가 무슨 말을 하든 당신이 알 바 아니죠."

"알 바 맞거든. 이시하라가 댁을 만나고 싶어해. 다시 한번 말하지만 죽어가는 사람의 마지막 희망이야."

나는 한숨을 쉬었다.

"이시하라는 단단히 각오하고 그런 일을 한 거야. 차에 기름을 끼얹고 일기장이니 뭐니 그런 것까지 같이 불을 질렀어. 분신자살이야. 들어본 적은 있지만 실행하는 사람은 웬만하면 없어. 담찬 아줌마라니까. 우연히 소방차가 근처를 지나가지만 않았으면 그 자리에서 죽었을 테지."

이야기 내용보다 다카하타의 목소리를 듣는 게 싫어서 도중에 말을 가로막았다.

"어느 병원이죠?"

◦ 3

두 번 다시 병원 따위 오고 싶지 않았다는 것을 병원 입구에 섰을 때 확실하게 알았다. 지난번 병원보다 더 부자연스럽게 환하고 현관 옆에 먼지투성이 소철을 심은 건물이었지만 병원은 병원이다. 기분 나쁜 약 냄새가 나는 것은 똑같다.

현관에서 다카하타가 기다리고 있었다. 그 외에도 보도 관계자로 보이는 사람 몇 명이 어슬렁거리고 있었다. 분신자살이라는 게 그렇게까지 뉴스거리인지 아닌지 판단할 방법이 없었다. 세누마 도루 때문일까. 이시하라 사와코의 자살, 아니 자살 미수로 인해 그게 세상에 밝혀진 걸까.

다카하타가 다가오는 것을 거들떠보지도 않고 엘리베이터에 올라탔다. 다카하타는 당연하다는 듯 자신도 올라탔다.

"일찍 왔군. 전철로 왔어?"

나는 대답하지 않았다.

"나나미 양, 이렇게 된 이상 댁이 갖고 있는 '수기'를 공표해야 할 거야. 이시하라는 저번에 다에코가 입원한 병원에서 자살한 남자 친누나잖아. 다 아니까 감출 거 없어. 다에코 주변에서 이렇게까지 자살이 유행하는 건 다에코의 '수기'하고 무슨 관계가 있을 거라는 건 바보라도 알 수 있어. 하지만 말이야, 나나미 양. 거기까지 파악한 사람은 나뿐이란 말이지. 로비에 있던 녀석들은 그냥 흔치않은 분신자살을 취재하러 온 오합지졸이야. 어때, 나한테 '수기'를 보여주지 않겠어?"

나는 대답하지 않았다. 다카하타는 더는 못 참겠다는 듯 말했다.

"고집 좀 그만 부리지? 다에코는 죽었어. 다에코의 죽음이 대체 뭐였는지, 그걸 조사하는 건 댁이 아니라 다른 사람이 할 일이야. 나 같은 사람이 할 일이라고. 다에코도 댁한테 자기 죽음을 조사해달라고 부탁한 게 아니잖아."

그래도 나는 입을 열지 않았다. 다카하타가 울컥해서 뭐라고 말 좀 해보시지, 라고 했을 때 엘리베이터가 5층에 멈춰 섰다. 나는 빠른 걸음으로 간호사 대기실로 갔다.

"이시하라 사와코 씨는 몇 호실인지요?"

"501호실인데 가족분이 아니면 면회하실 수 없어요."

엄한 표정의 간호사가 내가 아니라 다카하타를 노려보며 말했다. 이 뻔뻔한 남자가 무슨 짓을 했는지 잘 알 수 있었다. 나는 고개를 까닥하고는 발길을 돌려 501호실로 향했다. 다카하타가 따라오기에 돌아섰다.

"저쪽에서 부른 건 나뿐이에요. 당신이 나설 자리가 아니에요."

"나설 자리가 아닌 건 댁이겠지. 나는 이시이 도모요에게서…….”

“상관없어요. 애초에 당신이 이시이 도모요 씨에게서 의뢰를 받았다는 것 자체가 거짓말이잖아요.”

다카하타는 허를 찔린 표정을 지었다.

“거짓말이란 걸 어떻게…….”

“멀쩡한 여자라면 당신 같은 인간한테 의논할 리 없으니까.”

“어이, 그건…….”

“병원에선 조용히 해주세요.”

간호사 대기실에서 노려봤던 간호사가 이번에는 나와 다카하타를 평등하게 노려보며 말했다.

“이 사람, 보도 관계자인데 이시하라 씨를 취재하고 싶다고 자꾸 따라붙네요. 전 이시하라 씨 친구고 이시하라 씨가 불러서 왔어요.”

간호사의 시선은 다카하타 한 사람에게 집중됐다. 그녀는 성큼성큼 다카하타 앞으로 다가와 사납게 노려봤다. 다카하타가 주춤하는 틈을 타서 나는 복도 모퉁이를 돌았다. 막다른 곳에 501호실이 있었다. 그 앞에 한 젊은 남자가 엉덩이만 문에 붙인 챈 기역 자로 서 있었다.

“세누마 세이지 씨?”

그는 얼굴을 들어 나를 봤다.

“네.”

"와카타케 나나미입니다."

그는 까무잡잡하게 탄 건강해 보이는 얼굴을 살짝 일그러뜨렸다. 그러고는 나를 외면하며 "당신이"라고 말했다.

"누나는 아까부터 당신 이름만 불러요. 아버지와 어머니, 저, 고모가 누나를 불러도 어째서 이런 일을 한 거냐고 물어도, 그저 와카타케 나나미 씨를 불러달라는 말밖에 안 합니다. 어째서죠. 대체 왜 형에 이어 누나까지……. 우리는 아무것도 몰라서……."

나는 그의 어깨를 툭툭 두 번 쳤다. 기운을 북돋워주고 싶어지는 젊은 애였는데, 적절한 말이 생각나지 않았다. 그는 성가신 듯 내가 친 어깨를 바라봤다. 나는 얼굴을 붉히며 손을 내렸다.

"누나가 왜 그런 일을 했는지 당신은 알아요?"

나는 어깨를 으쓱했다.

"지금까지 누나한테서 당신 이름을 들어본 적도 없는데요. 당신은 대체……."

"누님을 만나는 게 먼저라고 생각해요."

나는 말했다. 세이지는 숨을 세차게 들이쉬며 고개를 끄덕이고는 문을 열었다.

병실은 생각보다 좁았다. 커다란 침대와 붕대를 칭칭 감은 사와코. 그리고 여자 둘과 남자 하나가 곁을 지키고 있었다. 여자 중 한 명이 손을 잡으려고 할 때마다 침대에 누운 사와코가 손을 슥 뺐다. 그러면 여자가 또 손을 잡으려 하고 사와코는 손을 뺐다. 그것을 계속 반복하고 있었다.

병실로 들어간 나를 세 사람이 의아하게 쳐다봤다.

"와카타케입니다."

조금 전까지 집요하게 손을 잡으려 하던 중년 여자가 일어나 내 앞으로 왔다.

"딸애가 왜 이런 짓을 한 건지 당신은 알죠? 알면 말해요."

냉정한 목소리였다. 수학 문제의 답을 칠판에 쓰라는 말을 들은 기분이었다.

"그만둬." 아버지인 듯한 남자가 여자의 어깨를 붙들었다. "어렵게 걸음해주셨는데 그런 식으로 말씀드리면 어쩌나."

"뭘 꾸물대는 거죠? 어서 말해요."

등골이 오싹했다. 이 사람이 세누마의 어머니이리라. 아무것도 비추지 않는, 섬뜩할 정도로 곧은 눈동자. 그날 병원 철책 위에서 하늘을 올려다보던 세누마, 아니, 땅바닥에 내동댕이쳐져 아무것도 비추지 못하게 된 그의 눈과 똑같았다.

"와카타케 씨?"

방 안 어딘가에서 알아듣기 힘들 만큼 쉰 목소리가 들려왔다. 나는 여자를 피해 이시하라 사와코 곁으로 다가가려 했다.

"저리 가."

히스테릭한 외침이었다면 그나마 참을 수 있었다. 어디까지나 강압적인 명령조가 견딜 수 없었다. 나는 이를 악물었다.

“이시하라 씨는 제게 할 이야기가 있어서 부르셨을 겁니다. 죄송하지만 비켜주시겠습니까.”

“무슨 할 이야기가 있다는 거야. 당신 같은 인간한테. 당신은 가족이 아냐. 당장 나가.”

“싫어요.”

중학생이 부조리한 학생 지도 교사에게 맞서는 듯한 음성이 되고 말았다. 하지만 후회하고 있을 때가 아니었다. 이시하라의 어머니는 손을 들어 아주 익숙한 동작으로 내 왼쪽 뺨을 찰싹찰싹찰싹 때렸다. 힘이 실리지 않아 아프지는 않았지만 갑작스러운 구타에는 아무래도 놀랄 수밖에 없었다. 다음 말을 입에 올리기까지 적잖이 시간이 걸렸다.

“전 이시하라 사와코 씨가 불러서 여기에 왔습니다. 여기서 절 내쫓을 수 있는 사람은 이시하라 씨뿐입니다.”

어머니를 무시하고 아버지에게 말했다. 아내의 행동에 놀라고 당혹감도 느끼는 듯한 아버지는 눈 밑에 다크서클이 질게 드리워진 얼굴로 면목이 없다는 듯 고개를 끄덕인 다음 아내의 손을 잡았다.

“나가지. 사와코의 바람을 들어줘야 하잖아.”

“왜죠? 우리는 가족이에요. 사와코가 할 이야기가 있다면 우리도 들을 권리가 있어요.”

“됐으니까 나가자고.”

“나가지 않겠어요. 난 사와코의 어머니니까.”

"아뇨." 침대 곁에 사양하듯 앉아 있던 또 한 여자가 갑자기 담요를 똑바로 보며 말했다. "아뇨. 당신은 사와코의 엄마가 아니에요. 엄마는 나예요."

"내가 낳았어. 내 애야."

"당신은 엄마가 아니라 정신병자야. 이 방에서 나가요."

여성 생활 지도 교사처럼 엄격하고 굳은 얼굴의 '어머니'는 그 말을 듣고 순식간에 울상이 되었다. 뜻밖이었다. 내심 또 한바탕 소란을 피울 줄 알고 넌더리내고 있었다.

아버지에게 손을 잡혀 어머니는 힘없이 밖으로 나갔다. 이시하라가 '야요이 고모'라고 부른 몸집이 작고 몸놀림이 가벼워 보이는 여자는, 별로 흐트러지지도 않은 담요를 고쳐주고 고요한 흥분이 담긴 어조로 말했다.

"이야기가 끝나면 불러주겠어요?"

"네."

나는 대답했다.

"그리고……."

그녀는 잠깐 망설였다.

"이야기 내용을 알려줄 수 있을까요?"

나는 이시하라를 내려다봤다. 하얀 붕대 틈으로 보이는 눈이 내게 호소하고 있었다. 나는 고개를 흔들었다.

"당신은 사와코와 친해요?"

"어제 처음 만났습니다."

"어째서……. 어제 처음 만난 사람에게는 말할 수 있고 계속 같이 살아온 나에게는 말할 수 없다니 그런 일이 어디 있나요. 무슨 이야기를 했는지 못 가르쳐주겠다면 나도 여기 있겠어요."

"그런 게 아닙니다."

나는 어떻게 말해야 좋을지 생각했다. 피로가 목구멍까지 치미는 게 느껴졌다. 그냥 이 자리에 쓰러져버리고 싶었다.

"그런 게 아니에요. 제가 이시하라 씨와 감정적으로 얽힌 게 없으니까 저한테 이야기하고 싶은 거예요. 무관한 저라면 이시하라 씨 이야기를 듣고 상처받지 않을 수 있으니까요."

야요이는 내 눈을 똑바로 봤다. 그러고는 이시하라의 눈을 똑바로 봤다. 두 사람은 마치 서로 고개를 끄덕이는 것으로 대량의 정보를 교환하는 듯했다. 야요이는 나를 돌아보지 않고 문을 열고 복도로 나갔다.

나무문이 닫히자 나는 반대편에 있던 접는 의자를 끌어와 이시하라 가까이 얼굴을 가져갔다.

"어째서 자살하려고 한 거죠?"

이시하라의 눈이 살짝 웃었다.

"……자살하려고 한 게 아니에요. 전부…… 태워버리고 싶었던 것뿐이에요."

"자기 자신을 포함해서요?"

"도루와 관계있는 모든 걸……."

"그럼 저도 태워버려야죠. 안 그러면 공평하지 못해요."

코를 지나는 녹색 줄이 그녀가 말할 때마다 조금씩 빠졌다. 그녀는 담요 밑에서 오른손을 꺼내 그것을 고쳤다. 손가락만 빼고 온몸이 새하얀 붕대로 뒤덮여 있었다. 손가락은 쇠고기 육포 같은 색이었다. 나는 눈을 내리깔았다. 그래놓고 어째 부당한 행동을 한 것 같아서 괜히 화가 치밀었다. 고개를 들지 않은 채 몇 번 헛기침을 해서 얼버무렸다. 거북한 기분이 기침의 진동과 함께 등골을 타고 몸 어디론가 사라졌다.

"도루의 일기. 수기 원본. 워드프로세서 저장매체. 전부 못 쓰게 됐어요. 나 자신도요. 당신에 관해선, 그래요, 걱정하지 않았어요. ……내가 죽으면 당신은 그걸 공표하지 않고 태워 버릴 거라고 생각했어요."

"멋대로네요." 나는 감정을 억눌렀다. "너무 멋대로예요. 당신도, 다에코도. 날 믿는 것도 아니면서 막 내리는 걸 나한테 맡기다니. 난 관계없으니까, 사건하고 관계없으니까, 그러니까 정말 상처입지 않을 거라고 생각한 거죠? 그럴 리 있어요? 그럴 리 있느냐고요."

그녀의 오른손이 내 손을 잡았다. 붕대의 까슬까슬한 감촉이 너무나도 기분 나빴다. 손을 빼고 싶은 것을 참는 데에 어마어마한 정신력이 필요했다.

"……알아요. 미안해요. 하지만 어쩔 수 없었어요. 있죠, 이렇게 여러 사람이 죽었으니까 '수기'가 없어도 도루가 한 일은 언젠가 알려질 거예요. 그러니까 당신이 어떻게 하든 도루가 한 일에 대한 책임은 내가 한 것처럼 가족 모두가 짊어져야 할 거예요. 그게 결정적인 게 될지 모호한 게 될지 그건 당신에게 달려 있지만요."

"나한테 부탁하는 건가요? 그걸 불에 태워달라고. '수기'를 없었던 일로 해달라고. 그렇게 부탁하는 건가요?"

"……부탁 같은 건 못 해요. 당신이 정해요."

나는 입술을 깨물었다.

"그런 건 반칙이에요. 난 못 정해요."

"……정해줘요. 당신은 제삼자이면서 당사자예요. 자기가 원해서 된 당사자죠."

"어떻게 해야 하나요? 어느 쪽을 선택하든 반드시 후회할 거예요. 공개해도, 불에 태워버려도, 어쨌거나 난 내내 후회할 거예요."

이시하라의 눈이 축축해졌다. 충혈된 눈은 나를 지나 어디 먼 곳을 바라봤다.

"……어느 쪽이든 괜찮아요. 난 후회하지 않아요. 당신한테 처리를 맡긴 걸…… 난 후회하지 않을 거예요. 이치노세 씨도 아마 그럴걸요."

"그런 걸 어떻게 알아요."

나는 거칠게 내뱉었다.

"믿으면 돼요. 우리가 후회하지 않았다는 걸. 난 후회하지 않아요."

"도루 씨를 죽인 것도요?"

이시하라는 놀라 눈을 크게 떴다. 나는 손을 잡아 뺐다.

"……눈치챘군요."

"십중팔구 그럴 거라고 생각한 것뿐이에요. 어제 찻집에서 당신을 만났을 때 난 아직 담배를 피우기 전이었어요. 재떨이도 깨끗했고 담배랑 라이터도 백에 그냥 들어 있었는데, 이시하라 씨는 내가 담배를 피운다고 단정하는 말투였어요. 내가 다시 담배를 입에 댄 건 다에코의 사건이 있고 나서예요. 그때까지 3년쯤 금연했으니까 다에코한테서 들었을 리도 없죠. 혹시 내가 병원 옥상에서 도루 씨랑 함께 담배 피우는 모습을 본 게 아닐까, 그냥 그것뿐인, 빈약한 이유예요."

"……나도 그날, 이치노세 씨 병문안을 갔다가……. 당신을 발견하고……. 그 뒤를 따라갔더니 도루가…… 당신이랑 이야기하고 있기에……. 당신이 떠나고 나서…… 도루는…… 도루는…… 기쁜 것 같았어요…… 아니면 슬픈 것 같았으려나……요……."

이시하라의 의식이 먼 곳으로 흘러가는 듯 느껴졌다. 놀람과 공포가 가슴을 죄었지만 착각이었다. 그녀의 입에서 규칙적인 숨소리가 새어 나오는 것을 확인하고 일어섰다.

◦ 4

복도로 나와 나는 야요이에게 고개를 까닥 숙였다. 복도 구석에 다카하타와 세이지가 나를 보며 작은 목소리로 뭐라 이야기하고 있었다. 야요이에게 이시하라가 잠든 것을 알리고 발길을 돌리자, 세이지가 빠른 걸음으로 다가와 다른 가족에게도 똑똑히 들리는 목소리로 말했다.

"와카타케 씨, 이치노세 씨란 분이 쓴 '수기'를 갖고 계신다죠?"

나는 무덤덤하게 그의 얼굴을 올려다봤다.

"그분 '수기'에 형과 누나 이야기가 나온다죠? 게다가 그분도 형과 누나처럼 자살했고."

세이지의 얼굴은 벌겋고 호흡은 빨랐다.

"보여주실 수 없을까요? 저희한테도 형과 누나가 무슨 생각을 했는지 알 권리가 있으니까요."

"무슨 말인지 모르겠네요. 전 다에코의 '수기' 같은 건 갖고 있지 않아요."

"그만 포기하시지, 나나미 양. 자칫하면 증거 은닉죄로 걸릴걸."

수염을 기른 얼굴에 자기는 다 안다는 듯한 표정을 짓는 다카하타라는 남자에게 이전보다도 더 혐오감을 느꼈다. 내가 이렇게까지 누구를 싫어할 수 있을 줄 몰랐다. 가까이에 가슬

린도 칼도 없고 내가 완력에 자신이 없는 인간이라 정말 다행이었다. 아니면 쏘고 삶고 굽는 정도는 했을 것이다. 나는 세이지를 사납게 노려봤다.

“당신은 아직 젊으니까 저런 형편없는 남자의 세 치 혀에 속는 것도 어쩔 수 없을지 모르지만 앞으로는 조심해요. 아니 땐 굴뚝에 연기 나게 하는 게 저 사람 직업이에요.”

“정말로 없습니까?”

세이지는 집요했다. 하마터면 인내심을 잃을 뻔했다.

“없어요. 뭐하면 누나한테 물어봐요.”

그렇게 말하고 걸음을 떼자, 다카하타가 빠른 걸음으로 다가와 내 백을 잡았다.

“뭐 하는 거예요?”

“정말 없는지 확인하려고.”

나는 다카하타의 손을 뿌리쳤다. 다카하타는 순간 주춤한 듯했지만 이내 울컥해서 백을 힘껏 잡아당겼다. 나는 백을 꽉 붙들었다. 입을 벌려 백을 붙든 다카하타의 손을 깨물었다. 봐주지 않았다. 다카하타는 고함을 지르며 손을 뗐다.

“무슨 짓이야.”

“그건 내가 할 말이에요.”

나는 백을 고쳐 들었다. 비틀거리며 뛰려 하자 세이지가 앞을 가로막았다.

“우리는 볼 권리가 있다고 생각해요.”

그는 말했다. 가슴이 찢어질 듯 아팠다. 그럴지도 모른다. 여기서 이 성가신 '수기'를 공개하는 편이 올바른 행동일지도 모른다.

하지만 그런 게 아니다. 여기에 다에코와 이시하라의 모든 것이 걸려 있다. 이시하라가 지켜내려 한 것은 자기 자신이 아니라 눈앞에 선 키가 크고 고집스러운 눈을 가진 어린애다. 역시 보여줄 수 없다. 다카하타는 물론이고 이 철없는 애에게도 절대로 보여줄 수 없다. 너도 반대하지 않지, 다에코?

나는 고개를 저었다.

"난 '수기' 같은 건 갖고 있지 않아요. 어제 이시하라 씨한테 줬어요. 이시하라 씨는 차에 불을 질렀을 때 그걸 갖고 있었다고 했어요. 아마 불에 탔겠죠."

"그게 사실인가요?"

세이지의 눈은 의심스레 깜박였다. 아무것도 모르면서 떼만 쓰는 어린애. 나는 숨을 깊이 들이마셨다.

"사실이에요."

나는 말했다.

"그럼 백 안을 보여주세요."

세이지가 느닷없이 팔을 뻗었다. 나는 저항했다. 다카하타가 세이지를 거들었다. 나는 다카하타의 발을 걷어찼다. 두 사람의 숨이 얼굴에 닿아 기분 나빴다.

"이거 놔. 안 놓으면 댁들 얼굴에 토해줄 거야."

두 사람이 주춤한 틈을 타서 있는 힘껏 뒤로 펄쩍 뛰어 물러났다. 백에서 튀어나온 샤블리 병이 바닥에 떨어져 요란한 소리를 내며 깨졌다. 다카하타도 세이지도 놀라 피했다. 복도 끝에서 간호사 두세 명이 서둘러 이쪽으로 오는 게 보였다.

나는 휘청거리며 백을 안고 달리기 시작했다. 뒤에서 나를 부르는 목소리가 들려왔지만 무시하고 비상계단으로 달려 들어갔다. 부들부들 떨리는 무릎으로 계단을 뛰어 내려가 병원 밖으로 나와서도 무작정 뛰었다. 한참 뛴 끝에 처음 보는 번화가 한복판에서 산타클로스 인형을 들이받으면서 겨우 멈춰 섰다. 숨이 차고 겨드랑이에 땀이 차 기분 나빴다. 산타클로스에게 매달려 숨을 고르는 나를, 말끔히 차려입은 사람들이 이상하다는 듯 쳐다보고 가버렸다.

심장 고동이 진정될 때까지 몇 분 걸렸다. 손에 난 커다란 찰과상에서 피가 났다. 나는 청바지 주머니에서 손수건을 꺼내 대충 손에 감고는, 다 안다는 척 부자연스러운 웃음을 띤 산타클로스의 낯짝을 그 손으로 힘껏 갈겨주었다.

◦ 5

블랙컴의 크리스마스 파티는 한창 물이 올라 있었다. 나는 리키야의 묻는 듯한 시선을 외면하며 화장실로 들어가 그때까지 들고 다니던 '수기'를 꺼냈다. 그리고 고생해서 찢어 조금씩 태웠다. 태워서 변기에 버리고 또 태워서 변기에 버렸다. 전부 버릴 때까지 이 작업을 열 몇 번 반복해야 했다. 그래도 결국 '수기'는 하수로 빨려들어 사라졌다. 뽀글뽀글 하는 물소리를 들으며 나는 얼마나 오랜 시간을 후회하며 살아야 할까 멍하니 생각했다.

하지만 어쩔 수 없다.

어쩔 수 없는 일이다. 아마 나는 이렇게밖에 할 수 없을 것이다. 그렇지, 다에코? 당신의 싸움은 당신 자신의 손으로 이미 오래전에 막을 내렸다. 내가 한 일은 단순한 사후 처리. 뒷수습을 한 것뿐이다. 당신은 세누마 도루를 감싸려고 했다. 하지만 세누마가 죽고 이시하라가 자살을 기도한 지금, 세누마의 '수기'를 당신 손으로 허구화하는 것은 이미 불가능하다. 그러니까 이렇게 하는 게 당신의 의지를 계승하는 유일한 방법인 거야.

"화장실에 참 오래도 있네"라는 단골의 야유를 무시하고 나는 리키야를 도와 있는 힘껏 일했다. 수십 병의 샴페인이 크리스마스를 위해 거품이 되어 단골들과 주인장과 바닥과 의자와 벽을 적셨다. 크리스마스 노래란 노래는 모조리 등장해 원곡이 어땠는지 알 수 없게 될 때까지 주인장의 아우성에 의해 파괴되었다. 발을 구르며 노래하는 그들은 정말 즐거워 보였다. 쳇, 크리스마스 좋아하시네. 그렇게 생각하면서도 나 자신도 어느새 조금씩 뺨 근육이 누그러지는 것을 막을 수 없었다.

뒷정리가 일단락됐을 때 리키야는 손의 물기를 닦으며 내게 말했다.

"아까 다카하타 씨한테서 전화가 왔어."

"그래."

"수기가 어쩌고저쩌고 하던데."

"수기 같은 건 없어."

나는 남은 샴페인을 잔에 따르며 대답했다.

"없다고?"

나는 턱짓으로 화장실을 가리켰다. 리키야가 입을 딱 벌렸다.

"타케, 너 설마……."

"수기 같은 건 처음부터 없었어."

"너 설마……."

"처음부터 없었던 거야. 안 그래, 리키?"

리키야는 얼마 동안 입을 다물지 못한 채 나와 화장실을 번갈아 봤다. 그러더니 한쪽 뺨으로 살짝 웃으며 고개를 끄덕였다.

"후회할 거다."

"그렇겠지."

"못 잊을걸."

"그러게."

"받아."

리키야는 리본으로 묶은 종이를 내밀었다.

"이게 뭔데?"

"크리스마스 선물."

"나한테?"

"내가 쓴 소설이야."

"네가 쓰던 소설?"

리키야는 코를 문질렀다. 조금 쑥스러워하며 말했다.

"다에코 씨만이 아니라 사람은 남을 위해 글을 쓰는 거야. 자아도취라도, 의도가 전달되지 못하는 일이 있어도, 자기 혼자만을 위해서가 아니라 읽는 사람을 위해. 안 그래?"

"그러게."

리키야는 언젠가 그랬던 것처럼 내 머리에 큼지막한 손을 얹고 통통 튕겼다. 그러더니 웬일로 주머니에서 담배를 꺼내 한 대 빼서 입에 물고 내게도 내밀었다. 나는 고개를 흔들었다.

"안 피우게?"

"끊었어."

그 말만으로 리키야는 알아들은 듯했다. 그는 연기를 뱉어내며 카운터를 떠났다.

나는 리본을 풀고 싱크대에 기대서 읽기 시작했다. 50매쯤 되는 짧은 사랑 이야기였다. 몇 번이고 환생을 거듭하며 그때마다 불행해지는 남자의 이야기. 최초의 기억 속에 등장하는 환상 같은 소녀를 그리는 남자는 그 때문에 나락에 빠져드는 자신을 저주하고 소녀를 저주한다. 하지만 남자는 잃어버린 사랑으로 인해 결국 구원을 받는다.

읽으면서, 리키야의 굵은 손가락으로 입력된 워드프로세서 문자를 눈으로 좇으며 나는 내내 가슴을 무겁게 짓누르던 덩어리가 스르르 사라지는 것을 느꼈다. 괜찮다고 생각했다. 다에코는 언젠가 우리가 사는 이 세상으로 돌아올 것이다. 그리고 서로 못 알아차린 채 다시 만날 수 있을 것이다. 괜찮다. 모든 것을 받아들이고 그녀가 원하는 그녀로 돌아올 수 있는 날이 언젠가 꼭 올 것이다.

그때는 같이 샤블리를 마시자. 치즈와 남자 이야기를 안주 삼아 아침이 올 때까지 수다를 떨자. 잠자는 숲속의 미녀를 깨우는 왕자는 되지 못했지만, 그래도 나는 다에코의 친구가 될 수 있었으니까.

가게 조명이 어두워졌다. 스피커가 침묵했다. 주인장이 큰 소리로 말했다.

"카운트다운!"

9, 8, 7, 6…… 나도 동참했다. 5, 4, 3, 2, 1.

"땡! 25일이다 제군, 메리 크리스마스! 겨우살이 밑에 서 있는 녀석은 키스해도 돼."

점잔 뺀 얼굴로 쟁반 위의 잔을 바로잡던 리키야는 자신이 문제의 겨우살이 밑에 서 있다는 것을 깨닫지 못한 모양이다. 남자 단골들이 발을 쿵쾅거리며 몰려드는 것을 리키야는 눈을 휘둥그렇게 뜨고 바라보더니 이내 비명을 지르기 시작했다. 나는 리키야의 크리스마스 선물에 다시 리본을 묶으며 배를 잡고 웃었다. 그러고는 방금 설거지한 잔 두 개에 샴페인을 따라 양 손에 하나씩 들고 쨍 맞부딪쳤다.

메리 크리스마스, 다에코.

지은이의 말

여자 탐정을 좋아한다.

샤론 매콘.

빅 워쇼스키.

킨제이 밀혼.

애나 리.

클라리스 스탈링.

미란다 토레스.

칼로타 칼라일.

레베카 슈워츠.

이런 요새 잘 나가는 여자 탐정들(혹시나 해서 덧붙이자면 탐정이라는 직업에 연연해하는 건 아니에요)을 아주 좋아한다. 그들은 강하다. 자신에게 자부심을 갖고 있다. 결코 물러서지 않는다. 그리고 물론 귀여운 일면도 잊지 않는다. 여자 탐정은 이상적인 여성상이다.

하지만 그것만이 아니다.

나는 제인 마플을 좋아한다. 제시카 여사도 좋아한다. 허니 웨스트도, 메이비스 세드릭도 좋아한다. 낸시 드루도 좋아한다. 여자 밀정 마사도 좋아한다. 아카가와 지로 씨가 그리는 여러 여자 탐정들도 아주 좋아한다.

벗이여, 그런 것을 지조가 없다고 한다.

그럴지도 모른다. 하지만 남자 탐정도 좋아하거든, 난.

다만 남자 탐정이 주인공인 이야기를 읽을 때와 여자 탐정이 주인공인 이야기를 읽을 때 몰입도가 많이 다르다. 남자 탐정을 그리는 책을 읽으며 재미있어서 흥분해도 다 읽고 난 뒤 책은 깨끗하다. 여자 탐정이 나오는 책은 손에서 땀이 묻어 끈끈하고 꿀렁꿀렁 물결친다.

남자 탐정이 다치는 장면에서는 가끔(가끔이라니까) 더 보여줘(하트) 같은 생각을 할 때도 있다. 여자 탐정이 괴롭힘을 당하는 장면에서는 무슨 짓이냐고 화낸다.

남자 탐정이 글래머에 거만하고 동성 친구는 절대로 없을 타입의 벼락출세 상류계급 부인에게 반해도 냉정하지만, 여자 탐정이 마음에 들지 않는 남자 캐릭터에게 반하거나 하면 저런 게 어디가 좋다고, 하고 화낸다.

이걸 단순히 몰입, 자신과 등장인물의 혼동으로 볼 수도 있을 것이다. 현실의 자신을 잊고 대차고 멋진 여자가 되어 잠시 소설 세계로 도피할 수 있기에 여자 탐정을 좋아하는 것 아니냐고.

그런 부분이 완전히 없다고는 말 못 한다.

현실의 자신에 백 퍼센트 만족하는데 누가 책 같은 걸 읽나.
'운이 없는 건 타고난 팔자야. 그러니까 책이나 읽고 있지.'

안 그래?

하지만 역시 그게 다는 아니다.

나는 여자 탐정 특유의 허세와 노력, 두뇌 회전도 좋아한다. 남자라면 어깨를 으쓱하며 넘겨버릴 사소한 일에 연연해하며 소란을 떠는 여자의 좁은 도량을 좋아한다. 누군가에게 기대지 않을 수 없으면서 홀로서기를 의식할 수밖에 없는 한심함도 좋아한다.

무신경하고, 오만하고, 결국에는 자기 본위적이면서 자기 행동을 정당화하는 데 능한…… 그러면서도 눈물도, 독설도, 다정함조차도 아끼지 않는 여자 탐정이 나는 정말 좋다.

다만 내가 꿈꾸는 여자 탐정을 실제로 써낼 수 있었는지 아닌지 매우 자신 없다. 쓰면서 에잇, 이 와카타케 나나미란 여자는 왜 이렇게 성가신 인간인가, 어디 내 손에 죽어봐라! 라고 생각한 것도 한두 번이 아니다.

그래, 조만간 진부한 기획 '와카타케 나나미 살인 사건'을 써주마, 후후, 후후후…… 하고 한밤중에 워드프로세서를 치며 소름 끼치게 웃은 적도 있다.

그래도 이렇게 다 써서 한 권의 책이 되고 나자 성가신 와카타케 나나미 씨도 어째 귀엽게 느껴지니 이상한 일이다.

나나미 씨만이 아니다. 다른 등장인물들, 특히 세누마 도루는 정말 예뻐 죽겠다. 덜떨어진 자식을 둔 우리 부모님 심정이 막연히 이해될 것 같다.

그래도 도가와 편집장님, 그리고 억지로 떠맡긴 두꺼운 원고를 읽어야 했던 사와키 교, 사쿠라이 히토시 두 분의 격려가 없었다면 그들은 태어나지 못했을 것이다.

그리고 이 소설을 읽고 참으로 무시무시하면서 재미있는 표지 그림을 그려주신 도요이즈미 아사코 씨.

아즈마 마리코 씨 이하, 빨리 두 번째 작품을 읽고 싶다고 말해준 이들.

모두에게 작가와 주인공, 두 와카타케 나나미가 깊은 감사 말씀 드립니다. 고맙습니다.

1991년 9월 1일 와카타케 나나미

옮긴이의 말

이 책의 주인공 와카타케 나나미는 참으로 넓고도 다채로운 인맥을 갖고 있다. 시리즈 첫 작품이자 작가의 데뷔작《나의 미스터리한 일상》에서 비록 한 다리 건넜다고는 해도 사내보에 단편소설을 연재해줄 인재를 눈 깜짝할 새에 찾아내더니, 이 책에서는 한발 더 나아가 마침 아르바이트를 하게 된 가게가 그렇게 사건 추적에 완벽한 환경이라든지, 뒤쫓고 있는 사건에 관한 정보를 마침 후배 아는 기자가 갖고 있다든지 한다. 자칫하면 스토리 전개를 위한 억지스러운 '우연'으로 보일 수도 있건만, 이상하게도 그런 느낌이 들지 않는 것은 주인공이 그만큼 입체적으로 살아 있는 인물로 그려지기 때문이 아닐까 싶다. 이건 어디까지나 추측이지만, 탐정 와카타케 나나미는 성격에서 독서 취향에 이르기까지 작가 와카타케 나나미의 모습이 상당 부분 투영됐을 것 같다. 작가 후기에 드러나는, 지금으로부터 30년 전 한창 날 서 있었을 젊은 시절 작가의 날 선 부분을 주인공 탐정에게서도 찾아볼 수 있기에 더욱 그런 느낌이 든다. 그렇기에 그의 이야기에 동참해 함께 일희일비할 수 있었다.

딱히 여자 탐정을 좋아한다고 생각해본 적은 없다.

남자 탐정이라고 좋아한다는 뜻은 아니고 그저 성별을 따져본 적이 없었다. 하지만 작가의 후기를 읽고 보니 확실히 남자 탐정과 여자 탐정은 이미지가 다르다. 하드보일드의 남자 탐정을 생각해보시라. 독단과 편견을 섞어서 말하자면 대개들 멋있다 폼 난다. 요샛말로 '간지가 좔좔' 흐른다. 트렌치코트와 시가, 눌러쓴 모자. 아니면 가죽점퍼와 대형 오토바이. 말수가 적다. 언성을 높이지 않는다. 몸싸움이 벌어져도 땀 한 방울 흘리지 않고 순식간에 상대를 제압한다. 한마디로 '무너지지' 않는다.

여자 탐정, 참 잘 무너진다. 우리의 주인공 와카타케 나나미 씨를 보시라. 얼굴 붉힘과 자괴감의 연속이다. 원한 것도 아닌 자기성찰을 해야 한다. 흙바닥에 뒹굴며 발버둥치며 악을 써야 한다. 헛물켜고 허탕 치고 헛발질한다. 솔직히 꼴사납다. 그리고 그걸 누구보다도 본인이 잘 안다. 아주 잘 안다.

그건 어쩌면 남자 탐정과 달리 여자 탐정은 사건에 '감정적으로' 몰입하기 때문일 수도 있다. 몸도 마음도 다 던져 사건을 뒤쫓는다. 그러니 상처 입을 수밖에 없다. 하지만 바로 그렇기에 우리도 손에 땀을 쥐고 지켜본다. 함께 상처 입는다. 여자 탐정은 앞서 쓴 대로 '우리의 주인공'이다. 남자 탐정에 대해 '우리의 주인공'이라는 말은 아마 나오지 않을 것 같다. 남자 탐정은 쿨하게 감상하고, 여자 탐정은 응원한다. 그런 생각을 내내 했다. 사랑스럽다.

《나의 미스터리한 일상》이 국내에 처음 소개된 지 15년째다. 읽고 싶은 책 읽을 책이 수없이 존재하는 요즘 세상에서 15년이라는 짧지 않은 세월 동안 잊히지 않고 꾸준히 사랑받던 《나의 미스터리한 일상》에 새 옷을 입혀 후속작인 《나의 차가운 일상》과 선보이게 됐다. 《나의 미스터리한 일상》이 미스터리, 호러, 괴담 등 다양한 장르를 망라하는 일상 미스터리+단편 연작집이라면(알고 보면 하나도 일상적이지 않지만), 《나의 차가운 일상》은 작가의 다른 작품인 '하무라 아키라 시리즈' 쪽에 더 가까운 하드보일드 장편이다. 그렇기에 분위기는 다르지만, 바탕에 흐르는 인간의 '어떻게도 할 수 없는' 부분은 공통된다. 《나의 미스터리한 일상》과 더불어 그런 부분에도 주목하며 읽어주시면 좋을 것 같다.

2022년 권영주

옮긴이 권영주

서울대학교 외교학과를 졸업하고 동 대학원에서 영문학을 전공했다. 온다 리쿠의 《나와 춤을》, 《유지니아》 등을 옮겼으며, 특히 《삼월은 붉은 구렁을》로 일본 고단샤에서 주최하는 제20회 노마문예번역상을 수상했다. 그 밖에 무라카미 하루키의 《오자와 세이지 씨와 음악을 이야기하다》, 《애프터 다크》, 미쓰다 신조의 《미즈치처럼 가라앉는 것》, 미야베 미유키의 《세상의 봄》, 마쓰이에 마사시의 《우리는 모두 집으로 돌아간다》 등 다수의 일본소설은 물론, 《어두운 거울 속에》, 《데이먼 러니언》 등 영미권 작품도 우리말로 소개하고 있다.

나의 차가운 일상

1판 1쇄 인쇄 2022년 9월 1일
1판 1쇄 발행 2022년 9월 15일

지은이 와카타케 나나미
펴낸이 문준식
편 집 이승희

디자인 즐거운생활
제작 제이오

펴낸곳 내 친구의 서재
등록 2016년 6월 7일 제25100-2016-000044호
주소 서울시 성북구 정릉로305, 104-1109(우편번호 02719)
전화 070-8800-0215 **팩스** 0505-099-0215
이메일 mytomobook@gmail.com **인스타그램** mytomobook

ISBN 979-11-91803-08-2 03830